古典詩歌研究彙刊

第三輯

龔鵬程　主編

第 14 冊

陳維崧《湖海樓詞》研究

王翠芳　著

國家圖書館出版品預行編目資料

陳維崧《湖海樓詞》研究／王翠芳 著 — 初版 — 台北縣永和市：
花木蘭文化出版社，2008〔民 97〕

目 2+176 面；17×24 公分
（古典詩歌研究彙刊 第三輯；第 14 冊）

ISBN 978-986-6831-91-1（精裝）
1.（清）陳維崧　2.傳記　3.學術思想　4.詞論　5.研究考訂

852.472　　　　　　　　　　　　　　　　　　97000315

ISBN 978-986-6831-91-1

9 789866 831911

古典詩歌研究彙刊
第三輯　第十四冊　　　　　　ISBN：978-986-6831-91-1

陳維崧《湖海樓詞》研究

作　　者　王翠芳
主　　編　龔鵬程
出　　版　花木蘭文化出版社
發 行 所　花木蘭文化出版社
發 行 人　高小娟
聯絡地址　台北縣永和市中正路五九五號七樓之三
　　　　　電話：02-2923-1455／傳真：02-2923-1452
電子信箱　sut81518@ms59.hinet.net
初　　版　2008 年 3 月
定　　價　第三輯 20 冊（精裝）新台幣 28,000 元　　版權所有・請勿翻印

陳維崧《湖海樓詞》研究

王翠芳　著

作者簡介

王翠芳，1954年生於宜蘭，祖籍浙江鄞縣。高雄師範大學國文系碩士、博士。曾擔任高中國文教師多年，現任義守大學通識中心助理教授，國立高雄大學兼任教授。學術研究以古典詩詞及史傳文學為主。

提　　要

　　陽羨詞派乃崛起於清初順、康年間，以步追蘇、辛豪放詞風為主的詞派。陽羨詞宗陳維崧不僅是陽羨詞派理論的奠基者，也是清初詞壇巨擘，所作《湖海樓詞》收詞二千六百餘首，詞作之富，為古今詞家所未有。其詞感慨身世，寄意興亡，頗具時代色彩。加上「縱橫變化，無美不臻」的整體風格，均可見出陳氏取徑前賢，合而能離的大家風範。今人錢仲聯尤其推崇陳維崧「以杜甫、元、白樂府精神為詞」，而以『詞史』譽之。惟後人論及《湖海樓詞》，率以「豪放詞」目之，此說實未窺得陳詞之全貌及內涵精神所在。職是之故，本論文期能對《湖海樓詞》作一較全面而深入的剖析，以見出清初詞壇「大手筆」（陳廷焯語）之由來。全文共分七章：

　　第一章〈緒論〉：說明研究動機與目的，資料運用與研究方法。

　　第二章〈清初之陽羨詞派〉：對陽羨詞風之形成，從政治背景與人文歷史淵源的角度作一探討說明。

　　第三章〈陽羨詞宗陳維崧〉，由生平傳略、詞學觀、《湖海樓詞》的完成等三方面統整而成，以見出陳維崧以填詞為生命志業之心路歷程。

　　第四章〈《湖海樓詞》的內涵分析〉：分為自我形象的描繪，感士不遇的孤寂，民生疾苦的悲憫，弔古傷今的幽慨，觸物有情的閒致五大類，以彰顯作者情志關切所在。

　　第五章〈《湖海樓詞》的藝術風格與技巧〉：風格部分，先強調其豪邁雄放的主體風格，次則說明其出入於沈鬱、恢奇、婉麗之間的多變風貌。技巧部分，則從文字的驅遣，比興寄託的運用，融情入景的手法等三方面作概略說明。

　　第六章〈《湖海樓詞》的藝術特色〉：乃是對《湖海樓詞》由形式到內容的整體回顧，並強調陳維崧創作主體的神特質所在，及其人品、文品和諧統一所呈現的藝術美感。

　　第七章〈結論〉：乃綜合歸納《湖海樓詞》的藝術成就及陳維崧對詞壇的貢獻及影響。

目

次

第一章 緒 論

第一節 研究動機與目的

《莊子‧養生主》曰：「指窮於爲薪，火傳也，不知其盡也。」
火傳之得以無盡，由於生機尙在之故；而文學生機之得以不致遏絕，
乃得力於「變」。窮則變，變則通，實乃宇宙萬化之通則。就詞體而
言，詞的發展到了淸代，猶如人由壯年而邁入老境；然而卻是老當益
壯，這是由於詞體生機未減之故〔註1〕。這份生機，便來自於改朝換
代所導致的世運之變，及與此相應的歌謠文理之變。

明淸的易代之變，也是華夷之變。士子文人在異族的高壓統治
下，轉而以要眇婉轉之詞體，來寄寓胸中的憂思怨悱之情。詞苑在士
子學人雲集的情況下，生機乃得以復蘇。加上淸代學術發達，詞作家、
詞評家往往都是飽學之士，因而對詞體的看法也日益成熟，各家的詞
學論點較之前代，莫不是「變而益上」，邃密高卓，他們先後崛起，
努力扭轉前人卑薄詞體的傳統觀念，故而詞體益尊，詞壇益榮。也由
於學人染指旣多，在不同的理論引導下，便發展出不同的審美好尙；
一群同到之士彼此生氣相通的結果，各種詞派乃告確立。而陳維崧，

〔註1〕見錢仲聯《全淸詞序》。

便把明末以來，流行於文壇上的「尚廣大」〔註2〕的博洽學風，導入初清詞壇，以與「新朝」時代背景相呼應的「先聲」之一。

陽羨派乃一崛起於清初順、康年間，以步追蘇、辛豪放詞風爲主的詞派，「也是詞史上第一次以最明確、最有系統的表述方式闡明著現實主義的詞學觀」的詞派（嚴迪昌《陽羨詞派研究》頁 8）。然而一般人論及清詞流派時，往往只提浙西詞派與日後的常州詞派。這除了是受到傳統「正宗」、「別格」觀念的影響外，和陽羨派流行於詞壇的時間只有三十多年，又缺乏「大有力者」的提倡均有關聯。所以，這一慷慨豪壯，感慨爲多的詞派，便隨著康熙盛世的來臨，而自詞壇告退；連帶的，陳維崧日後在詞壇的地位及影響，也就不如後起的朱彝尊、張惠言等同樣受到後人的重視。

陳維崧（1625～1682），字其年，號迦陵，江蘇宜興人。「明末四公子」陳貞慧之子，少負才名，吳偉業稱之爲「江左鳳凰」。康熙十八年（1679），召試博學鴻詞科，授檢討，與修《明史》，越四年，卒于官。維崧工駢文、詩、詞，而尤以詞冠絕一時。一生所作詞，有二千六百餘首，凡四百餘調，三十卷，詞作之富，爲古今詞家所未有。陳維崧的詞，論才情、論功力、論數量，不僅有清一代，就是置之兩宋，也足以和群雄角逐。他的作品感慨身世，寄意興亡，時代色彩較爲濃厚，較之同時其他大家，如納蘭容若、朱彝尊等，顯得格外壯浪開闊。清人對他的作品，頗致推崇，如宋犖曰：「靈思杳忽，蘸墨欲飛，隨筆所之，天機鏗鏜勃發，凡可歌可泣者，胥寓於詞，洵飄飄然空前而絕後矣。」（康熙刊本《迦陵詞全集跋》）。譚獻曰：「錫鬯、其年出，而本朝詞派始成……錫鬯情深，其年筆重，固後人所難到。嘉慶以前，爲二家牢籠者，十居七八。」（《篋中詞》）

〔註 2〕龔鵬程於所著《晚明思潮》中引述黃梨洲之言曰：「崇禎間，士大夫之言學者，尚廣大。」（見《文定》三集卷三〈清溪錢先生墓誌銘〉），並說明：「以讀書學古爲尚，讀書又以廣大爲尚，才會造成一種博洽的學風。這樣的學風……顯示了一種時代精神，……成爲當時學人共同的趨向。」（見第十章〈黃宗羲與道教〉頁 358～359）

　　然而，隨著時空的轉移，陽羨派的沒落，陳維崧在詞壇的評價也相對黯然失色，後人論及《湖海樓詞》時，往往以豪放詞目之，並以陳維崧爲辛派之繼承者。但後人也往往據此揚辛而抑陳，以爲陳詞之弊在於「發揚蹈厲，而無餘韻」，「更無一字似蘇辛」〔註3〕，這樣的評論，實爲「只見秋毫，不見輿薪」，令人惋惜。

　　今人錢仲聯在所編《清八大名家詞集・前言》中，如此說道：「至於陳維崧關心民瘼，以杜甫、元、白樂府精神爲詞，以及大量反映明末清初國事之詞，尤足當『詞史』而無愧。蓋雖導源辛棄疾，而自拓疆宇，所以爲大手筆。」錢氏此言，實爲客觀而中肯之的評。本論文便是由此一觀點出發，期望能透過對《湖海樓詞》較爲廣泛深入的研究，以達到下列幾項目標：

　　一、從知人論世的角度出發，說明陳維崧所處之時代背景、身世遭際，對他那氣盛情深的生命特質所產生的影響，明乎此，則其生命志意所投注的《湖海樓詞》的內涵及精神風貌，即可挈其大要。

　　二、經由對陳維崧的詞學觀的研究，以確立他對陽羨詞派的理論貢獻，並進而掌握《湖海樓詞》的創作動機及立意所在。

　　三、使《湖海樓詞》多種題材內涵全面而周詳的呈現，以見其海涵地負的大家氣度，及提升詞體的具體努力。

　　四、探究《湖海樓詞》的藝術技巧及特色，及其風格的多樣性，以彰顯其兼擅眾長的富艷高才。

　　五、藉由近辛而不近蘇的豪放詞風比較，見出他在豪放詞派中的繼往開新處。

第二節　資料運用與研究方法

　　研究陳維崧詞，最主要且最直接的資料，自屬其詞集《湖海樓

〔註3〕陳廷焯《白雨齋詞話》卷三評陳維崧曰：「迦陵詞不患不能沈，患在不能鬱。……發揚蹈厲，而無餘韻，究屬粗才。」

詞》。今就所見《湖海樓詞》的版本，依刊行時間先後簡介於下：

1. 迦陵詞集全集：在患立堂本陳迦陵文集〔註4〕內，三十卷。小令一一一調，三九〇首，中調一一二調，二九五首，長調一九三調，九四四首。

2. 湖海樓詞集：在浩然堂本湖海樓全集〔註5〕內第六至十二冊。二十卷。

3. 湖海樓詞：在清詞別集百二十四種的第二冊。鼎文書局印。次序編排與前同，但不分卷。

4. 湖海樓詞：台灣中華書局印，三十卷。

5. 湖海樓詞：收入於今人錢仲聯所編之《清八大名家詞集》，收詞一六三一首。為陳維崧詞集的最新刊行本。

至於收錄於湖海樓全集中的詩、古文、駢文，都是研究《湖海樓詞》的直接佐證資料，在這些「夫子自道」的一手資料中，不僅對陳維崧的身世背景、行事遭際、性情學養、價值追求等，可以有更深刻的瞭解，也可從宏觀的角度看出文章、氣運、人心之間的相互影響；而「以詩證詞」、「以文證詞」的方式，更可以從全方位的角度來深入剖析詞的內涵意境，有助於我們真確掌握作者的精神、立意所在，進而「以詞證人」，則陳維崧以填詞為志業，以詞體來「存經存史」的潛德幽光，方能彰顯於後世。

關於陳維崧的年譜編定，今所見者，有丁惠英的〈陳維崧先生年譜〉（附錄於《陳維崧及其湖海樓詞研究》），周韶九的〈陳維崧年表〉（附錄於《陳維崧選集》）。二表各有所長：丁氏年譜詳記陳氏之家世及生平經歷，且得力於《詩集》部分較多，然文字稍嫌繁蕪。周氏年

〔註4〕陳迦陵文集：台灣商務印書館印行，上海涵芬樓景印患立堂本。內有陳迦陵文集六卷，儷體文十卷，詩集八卷，詞三十卷。

〔註5〕湖海樓全集四種：乾隆六十年浩然堂藏本。廿冊線裝。存中央研究院傅斯年圖書館。內容：二至五冊為《湖海樓詩集》十二卷，六至十二冊《湖海樓詞集》二十卷；十三至十五冊為《湖海樓文集》六卷；十六至廿冊為《湖海樓儷文集》十二卷。

表文字簡潔，較疏於事略，然以詞繫年的部分較多。本論文於述及陳氏之家世、交遊、經歷時，二家之說皆有參考取用處。

目前所見關於《湖海樓詞》的研究資料如下：

專書部分有丁惠英的《陳維崧及其湖海樓詞研究》，復文書局，81 年 7 月。

選集有：

1. 《陳維崧詞選注》，梁鑒江，上海古籍出版社，1990 年 9 月。

2. 《陳維崧選集》，周韶九，上海古籍出版社，1994 年 10 月。

單篇論文有：

1. 〈論迦陵詞〉，馬祖熙，《詞學》第三輯，華東師大，1985 年 2 月。

2. 〈試論陳維崧的詞〉，周旻，《廈門大學學報》，1984 年 4 期。

3. 〈論陳維崧的詞〉，鄭孟彤，《文學遺產》，1981 年 2 期。

4. 〈朱彝尊、陳維崧詞風的比較〉，黃天驥，《文學遺產》，1991 年 1 期。

5. 〈十大詞人──蘇辛詞派在清初的復興──陳維崧〉，馮統，世界文物出版社，81 年 7 月。

6. 〈論陳維崧的湖海樓詞〉，錢仲聯，《夢苕庵論集》，中華書局，1993 年 11 月。

7. 〈陳維崧懷古詞初探〉，蘇淑芬，大陸雜誌，九十卷三期，1995 年 3 月。

以上資料，除了專著部分是較爲全面的研究外，選集部分則偏重於導讀，而單篇論文除了第七篇是就陳維崧的懷古詞作深入分析探討外，餘則多爲概略介紹性質。所以，以現有的研究情形而言，《湖海樓詞》所蘊含的文學生命及價值並沒有完全開掘出來，還有待後起之「好之樂之」者的繼續努力。本文的撰寫研究，便是在這樣的基礎上完成。

本文擬以個人對《湖海樓詞》的理解體會，旁參諸家學者的觀點，

依下列順序進行論述：

先概述陳維崧所處的時代環境（包括政治背景及詞壇概況）及其生平際遇，以作為評析詞篇的背景依據。

其次，對陽羨派的詞風形成先作概略說明，進而點出陽羨詞宗陳維崧的詞學觀，作為陽羨詞論的代表，並與前章之時代背景作一呼應。

在為陳維崧找出詞壇的定位後，便詳述他的創作歷程——從《烏絲詞》到《湖海樓詞》，以此看出他藝術生命日趨成熟的軌跡。

然後再依《湖海樓詞》的內容主題，藝術風格、技巧、特色，逐一探究說明。在內容方面，先點明詞人「自我形象的描繪」，見出其生命特質後，進而以此為鋪陳的主軸，逐一開展出其他各項主題，藉由主題所繫，可看出詞人的襟懷志意所在。在風格方面，除了介紹《湖海樓詞》多樣化的風格外，並強調其豪邁雄放之主體風格，如此，對陳維崧在詞壇上自拓疆宇，卓然自成一家的原因便可思過半矣。在藝術技巧方面，只就語言文字的驅遣鍛鍊、比興寄託的運用、融情入景的筆法等舉舉大者加以說明，至於對比、轉化、誇飾等辭格的運用，則於各章節中，隨機說明，以免有割裂瑣碎之弊。而藝術特色部分，乃是融風格、技巧併言的整體美感經驗而言，也是強調創作主體在作品中所透顯出的獨特創作個性及魅力，以見出陳維崧其人其詞，已臻文品、人品高度統一的藝術境界。

最後，依據以上析論所得，綜合歸納《湖海樓詞》的藝術成就，及陳維崧對詞壇的貢獻與影響，作為本文之結論。

第二章　清初之陽羨詞派

第一節　清詞中興概貌

　　我國歷代文學的遞嬗流變過程，就像長江大河般，滾滾滔滔，綿延不絕。不同的時代河床，就沖刷激盪出不同的文學樣式，代有偏勝，各領風騷。宋詞乃是繼唐代詩歌而起，形成中國文學史上的另一泱泱盛況。宋代以後，詞這種文體便出現了盛極而衰，難以為繼的局面。元代許多作家開始將眼光及精力轉向雜劇、散曲的創作，詞壇便日趨沉寂黯淡，陳廷焯《白雨齋詞話》稱：「元代尚曲，曲愈工而愈晦。」及至明代，由於文壇上盛行復古思潮，在「文必秦漢，詩必盛唐」的口號下，不僅影響了正統詩文的成就，連詞體也嚴守著晚唐五代的尺尺寸寸，而大開時代倒車，明詞難免落人以「自鄶以下」之譏。吳梅《詞學通論》便稱：「詞至明代，可謂中衰之期。」總括來說，元明兩代是詞學衰微期。到了清代便產生極大的變化，清代可說是中國古典文學的總結時期，在此之前各體文學、各種文學理論、學術思想，在清代都得到了相當的發展及總結。詞體自然也不例外，出現了由衰頹而振興的「中興」氣象。一代清詞以其流派紛起，風格競出的空前盛況〔註1〕，為「詞」這一抒情文體的發展，譜下了耀眼的句點。沈

〔註1〕清代的各個流派，或以《花間》為宗，如雲間詞派；或惟蘇辛是尚，

曾植在〈彊村校詞圖序〉說：「詞莫盛於宋……及我朝而其道大昌也。」陳廷焯《白雨齋詞話》則曰：「詞興於唐、盛於宋、衰於元、亡于明，而再振于我國初。」近人梁啓超在《清代學術概論》中，對清代文學多有貶詞，然對於清詞，卻持肯定態度：「清代固有作者，駕元、明之上。」（中華書局本頁 75），凡在此，在在說明清詞的發達振興，在文學史上，自有其特殊的意義及影響。

至於清詞「中興」的概貌，可從以下幾方面概略說明之：

（一）詞家蔚起，篇什繁富

清代在特殊的時代條件下，形成「無論一切詩人，皆變詞客」（李漁《笠翁詩集》卷 8）的盛況，於是擁有極爲可觀的詞家及詞作。在歷經戰亂和水火蠹蟲之災後，清人詞集亡佚不少；但即使如此，今存清詞數量之浩繁，乃是令人嘆爲觀止。就清初頗具代表性的清詞選本《瑤華集》而言，光是順治、康熙兩朝的詞家，便選有五百零七家，共收詞二千四百六十七首。龍楡生編選的《近三百年名家詞選》所選名詞家，就有六十七家。又如葉恭綽編輯的《全清詞鈔》，便收得清人詞集近五千種，選定編成後，則有詞人三千一百九十六家，選詞八千二百六十餘首。僅這個不完備的選詞數目，就比《全宋詞》所收，多出兩倍。目前尚在編輯中的《全清詞》，尤爲煌煌巨制，就清初「順治、康熙」之卷而言，即得詞五萬餘首，詞人數逾二千人（見《全清詞·順康卷序》）。由此便可得知，有清一代的詞家數可謂至矣夥矣，而詞作之宏富更是蔚爲大觀，超軼前代甚多！

（二）詞學整理，完備精贍

有清一朝，在詞學 (註2) 理論方面，作了許多探索研究，也留下

如陽羨派；或標舉姜、張，如浙西詞派；或以南唐二主、周邦彥、李清照爲依歸，如常州詞派。

〔註 2〕就詞學的研究而言，自北宋中期即有「詞話」的出現，以後關於詞體文學的理論批評和鑒賞的論著，便日益增多，詞學遂逐漸發展爲一門獨立的學科。直到清初，這一學科的名稱才告確立，如康熙十

了數量可觀的理論著作。詞話方面：如徐釚的《詞苑叢談》、周濟的《介存齋論詞雜著》、陳廷焯的《白雨齋詞話》、況周頤的《蕙風詞話》、劉熙載的《藝概‧詞概》王國維的《人間詞話》等都是頗具代表性的作品。關於詞的格律研究，則有江順詒的《詞學集成》、毛先舒的《填詞名解》、萬樹的《詞律》、戈載的《詞林正韻》……等，可謂琳瑯滿目。這些著作以豐富獨特的內容，具體精微的論述，把中國古典詩歌的理論研究，推進到更精深的階段。其中「有對詞心、詞境的生動描述及探索；有對詞的審美品格、獨特體性的細入毫芒的辨析；有對種種藝術表現手法技巧的辨證把握，還有對詞的鑒賞接受規律的初步探討……。」（方智範《中國詞學批評史》頁9），這些不僅是對前此所有詞學理論的總結，也對後世研究古典詩詞者，有所開啓和指導。並且，有一清代詞的創作和理論研究，彼此間也有著相互促進的關係，進而同步發展，並軌揚芬，這樣豐碩的成果，不僅超越前代的成就，也成爲我國文化寶庫中一筆珍貴的遺產。

（三）流派紛起，風格競出

　　最足以說明清詞中興的主要現象，就是清詞的「流派紛起，風格競出」。在談到詞的流派形成之前，我們先簡略回顧一下詞的發展過程。詞之初起，是配合隋唐以來新興燕樂的新詩體，描寫內容相當廣泛，風格氣味也是多樣化的〔註3〕。到了晚唐五代，流入溫庭筠、韋莊等文人手中，詞遂成爲貴族文士們在花間尊前遣賓娛興的佐歡之

　　八年，查培繼將《填詞名解》、《填詞圖譜》、《詞譜》、《古今詞論》合編爲《詞學叢書》，便確切地使用了「詞學」的名稱。

〔註3〕敦煌詞的主要抄寫卷爲《雲謠集雜曲子》三十首，近來陸續輯校成集者有王重民《敦煌曲子詞集》一百六十四首。饒宗頤《敦煌曲》三百十八首。任二水《敦煌曲校錄》五百四十五首；其後又編定《敦煌歌辭集》，擴大收錄至一千三百餘首。王氏序云：「其言閨情花柳者，尚不及半。」任氏校錄則析爲「疾苦」、「怨思」等二十類，可見題材內容之豐富廣泛。（引自張子良〈東坡詞「是曲子中縛不住者」辨析〉註28）。

具。從此不僅詞的創作主題導向尋花問柳、妙舞輕歌、別怨相思的狹徑，並因而形成了以「綺怨」爲基調的婉約風格。北宋初期，仍承晚唐五代之舊，詞壇上籠罩著一片綢繆婉轉之風。當時文人並認定此乃詞之「當行家語」（吳曾《能改齋漫錄》卷十六引晁補之語），直到蘇軾出而「一洗綺羅香澤之態」，以詩爲詞，打破詞爲「艷科」的藩籬，舉凡耳聞目見，心動情思，一一羅致筆下；抒情敘事，詠物說理，莫不隨心所欲，以至於蘇詞達到了「無意不可入，無事不可言」（劉熙《藝概》）的境界。但是蘇軾這種「新天下耳目」的雄放之音，畢竟只是一種探索性創作，其意義主要還在於「指出上向一路」（王灼《碧雞漫志》）的開拓之功。其後南宋辛棄疾繼起，站在前人探索的基礎上，把鐵板銅琶的雄肆之聲，繼續發揚光大，並在一批壯懷激烈的愛國詩人的呼應下，形成了一種「性情所寄，慷慨爲多」（陳洵《海綃說詞》）的豪放之風，時代之音。至此豪放派的藝術風格才完全成熟，詞壇才形成豪放、婉約兩派對峙的局面。明人張綖在《詩餘圖譜凡例》後的按語中，明確地將詞概括爲「婉約」、「豪放」二「體」，但側重的是詞的兩大類「風格」。到了清代，詞論家才在總結前人創作和理論的基礎上，提出各種流派的劃分。清人王士禎在《花草蒙拾》中以爲：「婉約以易安爲宗，豪放惟幼安稱首。」不僅將張綖所說的二「體」，推衍爲二「派」，更標舉出兩派的代表人物，這一說法影響後世甚深，後人論宋詞流派時，多沿用此說〔註4〕。

　　詞派的形成與發展，主要集中在全盛時期的宋代，和中興時期的清代。宋詞的流派多半是自然形成的，且不以派別標榜；而明末清初的詞派形成，則帶有更多的自覺成份，這除了詞體本身的派別觀念已然定型，有助於文人「各取所需」之外，另有兩個主要原因，需加以

〔註4〕對於宋詞流派的劃分，後人不盡然以「豪放」、「婉約」分之，如王鳴盛就分爲：「冶艷」、「豪蕩」、「清空」三派。也有以「疏」、「密」分派的，如朱孝臧評周邦彥詞時說：「兩宋詞人約可分疏、密兩派，清眞在疏密之間」（引自萬雲駿《詩詞欣賞論稿·空和實、疏和密》）。

強調說明：

一是時勢的推舉。對此，近人葉恭綽有段話說的概括而切實：

　　清初詞派，承明末餘波，百家騰跃。雖其病爲蕪獷，爲纖
　　仄，而喪亂之餘，家國文物之感，蘊發無端，笑啼非假。
　　其才思充沛者，復以分途奔放，各極所長。故清初諸家，
　　實各具特色，不愧前茅。(《廣篋中詞》卷一)

造成文人「分途奔放，各極所長」的現象，是在「喪亂之餘」的時代
氣氛下，文人的「家國文物之感」不得不宣洩之而後快的結果。

　　另一原因則是詞得到深孚人望的大有力者的倡導。顧貞觀《論詞
書》中說：

　　自國初輦轂諸公，尊前酒邊借長短句以吐其胸中，始而微
　　有寄託，久則務爲諧暢，香嚴（龔鼎孳）、倦圃（曹溶）領
　　袖一時。唯時戴笠故交，擔簦才子，并與宴游之席，各傳
　　酬和之篇，而吳越操觚家聞風競起，選者、作者，妍媸雜
　　陳。漁洋之數載廣陵，實爲斯道總持，二三同學，功亦難
　　泯。最後吾友容若，其門第才華，直越晏小山而上之，欲
　　盡招海內詞人，畢出其奇遠，方駸駸漸有應之者。而天奪
　　之年，未幾，輒風流雲散……。》(謝章鋌《賭棋山莊詞話》續
　　編卷三引)

這些大有力者，除了以自己的創作去影響作家群體之外，更有明確的
理論相號召，加上詞人群的集體唱和，於是風格鮮明的流派便紛紛形
成。前賢標舉旗幟，後學則心摹手追，再加上盛世帝王的獎勵提倡，
於是清代詞壇便呈現一片繁花似錦的榮盛景象。

　　以下便舉蔡嵩雲《柯彥詞論》中一段文字，說明清詞流派先後崛
起、風格互異的大略概貌：

　　清詞派別，可分三期。浙西派與陽羨派同時。浙西派倡自
　　朱竹垞，曹升六、徐電發等繼之，崇尚姜、張，以雅正爲
　　歸。陽羨派倡自陳迦陵，吳園次、萬紅友等繼之，效法蘇、
　　辛，惟才氣是尚。此第一期也。常州派倡自張皋文，董晉
　　卿、周介存等繼之，振北宋名家之緒，以立意爲本，以協

律爲末。此第二期也。第三期詞派，創自王半唐（葉暇庵
戲呼爲桂派，予亦佔以桂派名之），和之者有鄭叔問、況蕙
風、朱彊村等，本張皋文意內言外之旨，參以凌次仲、戈
順卿審音持律之說，而益發揮光大之。此派最晚出，以立
意爲體，故詞格頗高；以守律爲用，故詞法頗嚴。今世詞
學正學，惟有此派。餘皆少所樹立，不能成派，其下者，
野狐禪耳。

以上各派，或崇尙雄奇奔放；或標舉清空雅正；或主比興寄託，他們
各自對詞體作出不同的歷史思考及反映方式，這是清代詞人自覺尊
體，並將其主張付諸創作實踐的結果，從這個意義上來看，清詞的中
興不僅是詞的發展史上一個主要的階段，而且是做了一個「斜陽冉冉
春無極」（周邦彥〈蘭陵王〉）的美好總結。

第二節　「使清詞初大」之陽羨派

歷史上的由明入清，不僅意味著江山易主，改朝換代；也是文學
史上，詞體發展由「窮」而「通」的關鍵時期。

身處易代之際的文人，在時代悲壯凝重的氣氛籠罩下，自不免興
起「興亡之慨」、「離亂之感」，進而引發他們對文學功能的省思。當
氣運、人心都產生變化時，本屬「歡愉之音」的詞體，自然也蒙上一
層「感慨繫之」的色彩，及深厚的意蘊。而此時文人對詞體的藝術審
美觀念，也有了不同的看法及追求。雖然，從歷史的宏觀角度來看，
明末的詞人並沒有突破原有的詞體框架，格局不大；但是他們去有心
爲詞這一行將凋零的文體，再度注入眞情實感，使得原本空枵衰頹的
明詞生機不致完全遏絕，也才有日後清詞的花繁葉茂，燦然可觀。

前人論清詞的中興有云：

論清詞而不崇順、康，則有清一代無詞。（蔣景祁《瑤華集·
一瓟題跋》）

此乃強調清初的順、康詞壇，是奠植清詞中興局面的關鍵時期。然而，

我們也不可忽略了，文學的流變遞演，並不能隨著朝代的更替而作一刀兩斷式的截然劃分，順康詞壇的暢旺，是導源於明末陳子龍（1608～1647）及其領導的「雲間派」詞人的共同努力結果。換言之，清詞的中興，實可以上溯到明末清初的雲間派，到順、康年間，始由陳維崧領導的「陽羨派」及朱彝尊（1629～1709）倡導的「浙西派」嗣響而起，領袖一時。陽羨派「效法蘇辛，唯才氣是尙」，浙西派「崇尙姜張，以雅正爲歸」（蔡嵩雲《柯亭詞論》），他們先後從不同的方向，承襲了雲間派廓清詞風的努力，「異曲同工，並軌揚芬」（葉恭綽《清名家詞序》）。而滿洲貴公子納蘭性德則宗尙南唐李煜，詞風清麗自然，纏綿悱惻，詞品極高，與陳、朱等人，各擅勝場。

　　然而，究之史實，眞正別開生面，「使清詞初大」（王煜《清十一家詞》）的奠基之功，要歸屬陳維崧及其領導的陽羨派。陳、朱二人雖然生而同時，但當陳維崧詞名籍甚時，朱彝尊尙未以詞名〔註5〕，浙派的盛行，是康熙二十年以後的事。此時，天下初有起色，浙派所標舉的「醇雅」說，正好與康熙盛世的氣象相呼應，自此，浙派便成爲詞壇的主流，幾與康、雍、乾盛世相終始。所以，綜合來看，在順、康詞壇上，繼「雲間」遺韻流響而起，開疆闢土，扭轉頹風的，非陽羨派莫屬；雖然此一詞派在陳維崧病逝（1682）後，即風流雲散，影響力不如浙西派，但其「發聲振聵」之功，是值得肯定的！

一、由「雲間」到「陽羨」的詞派遞嬗

　　思想凡庸，語言淺俗，是明詞中兩種常見的弊病：「或陳言穢語，俗氣薰入骨髓」或「強作解事，均與樂章未諧」（朱彝尊《詞綜‧發凡》）。於是，以明末陳子龍爲首的「雲間」（今上海松江縣）詞人，便起而力挽頹波，重續詞統。他們爲廓清明詞的邪冶習氣，而提出詞

〔註 5〕當陳維崧以詞名揚天下時，朱彝尚未成名，如朱氏於陳緯雲《紅鹽詞序》中云：「宜興陳其年，詩餘妙絕天下，今之作者雖多，莫有過焉者也。」又「余所作亦漸多，然世無好之者，獨其年兄稱善。」於此可證。

應「境由情生，辭隨意啓，天機偶發，元音自成」，崇尚「高渾」之格，推尊南唐二主和北宋周邦彥、李清照等人爲詞的「最盛期」典範作家。（見陳子龍《幽蘭草序》）這種詞學主張對洗滌明詞相沿甚久的陋習，頗多澄清之功。尤其陳子龍的《湘眞詞》摒絕浮華，獨標清麗，以淒婉之神，抒亡國之痛，不僅「能上接風騷，得倚聲之正則」（吳梅《詞學通論》）而且是下開清詞中興的先聲。正如近人龍楡生所說：「然則詞學中興之業，實肇端於明季陳子龍、王夫之、屈大均諸氏……。」（《近三百年名家詞選後記》）〔註6〕。

由於陳子龍身爲「幾社」領袖，故當時三吳英俊，盡在門下。而當明朝滅亡之後，陳氏又奮而起事，壯烈殉國，其品節益爲士林所仰重。所以儘管陳子龍於順治四年（1647）殉難，而與陳子龍並稱「雲間三子」的李雯、宋徵輿，或病故，或降清，但「雲間」的餘韻流響仍然影響著詞壇，其中又以浙東、杭州、以及江蘇常州、揚州等地，詞風最甚。

浙東的「柳州詞派」原係「雲間」的一個分支，以嘉善爲中心的這個詞派群體，詞風本近「花間」，甲申（1644）年以後，隨著政治環境的惡化，詞風逐漸滲透一股悲涼之氣。曹爾堪是「柳州」最有成就的名家，陳維崧稱道其詞如「一聲寒噴霜竹」（〈念奴嬌·讀顧庵先生新詞〉），曹氏作有《南溪詞》，晚年詞風雖健舉，但因仕途多蹇，心境傷頹，故未能形成氣候及影響。

杭州地區則有「西泠十子」〔註7〕。陳子龍官浙東時，「十子」

〔註6〕與陳子龍同時對詞體進行廓清的還有屈大均、夏完淳、王夫之、曹貞吉等人，雖未必盡出「雲間」門下，但他們的詞，或縱橫排宕，或慷慨淋漓；或孤忠耿耿，或悱惻淒愴，都對詞風的轉變有所貢獻。而錢謙益、吳偉業、宋琬等人的詞作，亦未盡擺脫明詞遺風，但興亡之感，悲抑之情，時見筆端；納蘭性德的詞，雖天地不寬，但深婉眞摯，這些對浮泛腐穢的明詞而言，也無疑是一種衝擊和超越。

〔註7〕西泠十子是指：陸圻、柴紹炳、張丹、孫治、陳廷會、毛先舒、丁澎、吳百朋、沈謙、虞黃昊十人。（見嚴迪昌《陽羨詞派研究》第三章第一節。）

均曾問學於陳氏。故毛先舒《白榆集・小傳》說：「國初，西泠派即雲間派也。」十子是詩人也是詞人，其中以詞著稱的有丁澎和沈謙。丁澎來官至禮部郎中，著有《扶荔詞》。後因罹「科場案」而遭遣戍，放還後時有悲涼慷慨之作。沈謙是專工詞曲的名家，入清後「托跡方技，絕口不談世務」。有詞集《東江草堂集》三卷，流傳甚廣。他的詞言情濃摯而較俚俗。

　　清初詞風特盛之地當屬揚州地區。而主持揚州詞壇的盟主則是王士禎。王氏後來以「神韻說」成為詩界宗師，自此絕口不談詞，而早期則頗醉心於倚聲之道，並著有《衍波詞》。謝章鋌《賭棋山莊詞話》說：「昔陳大樽以溫李為宗，自吳梅村以逮王阮亭翁然從之，當其時，無人不晚唐。」王士禎自順治十七年（1660）出任揚州府推官，前後五年任內，揚州儼然成為詞學活動中心，聚集了大批詞人，如常州鄒祇謨、董以寧，海寧的彭孫遹，揚州的吳綺、汪懋麟，江都的宗元鼎，柳州曹爾堪、萊陽宋琬、士禎長兄王士祿等，也時常往來其地，唱和不絕。而陳維崧也是當時廣陵詞壇社集酬唱的重要成員之一。

　　值得注意的是，揚州詞學活動中心的社集和選政之操〔註8〕，乃是明清詞風交接轉化期的一個重要標誌，也是風會轉移、流派消長過程的重要環節，當「雲間」末流之士泥於「復古」〔註9〕，而格局日益狹窄的同時，各家詞論、風格也在相互切磋、融匯中逐漸成型，並

〔註8〕在王士禎主盟揚州詞壇時，有兩部大型詞集的編選值得注意。一是王士禎、鄒祇謨共同編選的《倚聲初集》，這是清初第一部大型詞選，也是對晚明以來詞作集大成的總結。一是僑寓廣陵的孫默在幾年間分四批刊刻成的留松閣《國朝名家詩餘》，雖然孫默未按預期匯刻近百家詞而病故，但已刻的十七家詞集，實是真正清代詞的第一批名家之集。

〔註9〕雲間後學沈億年，為編刻於順治九年的《雙機集》所撰寫的〈凡例〉中，有如下說法：「詞雖小道，亦風人餘事。吾黨持論，頗極謹嚴。五代猶有唐風，入宋便開元曲。故專意小令，冀復古音，屏去宋調，庶防流失。」其中「入宋便開元曲」、「屏去宋調」、「專意小令」等言論，實把雲間宗旨推向更為偏狹之路。

各自尋找自己的歷史位置。這時，一種以一吐時代之感為快事的詞派
——陽羨派，便緊接著應運而起了。這個以陳維崧為首的詞派興起，
不僅意味著詞史上「稼軒風」的再現，同時對清初詞風的轉變，也產
生重大的影響。〔註10〕

二、陽羨詞風之形成

　　陽羨派是一地域性極強的詞派，由於這是一個在變幻動盪的悲壯
氣氛中聚合起來的詞派，因而崇尚豪放雄奇之風，一時間破除了詞壇
上的靡麗狹隘格局，別開生面。雖然領導者陳維崧並未刻意標舉宗
派，但陽羨詞人群的詞學觀念，及詞作風格均表現出很高的同質性，
這是一個有宗師、有群體、有理論主張的詞派。一個文學流派的產生，
及其群體風格的構成，無不有著特定的現實社會背景和歷史淵源。以
下便分別就這兩點來說明陽羨詞風的形成主因：

（一）現實社會背景

　　「時運交移，質文代變」、「文變染乎世情」（《文心雕龍‧時序》）。
要了解順康詞壇何以激盪出如此「元氣淋漓」的「鏜鎝強音」，就必
須先從「喪亂之餘」的時代背景入手，才容易看出「氣運、人心、文
章」三者間相互制約、促進的微妙關係。

　　清王朝從順治到康熙二十年以前，近四十年的時間，正是江山易
代，天下尚未悉定的時期〔註11〕，順、康二帝採王霸兼施的手腕，以
羈縻與高壓結合的政策來收拾天下人心。就羈縻的措施而言，包括：
禮葬崇禎、擢用降吏，減輕賦稅；此外，並訂下「崇儒重道」的基本
國策，右文興治，進而開科取士，以籠絡文士，使天下文章豪傑之士
盡「入吾彀中」，因為他們深知，掌握了知識分子，就掌握了民心的

〔註10〕本節內容詳見嚴迪昌《陽羨詞派研究》頁57～60及唐富齡《明清文
　　　　學史》頁341。

〔註11〕康熙中葉的理學名臣陸隴其曾說：「康熙二十年以後，海內始有起
　　　　色。」（《清經世文編》卷二十八。〈論直隸興除事宜書〉）。

向背。

　　而高壓制裁方面，則手段尤爲凌厲，荼毒生靈無數。主要措施有三：一是嚴禁文人結社〔註12〕。二是禁毀有礙書籍〔註13〕。三是大興案獄，這乃是針對民心向背所繫的知識分子，所作出最殘酷的打擊。清初文人結社範圍主要在江南，「明社既屋，士子憔悴失職，高蹈而能文者，相率結爲詩社，以抒其舊國舊君之感；大江南北，無日無之。其最盛者，東越則甬上，三吳則松陵……」（楊鳳苞《秋室集》卷一〈書南山草堂遺集〉）這些社集的存在，對清廷而言，不啻如芒刺在背，亟欲除之而後快，故順治時代，便屢下禁令。至於重大案獄方面，打擊重點則在東南地區。這是因爲東南地區抗擊清軍最爲悲壯激烈。其次，東南不僅是明末士林清流的薈萃之地，也是漢族士人力量最集中，政治最敏感的地區。順治年間就發生了三大案獄：分別是順治十四年（1657）的「科場案」、順治十六年（1659）的「海通案」、順治十八年（1661）的「奏銷案」。「科場案」、「奏銷案」均是對漢士族的整肅，不同的是前者抓住南北二闈場的弊端，而對知識分子（尤其是江南一帶）進行打壓〔註14〕，後者則是以江南蘇（州）、松（江）、常（州）、鎮（江）四府爲主的大規模橫掃。或褫革功名、或殺戮流放，數以萬計的士子、官吏罹遭橫禍，幾使「仕籍、學校爲之一空」（王

────────────────────

〔註12〕順治十七年（1660）一月，明令士子「不得妄立社名，糾眾會盟。」
　　　　（《清世祖實錄》卷一三二，順治十七年一月辛巳條）。

〔註13〕順治十六年（1659）清廷以「畔道駁注」爲口實，于十一月下令流傳民間的《四書辨》《大全辨》等書焚毀，嚴飭各省學臣：「校士務遵經傳，不得崇尚異說。」（《清世祖實錄》卷一三○，順治十六年十一月甲戌條）。

〔註14〕明代迷信八股科舉，至亡國時爲極盛，餘毒所蘊，假清代而盡洩之。滿人旁觀極清，籠絡中國之秀民，莫妙於中其所迷信，始入關則連歲開科，以慰躓蹬者之心。繼而嚴刑峻法，俾快求之士稱快。丁酉之獄，主司房考及中式之士子，誅戮及遣戍者無數。其時發難者漢人，受禍者亦漢人，漢人陷溺科舉至深且酷，不惜假滿人以屠戮同胞，以洩多數僥倖未遂之人年年被擯之憤，此所謂「天下英雄入吾彀中」也。見蕭一山《清代通史》卷上，第三篇。

士禎《香祖筆記》)。如邵長蘅〈與楊靜山表兄書〉中對奏銷案的迫害
士子情形便有如下描繪:「江南奏銷案起,紳士絓黜籍者萬餘人,被
逮者亦三千人。昨見吳門諸君子被逮過毗陵,皆銀鐺手桎,舉徒步赤
日黃塵中,念之令人驚悸,此曹不疲死亦道渴死耳。」(《青門麗稿》
卷十一)當時陽羨籍的在職官吏因奏銷案降調的就有潘瀛選、黃錫
明、徐喈鳳、高錦雯、任繩隗等。而「海通」一案,則是清廷對抗清
勢力的嚴厲鎮壓,殺戮之廣,株連相坐之酷烈,遠過前後諸案,僅金
壇一地就「共斬六十四人,家屬男女沒入,流徙、大小老幼又共二百
七十六人」﹝註15﹞;也因此清廷諱言此事,不欲示之後人,官書則不
見記載,惟有從時人之筆錄傳記中,方可窺知大略。據陳維崧的陳氏
《家乘》中所述:

> 嗚呼!悲夫南徐己亥之禍何其酷也……狡獪生端,網羅紳
> 士,有司不察,概以逆聞,其時被禍者,衣冠之族八十三
> 家……。

而陳氏的「殿元叔祖」陳于鼎也因「海通」案的牽連,而爲怨家所陷,
死後屍體「載而南,葬土窮山,人跡罕至之處」,當時恐怖肅殺的氣
氛於此不難想見。

　　對陽羨一地而言,早在鼎革之際,清兵鐵騎南下之時,陽羨就是
抗清義軍駐守據點之一,由於該邑人士激烈抗擊,清兵破城後,殺戮
極爲慘重,不少世族居第毀於一炬﹝註16﹞,而陳維崧的老家亳村所在
則是:「石竹響颼颼,一行斷隴荒邱。無人野渡水爭流,土城蔓草含
愁。……」(陳維崧〈河瀆神・臨津古城隍廟下作〉)

　　清廷在種種威劫手段中,最嚴厲的挫傷,莫過於使文人衣冠蒙
塵,進而斷絕仕進之途,使其終身憔悴失意、無所寄託。尤其對生

﹝註15﹞見方智範等著《中國詞學批評史》下編第一章引計六奇《明季南略》
　　　　卷十六。
﹝註16﹞如儲欣《在陸草堂》卷四〈觀大兄傳〉及〈二式傳〉中分別提到:
　　　　順治乙酉秋八月,郡兵屠豐義,骨相撐。吾村自巨創後,門巷蕭條。
　　　　大兵屠豐義,「亦政堂」毀焉,家罄略無剩物。

於明末，長於清初的一代知識分子而言，處境尤為尷尬；當「舊巢」傾覆時，他們的經歷學養，尚不足以養成知所取捨的出處價值觀，民族意識的根柢還紮得不夠深固；而面對清代的「新枝」，仍不免有「繞樹三匝、何枝何依」的疑慮瞻顧。然而，傳統知識分子經世濟民的使命感，畢竟壓過了薄弱的民族大義，經過一番矛盾掙扎後，往往還是選擇走上科舉之途。只是，這份「理想」很快地就被清廷的各種高壓制裁手段所粉碎，這時，潛在的民族意識，便像在一夕之間被摧熟喚醒般蓬勃滋長；加上個人的憂傷怨悱、無聊不平意緒的激盪，於是，一種鬱勃、悽愴、迷惘、哀怨、蒼涼的複雜情懷，便成為這一代知識分子的普遍失衡心緒。加上「不平則鳴」已是歷來文人的共同天職，所以「洩孤憤，澆塊壘」就成為他們共同的創作動機了。

　　他們避開「詩文賈禍」之途，而遁入「詞」的「小道」中，詞的門庭雖窄，但多了桃紅柳綠的門面裝點，而詞情的「含蓄蘊藉」、適足以曲折巧妙地表達在異族統治下，亟欲唱嘆歌哭的強烈欲望，自此「淺斟低唱」便成了「空中傳恨」（朱彝尊〈解珮令·自題詞集〉）的最佳掩體。他們或以此「寄慨興亡」，或以此「消磨豪邁、自忘天下」（王煜《清十一家詞選》序），一時之間，詩人紛紛變為詞客，「借長短句以吐其胸中」（顧貞觀《論書詞》）。這情形誠如近世詞學家龍楡生所說：

> 三百年來，屢經巨變，文壇豪傑之士，所有幽憂憤悱、纏綿芳潔之情，不能無所寄託，乃復取沈晦已久之詞體，而相習用之，風氣既開，茲學遂成中興之象。（《近三百年名家詞選後記》）

對陽羨士子而言，「世變多故」已屬不幸，而「地靈人傑」更成了地域性的沈重包袱。因此，在面臨一連串的家國巨變後，受創尤為深重。在罨畫溪畔，銅鋒之下，聚集了一批失意文人，他們或是忠烈後裔、或是遺民逸老、或是遷客謫宦，心中無不滿溢著家國之痛、失路之悲！

在時代文化條件的限制下，共同選擇了「以詞寫心」的方式，聲氣相通、相濡以沫。經由陳維崧、史惟圓、徐喈鳳、曹亮武、任繩隗等人的倡導，發展出共同的詞學觀念，並配合此一觀念，積極地從事塡詞，並發展提升詞體，於是，在順康年間，陽羨一地，醞釀出一股深沈悲慨的地域氣氛，而詞壇上，便形成了一股以「雄放」為基調的時代強音！同時也是以追求「意思豁然」（蘇軾〈楚頌帖〉）為依歸的時代清音！

（二）歷史人文淵源

上一節乃就時代的橫切面對陽羨派的崛起作一背景說明，本節擬就縱向的歷史人文淵源，作一簡要勾勒，以期更深刻了解陽羨詞風的深層內蘊之所由來！

陽羨即今江蘇省宜興縣，在清初屬常州府所管轄的八縣之一，濱臨太湖，山川秀傑，境內有三湖九溪，其中以罨畫溪最為著名，根據徐喈鳳所主修的《宜興舊志》所說，此地乃：

> 震澤、荊溪之匯注，銅官、南岳之聳拔，蜀山、蛟橋之勝
> 跡，張公、玉女之靈異，往往聞而慕之。

這段話的確不是自詡之辭，史載「聞而慕之」而移居宜興的文人可謂代代有之：

除了唐代杜牧於陽羨「粗有薄產」外，《研北雜志》中記載北宋大詞人賀鑄卒葬「義興之篠嶺，其子孫尚有存者。」而南宋名將岳飛則三次駐師宜興，並且還有一支後裔留在此地。另一名將李綱於未中科第前，曾讀書於「善卷寺」，罷相謫官後，再次流寓陽羨。元明兩代，尤其是明代，自李東陽、唐順之，沈周、文徵明、唐寅，到陳繼儒、董其昌等名流雅士，更是先後慕名而來，足跡遍訪陽羨山水，也為陽羨風煙增添許多儒雅風流！凡此，均為陽羨一地染上一層濃厚的人文色彩。〔註17〕

其中對陽羨詞風影響最為深遠的，當屬蘇軾和蔣捷。

〔註17〕詳見嚴迪昌《陽羨詞派研究》第一章〈陽羨人文歷史概述〉頁 10、11。

1. 蘇軾「楚頌」精神的播植

宋神宗熙寧七年（1074）春，蘇軾於杭州通判任上，被遣來常州、潤州賑災，道中有《寄述古五首》，其五云：

> 惠泉山下土如濡，陽羨溪頭米勝珠。賣劍買牛吾欲老，殺雞爲黍子來無？
>
> 地偏不信容高蓋，俗儉眞堪著腐儒，莫怪江南苦留滯，經營身計一生迂。

這是東坡首度來到宜興，他目睹了陽羨山川的清麗，物產的富饒，而種下了「買田陽羨」以歸老的宿願。然而「賣劍買牛吾欲老」的心願尚未實現，蘇軾又幾經遷徙地流放到黃州。黃州五年，東坡的心境已是「一念清淨，染汙自落，表裡脩然，無所附麗。」（〈黃州安國寺記〉）此番歸來，便打算「解珮投簪，求田問舍，洗淨耳根功名話」（〈鳳棲梧・荊溪寫景〉），所以，元豐七年，他自黃州放還後，便於赴汝州途中上表乞常州居住。

在〈乞常州居住表〉中，蘇軾明言：「臣有薄田在常州宜興縣，粗給饘粥。」當朝廷允其所請後，他在〈乞常州居住得請〉詩中，忍不住把歸老湖山的生活，作一簡單的勾勒：

> 上書得便宜，歸老湖山曲。
>
> 躬耕二頃田，自栽十年木。

其後在〈歸宜興題竹西寺三首〉之一中，他又喜不自勝地計劃著：

> 十年歸夢寄西風，此去眞爲田舍翁。
>
> 剩覓蜀岡新井水，要攜香味過江東。

但「此去眞爲田舍翁」的生活僅維持了三個多月，旋被召守登州，經過幾番宦海浮沈，蘇軾再被放逐到海南儋州，直到徽宗建中靖國元年（1101）才赦歸北返。然是年五六月間到常州即重病不起，七月卒。「終老陽羨」的歸夢雖然終竟幻滅，但江山與人傑的相遇殆有前緣，則是無庸置疑的。可以說，陽羨，是蘇軾生命旅程中重要的驛站之一，陽羨的好山好水提供詩人充分的心靈慰藉；相對的，由於蘇軾的曾經偶駐此地，使得陽羨山水，也渲染上一層極爲豐富的人文色彩！誠如

陳維崧在〈滿庭芳・蜀山謁東坡書院〉的下片所說：

> 鳴榔。思往事，峨嵋仙客，曾駐吾鄉。惹溪山千載，姓氏
> 猶香。

然而，「惹溪山千載，姓氏猶香」的深層內涵，絕不僅止於「買田陽
羨」之舉而已，嚴迪昌在《陽羨詞派研究》中便頗有見地的指出，要
了解蘇軾心魂對陽羨人文冶化的究竟意義，可從蘇軾〈楚頌帖〉中找
尋答案：

> 吾來陽羨，船入荊溪，意思豁然，如愜平生之欲，逝將歸
> 老，殆是前緣，逸少云：「我卒當以樂死」殆非虛語。吾性
> 好種植，能手自接果木，尤好栽橘。陽羨在洞庭上，柑橘
> 栽至易得，當買一小園，種橘三百本。屈原作〈橘頌〉，吾
> 園若成，當作一亭，名之曰「楚頌」。元豐七年十月二日書。

〔註18〕

顯然，蘇軾擬買園種橘，構「楚頌亭」，其意乃在上追屈原〈橘頌〉
之精神，以明「受命不遷生南國兮，深固難徙更壹志兮」的志節，(《楚
辭補註》・〈橘頌〉)，所以陽羨買田、卜居歸老，原不是頹唐消極的遁
世，也並非只是「從來只爲溪山好」的貪賞山光水色而已，而是一種
「雜處於濁世，而不隨橫逆以俱流」（仝前）的「有所不爲」的自覺
選擇。只是蘇軾在屈原「蘇世獨立、橫而不流」（仝前）的超世精神
外，又融合了「從來只爲溪山好」的入世人間情味，將入世與出世調
和統一，形成一種落落風流，從容中道的人文典型，在陽羨山水間「千
載留香」，潤澤後人。自此，「楚頌」心魂實已成爲陽羨人文精神的主
要內涵，潛移默化地陶冶著人們。而在滄海橫流尚未平息，士子們心
緒難以安寧的清初，「楚頌」神適足以平衡士子們憤激不平的心態，
而獲得「今古共蟬娟」的共鳴慰藉！

蘇軾在陽羨一地所播植的「楚頌」精神，長久以來，潛細無聲地
滲透人心；加上詞人們因仰慕東坡之襟懷曠達，而刻意「追蹤坡老」

〔註18〕蘇軾〈楚頌帖〉乃著錄於周必大《益公題跋》中。

（陳維崧〈摸魚兒・題龔節孫仿橘圖〉），所以，陽羨詞人群在創作實踐中所映射出來的風神，便往往呈現一種放逸清狂、傾蕩磊落的審美傾向，這是對蘇軾當年所播植的「楚頌」精神的最佳導揚，也透顯出陽羨文人對「風流人去一千年」的髯翁無限的緬懷！〔註19〕

2. 蔣捷「竹山」情韻的乳孕

如果蘇軾是陽羨的「過客」，那麼蔣捷便是道地的「歸人」了。蔣捷（1245～1310），字勝欲，號竹山，陽羨人。為南宋末科進士（度宗咸淳十年）。宋亡後，隱居太湖竹山，世稱竹山先生。元成宗大德年間，有人荐他為官，辭而不受，「抱節終身」（況周頤《蕙風詞話》）。有《竹山詞》一卷傳世，存詞九十餘首。

蔣捷為人卓犖不群，他與當時著名詞人周密、王沂孫、張炎並稱「宋末四大家」。竹山詞，題材廣泛，其中有描寫歷史劇變、家園淪喪的作品，也有描寫日常瑣事的篇章。所以作品現出的風格也是多樣的，豪放婉約兼容並蓄。汪森《詞綜序》以為竹山詞源出白石，周濟《宋四家詞》則將蔣捷附于辛棄疾之下，劉大杰《中國文學發展史》則以為蔣詞在姜、吳範圍內。由此可見蔣氏的詞風，有其繼承前人的一面，又不專主一家的獨特風貌。

竹山詞的婉約之作構思奇巧，音節諧暢，鍊字精深，又間以散筆入詞，某些通俗短章與元人小令為近。如〈昭君怨・賣花人〉：

> 擔子挑春雖小，白白紅紅都好。賣過巷東家，巷西家。簾
> 外一聲聲叫，簾裡鴉鬟入報。問道：買梅花？買桃花？

但對後世影響較大的，則是那風格豪放的作品，竹山詞的豪放之作數量不多，但內容或抒家國之痛，或寫身世之感，悲慨峻偉，磊落橫放，可謂上承蘇、辛之風，而下開清初陳維崧一派。如〈賀新郎・吳江〉：

> 浪湧孤亭起，是當年、蓬萊頂上，海風飄墜。帝遣江神長
> 守護，八柱蛟龍纏尾。斗吐出、寒煙寒雨。昨夜鯨翻坤軸

〔註19〕本小節內容，部分參酌《陽羨詞派研究》第二章第二節〈陽羨詞風的歷史淵源〉。

動，轉雕甍、擲向虛空裡。但留得、絳虹住。五湖有客扁
舟艤，怕群仙、重游到此，翠旌難駐。手拍闌干呼白鷺，
爲我殷勤寄語。奈鷺也、驚飛沙渚。星月一天雲萬壑，覽
茫茫、宇宙知何處？鼓雙楫，浩歌去。

此詞以神奇的想像起筆，藉著吳江上的「孤亭」在一夜巨變之後，精
雕細琢的飛檐被拋入冥冥長空，只剩下天際一座虹橋，供人仰望憑
弔；而詞人則以扁舟隱士的目光來審視現實的巨大變動及面對清醒的
失落感。顯然，句中「鯨翻坤軸」是指元軍的南下及南宋的淪亡，而
「覽茫茫、宇宙知何處」則是所有家國淪喪者的共同悲哀，「鼓雙楫，
浩歌去」充分表現出詞人自我解脫及超越的豪情逸致，繼承蘇、辛風
格的痕跡，斑斑可見。

　　竹山詞的豪宕與奇崛是聯繫在一起的，沒有這豪宕與奇崛之氣，
蔣捷又怎能在南宋滅亡後，支撐著一股始終不妥協的固窮守節之志？
這精神從〈沁園春·爲老人書南堂壁〉即可窺見一斑：

老子平生，辛勤幾年，始有此廬。也學那陶潛，籬栽些菊；
依他杜甫，園種些蔬。除了雕果，肯容紫燕，誰管門前長
者車。怪近日，把一庭明月，卻借伊渠。　鬢邊白髮紛如，
又何苦招賢約客歟。但夏榻宵眠，面風欹枕，冬檐晝短，
背日觀書。若有人尋，只教僮道：「這屋主人今自居。」休
羨彼，有搖金寶轡，纖翠華裾。

詞題雖爲「爲老人書南堂壁」，實際卻是詞人自我胸襟志節的具體寫
照，蔣捷從陶潛與杜甫身上看到仿效的榜樣，一方面不屈節事奉異
姓，同時也不失去對生活的熱誠，對生命的護惜。李調元在《雨村詞
話》中評此詞「甚有奇氣」，而這股「奇氣」正是來自他的錚錚傲骨！

　　陽羨詞人對這位「抱節終身」的同鄉先輩，除了人品上的崇敬外，
並肯定他是第一位在詞史上輝耀古今的陽羨詞人，而竹山詞的「沖夷
蕭遠」，則成爲陽羨一派詞風的神髓之一，蔣景祁在《荊溪詞初集》
序言中，就明確地說：

吾荊溪之人文之盛也，自漢晉以來素以節義著。……至以

> 詞名者，則自宋末家竹山始也，竹山先生恬淡寡營，居滆
> 湖之濱，日以吟詠自樂，故其詞沖夷蕭遠，有隱君子之風。
> 然其時慕效之者甚少。……近則其年先生負才晚遇，僦居
> 里門近十載，專攻塡詞，學者靡然從風。

這段話是陽羨詞風流變史實的描述，特別是談到竹山生前身後，「慕效」者甚少，直到清初陳維崧出，始續成之，發揚之，終於形成「靡然從風」的盛況。由此也可看出，蔣捷生前的孤寂，來自於他的堅持以高標自許，但同時也爲鄉里子弟樹立了一個亂世中耿介不屈的狷士典範，所以，當同樣是滄桑巨變的時代來臨時，他那狷介的人格典範及沖夷蕭遠的詞風便被聯想召喚出來。陽羨文中人，當年因「奏銷降調」的在職官吏，如黃錫明、徐喈鳳、萬錦雯等，在面對降調的無理處分後，大多毅然掛冠而去，終老鄉里，他們把心中的聊蕭不平發而爲詞，則呈現出或清逸、或瀟灑、或沈咽〔註20〕的多樣風貌，這時竹山情韻便宛然可見。「夢也夢也，夢不到」（蔣捷〈梅花引·荊溪阻雪〉）也就成爲蔣捷與清初陽羨詞人的共同失落之夢！

〔註20〕今人汪東以爲「晚宋諸家，竹山最爲沈咽……況其眷懷故邦，觸物
　　　　感興，固有與《花外》、《白雲》異曲而同工者矣。」（《詞學》第二
　　　　輯〈唐宋詞選評語〉）

第三章　陽羨詞宗陳維崧

　　明末清初，是我國歷史上最動盪、紛亂的時期之一。戰伐連年，兵荒馬亂，尤其崇禎末年，自江准以至京畿的數千里原野，已是「蓬蒿滿路、雞犬無聲」（谷應泰《明史記事本末》），其後，大清王朝入主中原，但天下大勢並未因而抵定，由於南明諸帝的負隅掙扎，又使戰事延續了十餘年。總之，這是一個波譎雲詭、民命危淺的時代。然而「國家之不幸」，往往也是「詩家之大幸」，幾十年的黑暗時期，不僅製造了許多可歌可泣的英雄事蹟，也產生了許多「不平則鳴」的偉大作家，而陳維崧，便是亂世危邦中所產生的一位「大手筆」（陳廷焯語）詞人。時代的不幸，釀就了他慘淡的一生，像當時大多數的知識分子一樣，他唯一能做的，就是把自己的痛楚譜入詞章，對世道、對命運發出既沈痛又無奈的沈沈吶喊！終以「雄詞高唱」的姿態領袖群倫，導揚宗風，睥睨詞壇！

第一節　陳維崧生平傳略

一、勝國泉族，忠義家法

　　陳維崧，字其年，號迦陵〔註1〕，江蘇宜興人。生於明天啓五年

〔註 1〕維崧之名出自《大雅·崧高》：『嵩高維嶽，駿極於天，維嶽降神，生甫及申』是「國家長存，子孫賢智之意。」「維崧字其年，也是求

（1625），卒於清康熙二十一年（1682），享年五十八。

　　維崧出身於桐蔭世家，遠祖陳傅良，學識淵博，爲人正直，因「抗疏忠懇，至牽帝裾，不聽，掛冠行」，其耿介不阿之氣節透顯無遺（見《中國文學家大辭典》）。祖父陳于廷（1566～1635），字孟諤，是東林黨的中堅人物。明末官至左都御史，《明史》稱他「端亮有守」。熹宗時，與楊漣、左光斗等人因忤宦官魏忠賢而被撤職，斥爲平民。當楊漣慘死噩耗傳來後，他圖藏「楊忠烈公」遺像於家，並於崇禎七年──即其病逝前一年，命當時年僅十歲的孫子維崧，代作〈楊忠烈像贊〉，這份死生不貳的情誼，不啻是對兒孫輩的最佳身教，也是陳氏一族忠義家法的具體呈現。

　　維崧之父陳貞慧（1604～1656），字定生，萬曆年間廩生，是「復社」領袖之一，以氣節著稱。早年與桐城方以智、商丘侯方域、如皋冒襄並稱「四公子」。黃宗羲〈陳定生先生墓志銘〉譽之爲明末「清流」之魁。（《南雷文定・前卷七》）。曾和吳應箕、顧杲共草〈留都防亂揭〉，聲討阮大鋮等閹黨；及弘光朝立，阮氏專權，貞慧等被捕下獄，賴侯方域營救，方得解脫，但已瀕於九死。南明覆亡後，他「鑿坏不出，坐臥村中一小樓，足跡不入城市者二十年」而「遺民故老，時時猶向陽羨山中一問死生」（《陳迦陵文集》卷五）。父祖輩的方正不阿和高風亮節，對陳維崧的思想、創作及日後的生活態度，都有相當程度的影響。維崧自幼即才華溢露，八、九歲便熟讀史漢編，對朱家、郭解諸遊俠嚮慕不已（註2）。十歲時代其祖父作《楊忠烈像贊》，文章極有可觀。十四歲

其永久之意」──見吳熊，和主編《清初十大詞人》。據陳維崧自述其得名之由：「乙丑，少保公稱六十殤，維崧生，因名之曰崧」見〈先府君行略〉《文集》卷五。維崧自以「迦陵」爲號，生前並每題詞集爲《迦陵詞》，據蔣景祁《陳檢討詞鈔序》中說：「迦陵者，西王母所使之鳥名也，其羽毛世不可得而見，其文彩世不可得而知。劃然嘯空，聲若鸞鳳，朝遊碧落，暮返西池。神仙之與偕，而縹緲之與宅。」於此，亦可見詞人的自負及對創作的追求。

〔註2〕「憶余八、九歲，熟讀史漢編。竊駭漢武帝，迂怪紛駢闐。」（乾隆本《湖海樓詩集》卷一，頁11）。又「余幼讀龍門游俠列傳，如魯朱

隨父住南京，學詩於陳子龍〔註3〕，學史於吳應箕〔註4〕。十四五歲便
「稱詩里中……揚揚甚自得。」（〈徐唐山詩序〉《陳迦陵文集》卷一）。
自此在父親的引薦帶挈下，謁交天下俊彥才哲，濡染名士議論；每逢名
流讌集，維崧往往援筆作序記，下筆千言，瑰瑋無比，一時名公碩望均
折節與之作忘年交，李雯並以「實有潘江之目」許之〔註5〕。十七歲應
童子試，被陽羨令何明瑞拔爲童子第一〔註6〕。年未二十，復與吳兆騫、
彭師度同被吳偉業譽爲「江左三鳳凰」。1644四年明朝滅亡，他正值弱
冠之年，逢此家國巨變，對一個亟思有所作爲的世家子弟而言，衝擊不
可謂不大。家道中落後，維崧隨父避難家居，此後數年，先後傳來其師
吳應箕遇難，陳子龍殉節的噩耗，但這兩位亦師亦友的前賢，也爲維崧
立下了「古道照顏色」的忠義典範。

　　入清之後，江南戰事頻繁，而陳氏家族在貞慧的支撐下，勉強維
持了最後十餘年的安定局面。這段期間，海內「逋臣遺老」仍時相往
還，已補諸生而久不遇的維崧，便親炙於婁東吳梅村門下，成爲「梅
村體」傳人之一〔註7〕。庚寅、辛卯（順治七、八）年間，他與鄒祇

　　　　家郭解諸人，心常慕之……。」（《陳迦陵文集》卷三〈贈蔡孟昭序〉）
〔註3〕「憶余十四五時，學詩於雲間陳黃門先生，於詩之情與聲十審其六
　　　　七矣。」（《陳迦陵文集》卷一〈許漱石詩集序〉）
〔註4〕「憶歲戊寅從余師（吳應箕）遊，余纔年十四耳。記一日者，余以
　　　　制舉藝呈先生，題爲葉公語孔子及太師摯適齊邦君之妻諸全章，先
　　　　生喜，掀髯抵几立飲盡一斗曰：『子異日良史材也……。』於是陳生
　　　　名一日而滿大江南北，……蓋先生平日於書無所不窺而尤精熟於
　　　　史，其教維崧也亦必令其精熟於史。」（〈吳子班讀史漫衡序〉《陳迦
　　　　陵文集》卷三）
〔註5〕「余年十五，李舍人過陽羨，余出〈昭君曲〉示之，徘徊歎賞不去
　　　　口實，既又飛書會稽陳黃門，實有潘江之目。」（〈宋楚鴻古文詩歌
　　　　序〉《陳迦陵文集》卷一）
〔註6〕陳維崧有〈滿江紅·何明瑞先生筵上作〉一首，便是追憶這段年少
　　　　風光之作，詞上片云：「陽羨書生，記年少，劇於健馬。公一顧，風
　　　　鬃霧鬣，盡居其下。兩院黃驄佳子弟，三條紅燭喬聲價。恰思量，
　　　　已是廿年前，淒涼話。」
〔註7〕「吳偉業的七古有兩種：一種是長篇敘事詩……另一種是氣格恢
　　　　宏，開合變化，大約本盛唐王、高、岑、李諸家，而稍異其篇幅，

謨、董以寧時相往來，文酒之暇，彼此以塡詞唱和，往往「放筆不休」，維崧塡詞之始，約在此時。同時，參加江南各郡舉辦的詩社文會活動，已是鋒芒畢露，每逢「四郡名士集，觴酌未引……維崧索筆賦詩，數十韻立就，或時作序記，用四六俳體，頃刻千言、鉅麗無比，諸名士驚以爲神（蔣永修〈陳檢討迦陵先生傳〉）。維崧既以才高而見重於時人，加上他的個性慷慨磊落，外和內剛，「遇人溫溫若訥，生平無疾辭遽色……持己以正，時有所匡」，故名流諸公皆樂於與之親近。因而這位以美鬚髯而見稱的「陳髯」〔註8〕所至之處，皆「車馬塡巷，諸公貴人爭客髯」（〈陳檢討迦陵先生傳〉）這一段以高才享譽士林的時期，也是他一生中，最爲意氣風發的階段。只是，當貞慧於順治十三年病故後，一切繁華景象也隨著家道的中落而凋零。加上「邑中仇者」時欲迫害〔註9〕，陳氏子弟只得離鄉避禍，零落東西，陳維崧湖海飄零的悲劇命運自此拉開序幕。

二、湖海飄零，幽獨向晚

順、康年間，江南如皋的冒襄家，是當時文士名流雅集之所，而冒襄又是陳貞慧的至交，對陳維崧這位子侄輩亦甚爲護惜，他深知貞慧死後，陳氏子弟所面臨的難堪境遇，於是適時伸出援手，力邀維崧至如皋避禍，而「水繪園」便成了陳維崧半生汗漫之遊的首度落腳棲息之地。相對於日後的南北漂泊，如皋前後六年（順治十五年——康熙二年）的生涯畢竟是比較安逸的。

這段客居期間，陳維崧不僅與冒氏子弟及毛亦史、許山濤、張孺

時出入於李杜，陳維崧繼承而加以變化的是後一種。」見劉世南《清詩流派史》第五章〈婁東詩派〉頁150。
〔註8〕據《國朝先正事略·陳其年傳》云：「先生少清臞，冠而于思，鬚浸淫及顴準，士大夫號陳髯，由是陳髯之名滿天下。」
〔註9〕對仇家的迫害，陳維崧曾作〈哭文友周文夏侍御〉一詩：「猶憶癸巳春，鄙人益落魄，仇家内視我，張吻誓咀嚼。適君（周文夏）畫錦歸，切齒碎齦齶，挈我亡命遊，俾我罕驚愕，吳山越水間，捽頭免人捉。」（《湖海樓詩集》卷三）

子等日酬唱；並與王士祿、王士禛兄弟，龔鼎孳、曹爾堪、宗元鼎、顧貞觀、邵長衡、汪懋麟、季振宜、萬樹等人時相往來〔註10〕，雖然彼此間名輩有先後，出處有殊異，但都和維崧作亦師亦友的交往。在這樣一個濃厚的文化環境中，耳濡目染呼吸領略的結果，不僅開拓了他心靈的視野，也收到文章上的切磋漸染之效。這一段人文上的「雅遊」經歷，使得「陳髯」之名馳譽天下，同時對他日後在詞壇上能導揚宗風，領袖一派，也起了相當大的作用。

　　康熙四年（1665），維崧二度離開如皋，靠著父祖的關係及蔭庇，遊走貴人達官間，但此時的他，往往因「才智誕放」，而被「當途貴遊，目之輕狂」（〈上龔芝麓先生書〉《湖海樓文集》卷四），此時年屆不惑的維崧已有「身將隱矣，於世焉求，四十男兒悲老大」（〈洞庭春色〉）的「馮鋏息彈」之嘆；但又時時不忘「我亦東吳少保孫」（〈顧尚書家御香歌〉《湖海樓詩集》卷一）的清華門第，其心態之矛盾與不甘可想而知。在蹭蹬風塵之餘，他仍未放棄藉著科舉仕進一途來重振「衰醜」之家門，一展其經濟之懷的念頭。康熙五年（1666）維崧應鄉試落第，失意之餘，再度過著「風打孤鴻浪打鷗」（〈一剪梅・吳門客舍初度作〉）的生活，足跡所至，有蘇州、鎮江、洛陽、商丘、南陽、汝寧、京師等地。這一段萍蹤南北，客遊四方的際遇，使他親眼目睹了喪亂社會的凋弊，也對農民生活的困苦實況，有了更深刻的了解。這段「壯遊」的經歷，不僅厚實了他的人生閱歷，豐富了他的創作內涵，更因而在作品中激盪出一般湖海豪氣。〔註11〕

　　維崧於入清後，七次參加省試，七次均遭黜落，打擊不可謂不大，在過了三十餘年窮愁偃仄的潦倒生涯後，直到康熙十八年（1679），維崧五十四歲時，才在宋德宜的推薦下，舉博學鴻詞科，授翰林院檢

〔註10〕詳見嚴迪昌《陽羨詞派研究》第六章第一節〈陳維崧生平行跡考辨〉。
〔註11〕孫克寬先生認爲其年離開江淮、游食黃河一帶所作之詩，是「勃勃有生氣」之作，因其愁苦之際遇，促使其氣勢更爲廣闊。（引自丁惠英《陳維崧先生年詩》頁16）

討，參與編修《明史》〔註12〕。赴京前一年，愛子獅兒早夭，赴京第二年，妻子儲氏病逝宜興老家，迭遭天倫巨變，他的心境因而日益落寞。入朝後，他那「不墮俗下儇薄氣」（徐乾學〈陳檢討維崧墓誌銘〉）的誠篤個性，自然會有「朝衫偶著每嫌身」（〈送葉慕盧歸黃州〉）之嘆，雖然當時「京師自公卿下，無不籍籍其年名，傾慕願交者。凡人事往來賀贈宴餞頌述之作，必得其文以爲榮。脡脯之贄溢於堂，四方之屨交錯於戶」，但豪宕落拓如維崧者，往往「饋遺隨手盡」，故日常生活依然困頓，「所居在城北市廛，庳陋才容膝，蒲帘土銼，攤書其中而觀之……時時匱乏困臥而已」（〈陳檢討維崧墓誌銘〉），這便是他追求大半生，終而「晚達」的淒涼寫照。

京華倦客，幽獨向晚，此時心念所繫，無非是湖山魚鳥而已。常年愁病侵尋的結果，終於在康熙二十一年春，客逝京邸，結束了他那「我亦受人憐惜，爲人磨」（〈虞美人・詠鏡〉）的一生。五月七日病篤之際，猶口吟「山鳥山花是故人」之句，振手作推敲勢〔註13〕。嗚呼痛哉！維崧身後蕭條，無以爲葬，幸賴當年座師宋蓼天等出資，方得歸葬故里。〔註14〕

觀其一生，在明亡前的二十年時間，過的是世家公子的優渥生活，後半生則可以「孤危拓落、饑驅四方」概括之。「今日布衣，昔年公子」（季振宜《烏絲詞序》）的大起大落，終而鑄就成他那「硬箭強弓」般的風骨。而長期「流浪戎馬，糾纏疾病，幽憂督亂，無所不至，又常涉歷於人情世故間」（〈與宋尚木論詩書〉《文集》卷四）的結果，則是留下了宏富多樣的作品，以待後世知音共賞。維崧之友王

〔註12〕陳維崧於康熙十六年，上書宋蓼天，自述生計之蹙，並盼其提攜，中有「翹首京華，恃有先生一人在耳」之句。宋氏爰薦於當朝，因而得官。（見〈上宋蓼天總憲書〉《陳迦陵文集》卷四）

〔註13〕據《鶴徵錄》載述：「陳維崧……相傳是善卷山中誦經猿再世，疾革時猶吟斷句云：『山鳥山花是故人』。」

〔註14〕宋蓼天有「生，吾薦諸朝；死，吾歸諸原」之語（見蔣永修〈陳檢討迦陵先生傳〉），寥寥十字，便道盡二人善始善終的交道。

士正曰：

> 一人知己，可以不恨，亦有偃蹇於生前，而振耀於身後者。
> 故友陽羨陳其年，諸生時，老於場屋，小試亦多不利。己
> 未鴻博之舉，以詩賦入翰林。不數年，病卒京師，歿後，
> 其鄉人蔣京少景祁刻其遺集，無隻字軼失；皖人程叔才又
> 注釋其四六文字行於世，此世人不能得之於子孫者，而一
> 以桑梓後進，一以平生未識面之人，而收拾護惜其文章如
> 此，亦奇矣哉！（王藻、錢林輯《文獻徵存錄》卷十引）

此段文字論及維崧生前雖蕭條不遇，但身後得以將心血著作傳諸其
人，振耀後世，比起一些懷瑾握瑜而終身抱影蓬窗之士而言，誠屬不
幸中之大幸！維崧地下有知，亦當欣然！

第二節　兼擅眾體之著作風貌

　　維崧生而具備富艷高才，但他並不自我設限在任才使氣的狹小格
局裡，這位「早慧」型文人，反而誠謹篤實地向詩書經籍中鑽研深思，
舉凡六經、子史、百家文學，無不涉獵，日手一卷，不因「南轅北楫、
檣危馬駭」而釋卷〔註15〕，即使饔飧不繼，仍咿吟自如，不改常態，
因而厚植了淵博多方的學養〔註16〕，再加上他半生蹈揚湖海所累積的
豐富閱歷，於是，才、學、識三者集於一身，縱筆所至，便形成詩、
詞、駢文眾體兼擅的著作風貌。以下分別作一概略說明：

　　陳維崧有《湖海樓詩集》八卷傳世〔註17〕，其詩主要師承吳應

〔註15〕見儲欣〈陳維崧傳〉《國朝耆獻類徵初編》卷百十七，詞臣三。

〔註16〕《文獻徵存錄》卷二：「王西樵語子弟曰：『其年短而鬚，不修邊幅，
　　　　吾對之，只覺其嫵媚可愛，以伊胸中有數千卷書耳。』」

〔註17〕《湖海樓詩集》本陳貞慧為陳維崧刊刻少時詩作所命名，惟其板今
　　　　俱不存。維崧歿後，其弟宗石搜錄其生前詩作八卷，仍沿用湖海樓
　　　　之名，即今所見惠立堂本《湖海樓詩集》。姜宸英於光緒刊本《湖海
　　　　樓詩集序》中云：「……然後得詩凡若干首，然則其年之性情見於此
　　　　矣。予特取其命詩之意，所謂湖海樓者思之，知其意不在詩，將無
　　　　大拯橫流，宏濟時艱者其人耶！」這是姜氏對《湖海樓詩集》命意
　　　　由來所作的解釋。

箕和陳子龍。吳詩精熟於史、橫屬悲壯；陳詩沈雄瑰麗，對維崧青少年時期的詩作，頗具影響；其後客遊羈旅，所爲詩亦呈現跌宕頓挫之風；晚年則與當代大家議論縱橫，詩風「益蒼辣奔放」（陳宗石《湖海樓詩集·跋》）。其詩多取法少陵、昌黎、東坡、放翁等前賢，維崧生前嘗自謂：「吾詩在唐、宋、元、明之間」，（陳維崧《湖海樓詩集跋》），亦可見其以不拘一格標榜自負。沈德潛尤其肯定他的詩，沈氏以爲陳維崧「詩品古今體皆極擅場，尤在四六與詞之上。」（《清詩別裁集》卷十一）而今人劉世南於《清詩流派史》中，則讚揚陳詩「主氣勢」而又「間出秀語」，寫出了力度，卻不失其含蓄美，對後人的影響是「它（指陳維崧的詩風）使更多的詩人考慮如何走唐宋詩結合的道路。」（第五章〈婁東詩派〉頁 150～151）

　　在陳維崧各類作品中，又以駢文及詞的成就，尤爲世所艷稱。就駢文言，其《陳迦陵儷體文集》十卷（惠立堂本），時人即讚賞不置，如汪琬曰：「唐以前不敢知，自開寶後七百年，無此等作矣！」，徐乾學曰：「庾開府來一人而已。」（《國朝當獻類徵初編》卷百十七詞臣三），《四庫提要》則云：

> 國朝以四六名者，初有維崧及吳綺……然綺才地稍弱於維崧……。平心而論，要當以維崧爲冠……才力富俊，風骨渾成，在諸家之中，獨不失六朝四傑之舊格。（《國朝詩人徵略》卷十二）

當時如尤侗、吳綺、毛奇齡等都是四六老手，而維崧尤以卓犖之姿，顧盼其間，堪稱大家巨擘。嘗自云：「於儷文有心手獨到之處。」，「吾四六文不多，因吾擅場之體，恨未盡耳。」（陳維岳《陳迦陵儷體文集跋》）臨終猶諄諄囑託三弟維崧付諸剞劂，可見其自喜駢文若此，惟日後駢文之成就終爲詞名所掩耳！

　　陳維崧雖眾體備善，然其中最以詞名揚天下，維崧本人於詞致力尤深，乃其當行出色之代表作品，至「晚年猶好之不厭」（陳維岳《迦陵詞全集跋》）。現存《迦陵詞》三十卷，又名《湖海樓詞》，計有詞

調四百一十六調，收詞一千六百二十九闋，詞作之宏富，正如其弟宗石在《迦陵詞全集跋》中所說：「自唐宋元明，未有如吾伯兄之富且工也。」時人或推崇其「縱橫變化，無美不臻」（高佑釲《迦陵詞全集序》）的多變風格，或強調其開派立宗的地位：「錫鬯、其年出而本朝詞派始成。」（譚獻《篋中詞》）而陳維崧之所以成爲清初詞壇別開生面的巨擘；《湖海樓詞》之所以成爲「詞學中之絕唱」（高佑釲《迦陵詞全集序》），斷不是因其與朱彝尊合刻之《朱陳村詞》曾流傳至禁中，蒙聖祖賜問之榮寵所致，也不是由於他的「填詞之富，古今無兩」（陳廷焯《白雨齋詞話》），而是取決於他的詞篇同時具備了深度及廣度，舉凡可歌可泣者，皆寓於詞，在歌有思，哭有懷的豐贍精深的內涵外，又出之以縱橫變化的多樣風貌，而一股力透紙背的眞精神尤其隨處可見，凡此，都不是一般率意淺學者所能望其項背的。

第三節　陳維崧之詞學觀

一、明末清初的詞體觀念演進

　　人們對詞體的職能及社會功能的體認，是隨著詞的創作發展而逐漸加深，漸趨全面的。詞曲艷科小道，到抒情言志；由不登大雅之堂，到上躋於《風》、《騷》之列，也經歷了一個漫長的過程。

　　自元代以來，詞的發展即因樂譜的亡失，而由音樂文學階段逐漸進入純文學體式階段，遂由「音樂之事，變爲吟詠之事」而爲「文章之一種」（《宋名家詞提要》，《四庫全書總目》卷二○○）。當詞逐漸與「樂」相游離後，人們對詞的抒情性要求愈趨強烈，審美情趣也隨之改變，並從而追求一種新的藝術形式規範。及至明代，在尺寸古法的空疏學風的影響下，明人回頭重蹈五代北宋的舊轍，勦襲「詞爲小道」的傳統觀念，將詞體視爲表現私人生活場景的工具。影響所及，明人在審美趣味上則崇尚《花間》、《草堂》的婉孌、柔靡，並心摹手追，響附影隨，如王世貞便曾鮮明地表示他對艷詞的讚賞，「寧爲大

雅罪人」(《藝苑卮言》附錄)，也不願披著儒者的偽裝外衣。這便是
受到明人強調詞體「主情」藝術特性的影響；然而過猶不及，在托體
不尊、取法不高的前提下，重情便會導致濫情、矯情，明詞的日趨卑
下而中衰，自是不可避免的了。

　　清初詞家鑒於明詞失敗的經驗，在新的時空背景，文化條件下
〔註18〕，重新去認識詞體，並提昇詞體，這不僅使明詞中衰的局面再
度提振起來，也爲理論復蘇注入了活力。指弊矯枉，總結求變，往往
是身處易代之際的文人的時代課題，清初詞人在創作之時，必然會伴
隨著理論的反思與重構，而這一時期的反思與重構又不可避免受到當
時務實尚博的學風影響。清初在顧、黃、王等遺民故老倡導下，「博
學有文」、「文須有益天下」(顧炎武《日知錄》卷十九)、「身之所歷，
目之所見，是鐵門限」(王夫之《夕堂永日緒論・內編》)做眞學問，
寫眞性惰，成了時代思潮，影響所及，針對明詞的思想凡庸，語言淺
俗的空疏之弊提出針砭，便是清初詞學批評的普遍課題；而要力矯此
一弊端，正本清源之道便是從「辨詞體」的核心問題入手，所以「推
尊詞體」，進而提出對詞體不同的審美要求，便成了清初詞人必然的
走向。

　　鼎革之際的詞學批評，主要是來自「雲間」、「陽羨」兩派的理論。
「雲間」宗主陳子龍首先在詞風傾頹的情況下，求覓詞統，只可惜知
「變」而未能求「通」，又折回「文必兩漢，詩必盛唐」的復古舊轍。
且其主要理論，易幟之前已告完成，入清之後，已爲餘響；宋徵璧、
毛先舒、丁澎、沈謙等，雖首肯其說，但理論展衍則嫌單薄。相形之
下，陽羨派這崛起於清初變幻、動盪時局中的詞派，不論是理論或創
作，都旗幟鮮明，有所建樹。陳維崧是該派詞論的主要建設者，其友

〔註18〕康熙爲貫徹其右文政策，在詞學方面，即躬親主持編訂《詞譜》和
　　　　編選《歷代詩餘》兩部大型詞籍。他在《御製選歷代詩餘序》中曰：
　　　　「其(詞)於古者依永和聲之道，洵有合也。然則詞、亦何可廢歟？」
　　　　將詞與《風》、《騷》傳統聯接起來，以爲可以繼響古代的詩樂，有
　　　　裨於政教，這爲詞體的復振，提供了良好的文化條件。

人任繩隗、徐喈鳳、史惟圓、蔣景祁也多有精闢的見解。他們極力廓清前人糾纏表層，不探本源的因循之說，而從詞的本體功能著眼，提出詞可比肩經史的宏論。緊接陽羨而起的浙西詞派雖有意提高詞的地位，矯正明詞之弊，但仍不可避免地存留一些過渡時期的缺失，如倡導者朱彝尊便不滿明詞的流於「巴人之唱」，而主張「詞以雅為尚」（朱彝尊《詞綜‧發凡》）以「雅」藥「俗」，並進而把雅與比興寄託聯繫起來，但朱氏畢竟未能擺脫對詞的傳統狹隘觀念，以為「詞則宜於宴嬉逸樂，以歌詠太平」（〈陳緯雲《紅鹽詞》序〉）。此外，其他詞人也提出推尊詞體的觀念，如丁澎、尤侗等：然而他們尊體之意雖佳，但立論往往不夠周延，離理論的圓融，尚有一段差距〔註19〕。相較之下，由陳維崧為首的陽羨派，在對詞的本體特質等問題的認知及探索上，是清初這段棄舊圖新的蛻變過程中，最具新意的一家理論主張。

二、陳維崧之詞學觀

　　陳維崧的詞學主張，建構於五十四歲入仕之前，是其大半生坎坷經歷與藝術探索的理論總結。

　　在陳維崧四十歲後，有一段近十年的時間，他棄詩不作，專意填詞，主操選政，並在康熙十年前，與友人吳本嵩、吳逢源，潘眉合作編選《今詞苑》，而由陳氏主筆的序文（又名《詞選序》）則是陽羨詞派重要的理論綱領。

> 客或見今才士所作文，間類徐庾儷體，輒曰此齊梁小兒語耳。擲不視。是說也，予大怪之。又見世之作詩者，輒薄詞不為，曰為輒致損詩格。或強之，頭目盡赤。是說也，則又大怪。夫客又何知？客亦未知開府哀江南一賦，僕射

〔註19〕丁澎在《定山堂詩餘序》中說：「詩余者……其源出於詩，詩本文章，文章本乎德業，即謂詩餘為德業之餘，亦無不可者。」而尤侗則於《延露詞序》中說：「詩以餘亡，亦以餘存」。他們都對「詩餘」說作出新的詮釋，尊體的用意甚為明顯，然而丁、尤所論，程度不等地存在著隨意詮釋的不足。詳見《中國詞學批評史》頁195～197。

在河北諸書，奴僕莊騷，出入左國，即前此史遷班掾諸史書，未見禮先一飯；而東坡、稼軒諸長調，又駸駸乎如杜甫之歌行，與西京之樂府也。蓋天之生才不盡，文章之體格亦不盡，上下古今，如劉勰、阮孝緒以及馬貴與、鄭夾漈諸家，所臚載文體，廑部族其大略耳。至所以爲文，不在此間，鴻文鉅軸，固與造化相關，下而讕語卮言，亦以精深自命，要之穴幽出險以厲其思，海涵地負以博其氣，窮神知化以觀其變，竭才渺慮以會其通，爲經爲史，曰詩曰詞，閉門造車，諒無異轍也。今之不屑爲詞者，固亡論；其學爲詞者，又復極意花間，學步蘭畹，矜香弱爲當家，以清眞爲本色，神瞽審聲，斥爲鄭衛，甚或爨弄俚詞，閨襜冶習，音如濕鼓，色若死灰，此則嘲詼隱庾，恐爲詞曲之濫觴，所慮杜夔左騃，將爲師涓所不道，輾轉流失，長此安窮？勝國詞流，即伯溫、用修、元美、徵仲諸家，未離斯弊，餘可識矣。余與里中兩吳子潘子戚焉，用爲是選。嗟乎！鴻都價賤，甲帳書亡，空讀西晉之陽秋，莫問蕭梁之文武，文章流極，巧曆難推，即如詞之一道，而餘分閏位，所在成編，義例凡將闕如不作，僅效漆園馬非馬之談，遑恤宣尼觚不觚之嘆，非徒文事，患在人心。然則，余與兩吳子潘子僅僅選詞云爾乎？選詞所以存詞，其即所以存經存史也夫。(《迦陵文集》卷二，四部叢刊本)

由上述文字，我們可以歸納出如下重點：

(一) 探本溯源，推尊詞體

陳維崧並沒有把規劃派別門徑作爲目標，他的著眼與歸結不在張揚宗風，而在闡發本體，充分顯示了掙脫因襲傳統理論的膽識與卓見。推尊詞體，以振衰起弊，是清初詞人的共同努力方向，但與眾不同的是，陳氏不像時人般僅在字面上兜圈子，結果只是治絲愈棼，於詞論建設無補。陳維崧的特殊點在於：既不逡巡不前，也不盲目攀附，而是另闢蹊徑，撥開藤蔓，直探本源。在力闢「小道」說的努力上，眞正起了補弊救衰的針砭功能，也是繼蘇辛之後，在推尊詞體的努力

上，做了最有力的呼應！

1. 天之生才不盡，文章之體格亦不盡

陳維崧首先從「發生論」的角度做爲立論的起點。由「天之生才不盡」的客觀事實，推出「文章之體格亦不盡」的理論命題。換言之，一切文章體式，都是人的創造才能在現實需要的情況下，應運而生。既然各類文體都是文人的才能所創造出來的，都是文學演進變化之「流」中的一環，是「不得不然」的結果，則任何文體的存在，都有其天然的合理性與必然性。而文體之間，便不應存在任何高下、貴賤、大小的價值分別觀，如此便釜底抽薪地抽去了詞體「小道」觀念的立足根基，也是對以詩文爲正統的傳統觀念最有力的反駁。日後王國維有「一代有一代之學」(《宋元戲曲考序》)、「故謂文學後不如前，余未敢信。」(《人間詞話刪稿》)的名言確論，可謂與清初的陳氏之說遙相呼應，相較之下，陳維崧的論點，更具有超越時代的卓越性。

2. 選詞所以存詞，其即所以存經存史

確認了詞體存在的合理性與必然性，便是爲詞爭取到足以與詩文平起平坐的地位。緊接著陳維崧便從「功能論」的角度來提高詞體的職能，要求詞能承擔起「存經存史」的使命。擴大來說，既然眾體平等，都是作者抒情言志的自然抒發，那麼便同樣可以擔負起如經、史般的教化功能。如庾信的「哀江南一賦」，徐陵的「在河北諸書」等駢文賦體都體現了足可與經史並駕齊驅的功能，亦即這些作品都反映了很強的時代感，歷史感。即使面對如《史記》、《漢書》、《莊子》、《離騷》等「鴻文巨軸」亦不遑多讓；至於「東坡稼軒諸長調」的寫實功能，比起兩漢樂府詩及杜甫的社會寫實詩也毫不遜色，詞體同樣可以具備洩導人情，諷諭時政，教化人心的積極作用，故論詞填詞者，實不可執偏以概全，畫地以自限。「鴻文巨軸固與造化相關」，而「讕言厄語」，只要是有事而作，歌哭由衷，便不容小覷。誠如曹植在〈與楊德祖書〉中所言「擊壤之歌，有應風雅，未易輕棄也。」

詞可比肩經史的觀念，也反映在陳維崧的書序文字及其他詞評

中，如他在《任植齋詞序》中云：「然則新詞也，以爲《金荃》之麗句也，抑亦《夢華》之別錄也。」（《湖海樓文集》卷二）。又同卷之《董文友文集序》中，則云：「彼夫以『香奩』、『西崑』之體目文友者，是豈吾文友者乎？離亂之人，聊寓意焉，君子謂可以『觀』矣。」這便把詞提升到與經史並列的地位。至於詞評之例則有讀曹貞吉的〈望遠行・詠延陵季子劍〉曰：「偷聲減字，吹出《吳越春秋》。」讀任繩隈的〈滿江紅・讀南史有感〉曰：「搖落江潭，勝讀庾蘭成一賦。」加上《湖海樓詞》中，有許多「敢拈大題目，出大意義」（謝章鋌《賭棋山莊詞話》）的作品，可見陳氏此論，並非只是一時的空言高論而已。

　　3. 讕言厄語，亦以精深自命

　　當確認了詞體的地位及其功能後，接下來便是針對作者的創作態度提出要求。陳維崧以爲，任何形式的「讕言厄語」，都應以「精深自命」爲創作前提，亦即：形式是自由的，創作動機及態度卻是嚴肅的。所謂「精深自命」，要言之，就是用最專一凝注的精神，最深刻的命意來從事創作，而非遊戲筆墨，以餘力爲之的態度。陳維崧更進一步提出「穴幽出險以屬其息，海涵地負以博其氣，窮神知化以觀其變，竭才渺慮以會其通」四端來具體說明：「穴幽出險以屬其思」，是爲求深刻其意，不妨出之奇詭之風，以新人耳目；「海涵地負以博其氣」，是指必須開拓內涵境界，恢宏氣象；「窮神知化以觀其變」則是把握規律，更變創新，百變而不離其宗；「竭才渺慮以會其通」則是進一步指出，任何文體的創作，其目的都是一致的，都應殫精竭慮，黽勉從事，以共同承擔起文學嚴肅的使命，這使命其實就是社會功能，也就是如「哀江南一賦」、「在河北諸書」以及「東坡稼軒諸長調」等所體現出的，足以比肩經史而毫無愧色的寫實功能。〔註20〕

　　在這樣嚴謹的創作態度下，「讕言厄語」自然可以和「鴻文巨軸」一般，與「造化相關」；同樣的，詞家的創作心態，自亦不使再拘囿於

〔註20〕本小段文字乃參酌嚴迪昌《陽羨詞派研究》第四章第一節之說及融會個人心得而成。

「助妖嬈之態」、「資羽蓋之歡」（歐陽炯《花間集序》）的狹隘天地中，
而應以最嚴肅的態度去反映眞實人生，擔負起文學載道的使命，唯有
如此，才能避免蹈入「極意《花間》，學步《蘭畹》，於香弱當家，以
清眞爲本色」的偏仄之路，也才符合詞體濫觴之初的原始精神及風貌。

　　「詩律三年發，長暗學凍烏。倚聲差喜作，老興未全孤。辛柳門
庭別，溫韋格調殊。煩君鐵綽板，一爲洗蓁蕪。」（〈和荔裳先生韻，
亦得十有二首〉之六）「一爲洗蓁蕪」是一句帶有濃厚理論色彩的口
號，意謂著陳維崧要在詞壇上進行一場汰濁揚清，振衰起弊的開拓工
程，這般「精深自命」的創作態度，在詞史上，實屬罕見。

（二）感奮而發，緣情造端

　　陳維崧《曹實庵詠物詞序》云：

> 天若有情，天寧不老；石如無恨，石豈能言。銅駝轂觫，
> 恆逢秋至以偏啼；銀雁臇沙，慣遇天陰而必出。山當雨後，
> 易結修眉；竹到江邊，都斑細眼。溯夫皇始以來，代有不
> 平之事。……或蝦蟆陵上，暮年紅袖所閒談；或鸛鵲樓邊，
> 故老白頭之夜話。或武擔過客，曾看石鏡於成都；或盤屋
> 居民，偶得銅盤於渭水。苟非目擊，即屬親聞。事皆磊砢
> 以魁奇，與自顚狂而感激。槌床絕叫，蛟螭夭矯於腦中；
> 踞案橫書，蝌蚪盤旋於腕下。誰能鬱鬱，長束縛於七言四
> 韻之間。對此茫茫，姑放浪於減字偷聲之下。

這裡所說的「興自顚狂而感激」、「蛟螭夭矯於腦中」、「蝌蚪盤旋於腕
下」，形象地描述了詞人感奮激動、眞情難抑，而命諸筆墨的創作過
程。陳維崧肯定的是「苟非目擊，即屬親聞」的眞實心聲流蕩，必須
情動於中，方形諸言，而非向壁虛構的爲文造情。在陳維崧看來，塡
詞也是另一種形式的「不平之鳴」，在緣情造端，歌哭由衷的創作動
機下，詞的「志意」方能「深厚」，也才能透映出一股動人的力量，
進而感發讀者，產生呼應共鳴。詞體的功能也就因而提升，足以比肩
經史。陽羨詞派的推尊蘇、辛，一是從「駸駸乎如杜甫之歌行與西京

之樂府」的角度——即重其有「意」——義同「經」、「史」著眼；其次就是從「情」的角度來肯定他們的作品「情與貌，略相似」——同樣流露出伉爽的氣性、悲憫的胸懷、擁抱生命的熱忱，再多的挫折、磨難也澆不熄他們胸中的爛漫真情，及對社會的使命感，這份由至情至性所散發出的光、熱，便是蘇、辛作品中最能打動人心的部分。比起專事艷詞的軟媚無骨，其境界之高下，不啻有天壤之別。故陽羨詞人論詞有「離乎性情以爲言，豈是平論」之說〔註21〕。

身爲陽羨派宗主的陳維崧在〈和松庵稿序〉中說：

> 嘗與友人說詩：作詩有性情有境遇。境遇者，人所不能意計者也；性情者，天之莫可限量者也，人爲之也。（《迦陵文集》卷一）

所謂「境遇」，當指一切外在的客觀條件，如際遇、經歷等，當然不是人所能「意計」掌握的。而詩人唯一可以自持把握的，便是主觀本體的「性情」，而「性情」不單指先天的氣質、才性言，若再經過後天學養、閱歷的涵養浸潤，「性情」便可擴充爲「襟抱」，維崧在「人不可能選擇境遇，但人也不該爲境遇所左右」的論辯中，最終意圖是要闡明「人」的自主性，一個不爲窮達得失所左右的「性情」，才是真性情，這便是「天之莫可限量者」的部分，也是作者最可以自豪而自由馳騁發揮的部分。陳維崧在《孫豹人詩集序》中又說：「夫聲音之際，抑揚抗墜之間，其關人性術者，豈微眇哉？」「性術」即指「性情」。當言爲心聲，藉歌哭以宣洩時，其人之「生平、悲愉、可喜、飲食、格鬥、怒罵、不平」均可涵概其中，觀文可以知人，文章之術，那裡可以小覷？至情乃有至文，當「滿心而發、肆口而成」時，不求工而自工，讀者自然能感受到一股足以移人性情，愉人魂魄的藝術感染力量，誠如程兆熊在《文學與文心》中所說：「所謂『持人情性』

〔註21〕徐喈鳳《詞證》云：「詞雖小道，亦各見其性情。性情豪放者，強作婉約語，畢竟豪氣未除；性情婉約者強作豪放話，不覺婉態自露。故婉約固是本色，豪放亦未嘗非本色也，后山評東坡詞『如教坊雷大使舞，雖極天下之工，要非本色。』此離性情以爲言，豈是平論？」

（《文心雕龍・明詩》），實乃持其性情之眞。」又說：「有其才華之大，遂有其風神之逸；有其情志之切，遂有其格調之高。」「才華無可學，而一本性情，則全由一己。而文之能宗經徵聖，直從性情之教來。有性情之眞，乃有心術之正，故儘可動心、動情、又復動性。」此段文字，實爲陳維崧「感奮而發，緣情造端」理念的最佳闡發。

（三）自出風神，反對因襲

辨得「性情」對詞家的必要性後，在眞情流露的基礎上，任何發擄性情，直抒胸臆的詞作，均屬佳作，而風格上自應容許不主一格，在藝術情趣上兼容並蓄，承認「婉約固是本色，豪放亦未嘗非本色也。」（徐𪻐鳳《詞證》）的事實。所以任何偏狹的是甲非乙的評騭，只是徒然顯得輕率淺薄而已。陳維崧在〈賀新郎・題曹實庵《珂雪詞》〉中批評道：

> 多少詞場談文藻，向豪蘇膩柳尋藍本。吾大笑，比蛙黽。

他認爲，如果只知一味因襲，侈談文藻，只從前代名家作品中討生活；或論詞只求表相的神似雷同，而不求有「我」，這種庸凡的手眼，就如「閣閣只亂人」（韓愈〈雜詩〉）的蛙鳴而已，幼稚而浮淺，故可哀亦復可笑。

南宋范開在爲《稼軒詞》作序時說：「器大者聲必閎，志高者意必遠。」，「而其發越著見於聲音言意之表者，則亦隨其所蓄之淺深，有不能不爾者存焉耳。」便說明了詞風與詞人「所蓄之淺深」的關係，是「不能不爾」的密切。當作者意到筆隨，振筆寫去，不能自已時，一種獨一無二的精神、性情便「發越著見」，自然流於蕩字裡行間。以藝術審美眼光而言，屬於作者獨特的「風神」往往出之於自然，是模仿不來的。若一味「邯鄲學步」不知有我，終不免落人以「東施效顰」之譏！自來名家雖多從「借鑒」前賢出發，心摹手追，但假以時日的鍛鍊琢磨後，終究能擺脫前人舊轍，「自拔孤技於流俗」，另闢蹊徑，自成一格，自出風神。相形之下，凡手只是善「因」而不善「創」，

一味抄襲模傚的結果，自然徒得其「形似」，而遺其「神髓」，貌合而神離，終不過淪爲「作手」而已！

　　既然詞體和其他文體一樣，並無固定的、一成不變的「常體」風格，那麼，人們在進行創作時，便可以根據自己的感情、才性、審美情趣的特點，寫出具有不同神理韻味的詞作，正如清代李佳所說：「清奇濃淡，各視性情所近。爲學詣所造，正不必強不同以爲同，亦唯求其是而已。」（《左庵詞話》），陳維崧對此，有更具體的說明：

> 詩自皇娥而下，詞沿趙宋而前，歷代相仍，變本加厲。……
> 夫體制靡乖，故性情不異。弦分燥濕，關乎風土之剛柔；
> 薪是焦勞，無怪聲音之辛苦。譬之詩體，高、岑、韓、杜，
> 已分奇正之兩家；至若詞場，辛、陸、周、秦，詎必疾徐
> 之一致？要其不宛而不橛，仍是有倫而有脊。終難左袒，
> 略可參觀。《湖海樓儷體文集》卷五

這便兼容並蓄地肯定了辛、陸、周、秦不同的藝術風貌及審美情趣。「豈必疾徐之一致？」是極爲客觀而中肯的反詰。比起傳統泥守宗風門戶及正變之說的狹隘，陳氏此說實爲高明、進步許多。

　　要言之，陳維崧論詞主張是客觀而進步的，他以「眞」字爲「詞心」，而詞風詞貌亦當如各人內在之「情」之不同而有所不同；詞人在感物而情動的情況下，所自然流露的任何氣質都是動人的，均有可觀之處，若強爲區分高下，更屬無謂之舉。至於一味模傚因襲者，終屬下智，實不足取。

第四節　《湖海樓詞》之著作歷程

一、有托而逃的《烏絲詞》

　　陳維崧生前親自編訂結集刊行的詞集只有《烏絲詞》。蔣景祁的《陳檢討詞鈔序》，提到《烏絲詞》的撰成經過如下：

> 其年先生幼工詩歌，自濟南王阮亭先生官揚州，倡倚聲之
> 學，其上有吳梅村、龔芝麓、曹秋嶽諸先生主持之，先生

內聯同村鄒、董文友，始朝夕為填詞。然刻於《倚聲》者，
過輒棄去。間有人誦其逸句，至嗤嘔不欲聽，因屬志為《烏
絲詞》。

由此可知，陳維崧「朝夕填詞」是順治十七年（1660）王士禎官揚州
以後的事。在此之前，他曾於庚寅、辛卯（順治七、八年）年間，與
鄒、董等同好在文酒之暇，以填詞相唱和，只是當時年少輕狂，未嘗
以「深湛之思」注於此道，寫作態度亦不甚積極。不過「獲致數語便
足矣」《任植齋詞序》），此後，遭逢家國之變，加上佗傺的際遇，催
熟了他的心志，對文章志業開始有了更深刻的體悟與認識。當王士禎
來到揚州，以文壇盟主的姿態出現後，陳維崧便加入了這個新興的文
藝沙龍。在王氏的號召主持下，清初第一部大型詞選──《倚聲初
集》，刊刻於順治十七年。其中陳維崧早期所作之詞入選近四十首。
但是，此時維崧的手眼均已提昇，對於自己的「少作」並不滿意，而
有如下的喟嘆：「乃余嚮所為詞，今復讀之，輒頭頸發赤，大悔恨不
已。」，以至於日後有「刻於《倚聲》者輒棄去」（《任植齋詞序》）之
舉。悟昨非而今是後，他便以全新的眼光來看待詞體，一方面取法前
賢，一方面以詞會友，共同切磋，於是作詞手眼都提高不少。加上白
衣失路，萍飄南北的生活歷練，更提供了他豐富的寫作題材，而「肝
腸掩抑」則成了他不得不鳴的最大動機，在各方條件的配合下，陳維
崧選擇了「詞」作為抒發胸中壘塊的最佳載體，他因此「屬志」為《烏
絲詞》〔註22〕，要把「異國韶光，中年意味」（〈沁園春·三月三日尉
氏道中作〉）──寫上《烏絲詞》以寄託其感慨。

　　康熙五年（1666）秋，維崧鄉試落第，阮郎途窮，只有遁入「短
歌日短，長恨情長」（龔鼎孳〈沁園春·讀《烏絲詞》〉）的天地中，
他說「丈夫處不得志，正當如柳郎中，使十七八女郎按紅牙拍板，歌
楊柳岸、曉風殘月，以陶寫性情。吾將以秦七黃九作萱草忘憂耳。」

〔註22〕「烏絲」，指絹或指所製的卷冊，其上畫有墨綠格子者，稱「烏絲欄」。
　　　　以《烏絲》命名者，乃取黃庭堅「正圍紅袖寫烏絲」詩意而來。

（宗元鼎《烏絲詞序》）。至此，陳維崧已明白宣告，詞已成為他「陶寫性情」的忘憂之具，一再的場屋失利，促使他改弦易轍，走出一條新的文學生命來。

康熙七年，維崧離開京師，結束短暫的「京師彈鋏」生涯，而這一年，《烏絲詞》正式被刻入孫默主編的《國朝名家詩餘》中，自此，《烏絲詞》正式結集問世。

《烏絲詞》凡四卷，收詞一三八調，二六六首。其中懷舊悼往之篇便佔了總數三分之一強，這樣強烈的懷舊傷感情調，為清初同輩詞人中所少見。所以，讀《烏絲詞》時，「惆悵去年」、「記得當初」等追思往事的情懷，隨處可見，這未嘗不是落拓的身世際遇給予詞人最深重的烙痕，誠如其友人季振宜在《烏絲詞序》中所說：

> 今日布衣，昔年公子，空存老屋，但守殘書；泣不成章，慨當以慷。眼雖青而莫告，頭垂白以無成，無命有才，天只人只！

《烏絲詞》便是一位「無命有才」落拓公子中年心境的悲涼告白，「哀艷無端互激昂」便成了《烏絲詞》的整體風格。其中雖不乏「與鶯嘴啄紅，燕尾點綠」等風致璀艷的作品〔註23〕，但畢竟是瑕不掩瑜，大體來說，這已不是早期「聲華裙裾」式的產物，除了「異國韶光、中年意味，寫上《烏絲》感慨多」外，「洩孤憤、澆磊塊」，便成了《烏絲詞》的基調。龔鼎孳有〈沁園春·讀烏絲詞〉三首，其中第二首，論《烏絲詞》之語，中有「有託而逃，是鄉可老」之句，最足以說明《烏絲詞》的創作心態。〔註24〕

〔註23〕《烏絲詞》中，懷舊悼往的詞作甚多，如小令有〈望江南，歲暮雜憶〉十首，〈減蘭·歲暮燈下作家書竟，再繫數詞結尾〉七首。中調有〈臨江仙·偶作〉、〈憶秦娥·夢至石城盤馬，覺後賦此〉。長調有〈戚氏·柬程村、文友〉，〈箇儂·丙午元夕雨〉、〈十二時·偶作〉……等。

〔註24〕如〈長相思·贈別楊枝〉、〈點絳唇·詠枕〉、〈浣溪紗·贈王郎〉、〈三字令·閨情〉、〈海棠春·閨詞和阮亭原韻〉、〈賀新郎·雲郎合巹詞〉等，仍未脫盡浮艷儇薄之習。

二、有事而作的《迦陵詞》

　　結束如皋數載的寄居生涯後，陳維崧便如風中轉蓬般漂淪遷徒，然而，「朝遊江淮暮吳越」的結果，依然只落得「我生偪側不稱意」的感喟。倦怠之餘，頗有歸歟之嘆，於是，他在康熙八年（1669）返歸故里，自此僦居里門，直到康熙十七年（1678）舉鴻博為止，在近十年的時間裡，除短暫出遊外，多數時間則是「與里中數子晨夕往還」，飲酒嘯歌；這段潛沈的時期中，也促使他對詞章事業有了不同於以往的「深湛之思」，更轉而把心力傾注於詞道上。他以五年的時間肆力於塡詞，棄詩不作〔註25〕。因而有了豐碩的成果，也成就了他文學生命的另一個高峰。在〈與王阮亭先生書〉中，陳維崧如此說道：「又數年以來，大有作詞之癖，《烏絲》而外，尚計有二千餘首，何日一陳之先生也。」（《迦陵文集》卷四），言下頗有自得之意〔註26〕。陳氏並把這二千餘首的作品命名為《迦陵詞》。對此，蔣景祁《陳檢討詞鈔序》有如下記載：

> ……然《烏絲詞》刻，而先生志未已也。向者詩與詞並行，迨倦遊廣陵歸，遂棄詩弗作。傷鄒、董又謝世，間歲一至商丘，尋失意返。獨與里中數子晨夕往返，磊砢抑塞之意，一發之於詞，諸生平所誦習經史百家，古文奇字，一一於詞見之，如是者近十年，自名曰《迦陵詞》。

前文曾述及，《烏絲詞》的結集問世，標識著陳維崧心境、思想，詞藝的初步成熟階段。《烏絲詞》出，陳維崧的詞名便已傳揚海內；但

〔註25〕陳宗石《湖海樓詩集跋》曰：「癸丑至丁巳（康熙十二年至十六年），則肆力於詞。而陳維崧在康熙十五年作〈和荔裳先生韻亦得十有二首〉的詩題中說：「余不作詩已三年許矣。」關於陳維崧棄詩不作，肆力於詞的確切年數，嚴迪昌的《陽羨詞派研究》中有詳細的說明，並以為陳維崧棄詩不作的時間，實際上跨了七個年頭，實足為六年半。見該書第三章第二節頁73。

〔註26〕陳宗石於《迦陵詞全集序》中，敘述時陳維崧耽於作詞的情狀：「或一日得數十首，或一韻至十餘闋。」並沒有誇大其辭，只要看他〈賀新郎〉一調竟塡有一百三十餘闋，而且每一韻十幾首連綴而來，即是確證。

他並不以此爲滿足，依然秉持著熱切的態度不停地探索。外在的鎔
鑄錘鍊愈迫切，詞人內在生命的成熟度便一天深似一天，個人識見
也隨著閱歷的豐富而愈見開闊閎深。加上他不輟的創作態度，於是
經驗日益老練蒼辣，對詞體的認識較之以往更爲全面而深刻。種種
內因外緣相激盪的結果，新的詞風、詞境、詞藝便水到渠成般的自
然呈現。如果說《烏絲詞》是肝腸掩抑，「有托而逃」的階段，那麼
《迦陵詞》便是別具隻眼，「有事而作」的進程，這時，詞已成爲陳
維崧生命的全部載體——他以詞寫心、寄慨、敘事、記遊、酬贈往
來，一切可歌可泣者，均入於詞，一切情感志意，均可於詞中見之。
這種轉變，不僅是「倚聲差喜作，老興未全孤。」的嗜好使然而已；
更是在拈出「辛柳門庭別，溫韋格調殊」的本質性差異後，自覺地
想要在詞壇進行一場揚清汰濁、振衰起弊的創闢性開拓。「一爲洗蓁
蕪」的理念，在詞史上雖非獨創，但在承繼前人努力的基體上，陳
維崧做出了最大的努力，表現出最大的熱忱，呈現出最具體的成果
——《迦陵詞》——這不僅確立了他成熟獨特的詞風，也爲陽羨詞
人樹立起「靡然從風」的表徵·進而形成一股地域性極強的文采風
流，陳維崧「陽羨宗主」的地位更因而奠定。

三、《湖海樓詞》的刊定

　　維崧生前囊橐屢空，並沒有能力把自己命名的《迦陵詞》付梓，
只有臨終前在京師的孤館寒燈下，殷殷叮囑同鄉後輩蔣景祁代爲刊
刻。據蔣氏云：

　　……計原彙未刻《迦陵詞》合《烏絲詞》凡千八百首。今

　　選定凡若干首，顏曰《陳檢討詞鈔》，志其闕也。

故知蔣氏《陳檢討詞鈔》乃以維崧生前之《烏絲詞》、及《迦陵詞》
原稿合刊而成。由於不是全本，故陳維崧的四弟宗石，在康熙二十五、
六年代其兄刻完《陳迦陵文集》十卷、《陳迦陵儷體文集》十卷、《湖
海樓詩集》八卷後，復於康熙二十八年（1689），鳩工鏤板，重刻《迦

陵詞全集》，於是而有《陳迦陵詩文詞全集》（簡稱《陳迦陵文集》）
行世。至此，迦陵之詞，始洋洋大備矣。今存《迦陵詞全集》收詞四
一六調、一六二九首。這是刪削和亡佚後的數量。〔註 27〕。

　　《迦陵詞》的其他版本有清乾隆六十年的浩然堂藏本《湖海樓全
集》四種，鼎文書局《清詞別集百三十四種二》的《湖海樓詞》及中
華書局的《湖海樓詞集》。

　　由於清乾隆六十年的浩然堂本《湖海樓全集》四種，把《迦陵詞》
改為《湖海樓詞集》，後世遂以《湖海樓詞》之名通行之。

─────────────

〔註 27〕本文所引用陳維崧詩、文、詞、駢文，皆以此康熙患立堂本之《陳
　　　　迦陵文集》為主，並以鼎文書局《湖海樓詞集》（在《清詞別集百三
　　　　十四種》第二冊）為輔。以下引述詩、文、詞時，均以《詩集》、《文
　　　　集》、《詞集》簡稱之。

第四章　《湖海樓詞》之內涵分析

《文心雕龍》在談到文學作品的「情采」時指出：

故立文之道，其理有三：一曰形文，五色是也；二曰聲文，
五音是也；三曰情文，五性是也。五色雜而成黼黻；五音
比而成韶夏；五性發而爲辭章，神理之數也。

其中「形文」和「聲文」大致指作品的辭采和聲調，而「情文」則大
致指感情內容而言。但不論辭采、聲調還是感情內容，劉勰都提出了
「多樣」和「豐富」的要求。「人稟七情，應物斯感，感物吟志，莫
非自然」（《文心雕龍・明詩》），外界的「物」是個萬象紛呈的大千世
界；而人的主觀世界，又蘊涵著豐富生動的七情，那麼作爲「感物吟
志」而生的文學作品，必須具備豐富的情感內容，就是合理而必備的
要求。並且無論從創作者或是欣賞者的角度而言，人們似乎更樂於創
作和欣賞那類帶著「椒鹽」昧的作品。〔註1〕而詞之所以能夠贏得無

〔註 1〕此乃楊海明〈尺幅之內的「多味」意緒——談詞中的「複合」型情
感〉文中所用之詞。楊氏以爲，就詞的抒情內蘊來看，大致可分爲
兩類：一類抒發比較單一的情感，如王建的〈宮中調笑〉：「楊柳、
楊柳，日暮白沙渡口。船頭江水茫茫，商人少婦斷腸。腸斷、腸斷，
鷓鴣夜飛失伴。」它抒發的就是商婦「去來江口守空船」的寂寞空
虛之情。另一類別抒發比較複雜的情感，如蘇軾的〈水調歌頭・中
秋〉一詞，就既有詞人思欲出世的願望，又有不忍離開人世的眷戀；
既有中秋不見親人的苦悶，又有解脫這種苦悶的曠達情懷……。拿

數讀者的欣賞，就正因爲它在尺幅之中，展示了詞人「多味」的豐富複雜的思想意緒。〔註2〕

《湖海樓詞》所蘊涵的豐富情感，是根植於現實生活的土壤，而萌發出來的眞情實感；是經過生活的熔鑄錘鍊所激發出來的光和熱。誠如陳維崧四弟宗石所述：

> 或孤蓬夜雨，轆軻歷落；或風廊月榭，酒槍茶董；或逆旅饑驅，或河梁賦別，或千里懷人，或一堂燕樂；或鬚髯奮張，酒旗歌板，詼諧狂嘯、細泣幽吟，無不寓之於詞。（《迦陵詞全集跋》）〔註3〕

可見陳維崧已把生活溶於作品，並見意於詞章，舉凡抒情、言志等「一切物、一切事、一切意」脣入於詞——這也正是他主張「詞可比肩經史」的觀點的具題實踐。其收穫便是留下了一千六百餘首的生活內容及個人情志的實錄。

由於陳維崧是在適逢家國之變、飽歷風霜的中年以後，才大量從事詞的創作。所以，《湖海樓詞》的價值，不僅在於忠實記錄了一位身處易代之際的失意文人的窮愁際遇；也在於透過作者豐富的閱歷、遼闊的視野、豐贍的取材、深摯的情感，使我們進而能窺出那一個變幻莫測的風雲時代，如何制約、牽繫、導引著文人的命運及世道文風，「此言雖小，可以喻大」，《湖海樓詞》所涵蓋的天地是極其遼闊深邃、包孕的情感，是極爲豐富而多樣的。

味覺來做比喻，前者好像糖水或鹽湯，給人以單一的「甜」或「鹹」的感覺；而後者則類似「椒鹽花生」或「多味瓜子」，給人以鹹中有甜、五味雜陳的複雜感受。見《唐宋詞主題探索》頁71。

〔註2〕見楊海明《唐宋詞主題探索》頁71、77。

〔註3〕本文乃引自四部叢刊初編集部《陳迦陵詩文詞全集》之《迦陵詞全集·跋》。另鼎文書局印行之《清詞別集百三十四種》中《湖海樓詞》則將此段文字移作序二，內容稍有出入，茲節錄於後，以使參較：……迨中更顚沛，饑驅四方。或驢背清霜，孤蓬夜雨；或河梁送別，千里懷人；或酒旗歌板，鬚髯奮張；或月榭風廊，肝腸掩抑，一切詼諧狂嘯、細泣幽吟，無不寓之於詞……。

第一節　自我形象的描繪

一、臨風一笑，蜎毛鬢捲如礫

文人筆下，一個簡單的形象勾勒，可以使文字靈動欲飛，飽含豐富的意象及感發力量，足可動人心魄、移人情性；其功效往往勝過千言萬語的敘述論說，試看：屈原形容憔悴行吟澤畔的身影，成了千古忠愛之魂的表徵；東坡在〈定風波〉中，塑造了一個竹杖芒鞋超邁獨往的智者典型；稼軒則藉著「把吳鉤看了、闌干拍遍」（〈水龍吟‧登建康賞心亭〉），勾勒出變色山河中，一位失志英雄請纓無路的落寞蒼涼。這些都具有強大的藝術感染力，所謂「古道照顏色」的風人之義，於此形象中，使宛然可得。

所以，一個成功的文藝創作者，除了要有清醒的自覺外，更要善於掌握自我生命的特質，並「傳神」地透過有限文字，做一次藝術性的「再生」；如此不僅自我的苦悶得以宣洩，也可藉此感動興發後世無數讀者的心靈，當「今古相接」的共鳴產生時，這個藝術生命就是永恆的了！

詞至清代，已脫離「男子而作閨音」﹝註4﹞的文學型態，成為詩化、賦化之詞﹝註5﹞。隨著詞境的拓展，「詞心」也日趨複雜，相對的，

﹝註4﹞田同之《西圃詞說‧詩詞之辨》說：「若詞，則男子而作閨音」。今人楊海明則根據此一說法，進一步加以分析說明，楊氏以為，唐宋詞中的此一特殊文學現象，究其因，不外乎：一、、詞人為應付「雪兒、春鶯」輩歌女的歌唱需求而作。二、詞人以「比興寄託」的筆法，藉著女性傷春的哀怨口吻，傾吐他對國勢不振的憂慮。三、一種「以艷為美」、「以柔為美」的時代心理和審美趣味暗暗趨使著詞人，使他們「不約而同」、「習慣成自然」地寫下這些為女性「代言」其心聲的作品。結語是：詞中「男子而作閨音」的奇特現象並非偶然出現，它是一定的社會心理，即生活理想與審美心理的藝術結晶。見《唐宋詞主題探索‧男子而作閨音》頁4～12。

﹝註5﹞此乃借用葉嘉瑩《中國詞學的現代觀》第一節〈從中國詞學傳統看詞的特質〉的說法。葉氏將詞的發展過程分為三階段，分別為「歌辭之詞」、「詩化之詞」、「賦化之詞」。此說乃相對的說法，並非絕對的分法。

詞中所透顯的詞人自我色彩也因脫離代言體的方式而日益濃厚，更具有鮮明的藝術個性。這樣的內涵發展，毋寧是進步而可喜的。在《湖海樓詞》的豐富內涵中，最予人深刻印象的，便是那「臨風一笑，蝟毛鬚捲如磔」（〈念奴嬌·周弆山攜具八關齋同亦人恭士諸君子萬弟快飲，風雨颯至，炎燠盡解，詞以紀事〉）的狂士形象描繪。再輔之以詞人與生俱來的伉爽之氣，則一股高亢悲涼之音，便隨著風濤聲一併遞送而來，這是因為「有氣以輔情，而情愈出」也（陳廷焯《詞壇叢話》）之故。

　　陳維崧的一生，可用「急景凋零」四字形容。早年的繁華之夢，隨著其父貞慧的過世而一併埋葬，隨之而來的，便是「吳頭楚尾」地漂泊淪落。對一個「當日馬中赤兔，人中呂布」（〈閨怨悶〉）、心氣本高傲〔註6〕的早慧文人而言，面對命運無情的撥弄與嘲諷，可以固窮守節，可以憤世嫉俗，佯狂佾逃，唯獨不容許的是「窮斯濫矣」的扭曲變形，喪失自我。而陳維崧選擇了以狂態面世，來維護他那一身傲骨。在自我形象的描繪上，他取其神而遺其形：以「狂」、「傲」為主要色調；以重筆勾勒性格輪廓〔註7〕，所呈現的，是一個飛揚跋扈，不受羈勒的潦倒狂生形象。

　　先就其「狂」的一面來看：他是以「疏狂」之態來抒發「黃鐘毀棄」的不平之鳴；也是在長期委屈壓抑後，所作的「撲地獅兒騰吼」（〈賀新郎〉）式的奮力反撲。這不是孔子所謂「狂者進取」之「狂」，而是近於嵇、阮之徒的狂逸之「狂」。〔註8〕他常以「蕩子酒徒」（〈念奴嬌〉）、「狂奴」（〈卓牌兒〉）、「江南狂客」（〈黃河清慢〉）、「狂夫」

〔註6〕陳維崧於〈畢懷雜詩〉其二有云：「我生蘊風義，自命為雄魁」之句。《詩集》卷四。而在〈將發如皋留別冒巢民先生〉則有「我家有高門，乃是尚書第……余本王謝兒，鄙性惡拘繫……。」（《詩集》卷一）均可見其自視之不凡。

〔註7〕譚獻曰：「錫鬯情深，其年筆重，固後人所難到。」（《篋中詞》）

〔註8〕「昔與郢（祇謨）董（以寧）輩，散髮弄鳴琴。髣髴同嵇阮，流連在竹林。……。」（〈畢懷雜詩〉其四·《詩集》卷四）

〈〈菩薩蠻〉〉等自許。由於久在塗泥之中，奮飛無路，只有和一班「怪侶狂朋」（〈憶舊遊〉）作「燕市酒徒」之遊，或「濡髮狂歌」（〈沁園春〉），或「掀髯長嘯」〈念奴嬌〉），或「擊碎唾壺」（〈擊梧桐〉）或「槌床悲吒」（〈夜遊宮〉）……種種動心駭目的行徑，雖然遭致「狂受人憎，醉供人罵」（〈念奴嬌〉）「幾成怪物」（〈賀新郎〉）的非議，卻依然是「疏狂態，誰甘後」（〈賀新郎〉）。這樣的披酒佯狂，其實自有「男兒一片心」在（〈陸放翁硯歌爲畢載積使君賦〉《詩集》卷一）其實，半世顛狂，終究是情非得已，「強樂還無味」！換言之，其形愈狂，其情愈熱，而其痛也愈深！

　　同樣是寫狂態之詞，雖然出於不同的寫作動機，或述己懷，或喻知己，但在賦筆直敘之外，往往都有深意寓託其中，如這首〈哨遍〉，是維崧爲其好友丁飛濤〔註9〕遇赦得歸而作。

　　　大叫高歌，脫帽歡呼，頭沒酒杯裡。記昨年，馬角未曾生，幾喚公爲無是。君不見，莊周漆園傲吏，洸洋玩弄人間世。又不見，信陵暮年失路，醇酒婦人而已。爲汝拔劍上崦嵫，令虎豹，君門忽然疑。古人有云：雖不得肉，亦且快意。君言在遼西，大魚如阜海無際。飢咽冬青子，雪窖人聊復爾。土坑偏夜長，燭花坌湧，琵琶帳外連天起。更萬里鄉心，五更雁叫，那不愁腸如醉。我勸君，莫負賞花時，幸歸矣，長噓復奚爲？算人生亦欲豪耳。今宵飲博達旦，酒三行以後，汝爲我舞，我爲若語，手作拍張言志。黃鬚笑拤紅肌，論英雄，如此足矣。（〈哨遍·酒後東丁飛濤，即次其贈施愚山韻〉）

〔註9〕丁飛濤：名澎，號菜園，仁和（今杭州市）人。順治十二年（1655）進士，官刑部主事，調禮部。十四年主河南鄉試，以罪廢。詩學晚唐，最工七律，與宋荔裳等稱「燕臺七子」。貢使至，譯問知其名，持紫貂、銀鼠、美玉、象犀易其詩歸。謫遼東靖安時，躬自飯牛，與牧豎同臥起，困甚，忽聞扣門客，翩然有喜，從隙中窺之，虎方以尾擊戶。歷五年始歸。歸後甚貧，游食四方。有《扶荔堂集》。參閱鄧之誠《清史紀事初編·丁澎傳》。

這闋詞首先以「馬角生」、「無是公」點明丁飛濤的遇赦來歸，幾乎被視爲不可能，如今竟然實現，所以詞人才有「大叫高歌，脫帽歡呼，頭沒酒杯裡」的狂喜舉動，如此誇張而旁若無人之狂態，不是出於凡夫之舉，亦非凡手之筆。接著便以歷史人物莊子爲例，說明人間知音難求，所以至理眞言，往往要出之以「荒唐之言」、「無端崖之辭」的包裝，似眞還假，似是而非，以「玩弄人間世」的態度來傲世諷世；同樣的，英雄失路如韓信，唯有借著「醇酒美人」安頓身心；此身尙在，雖亦堪驚，倒不如眞假莫辨，是非莫問，但求一時的「快意」便了。下片先追敘丁氏放逐生涯之苦，點出「愁」意。隨即筆鋒逆轉，以「算人生亦欲豪耳」提振而起，並以此勸慰知己，以下句句爲「豪」字作注腳，並與上片之「快意」相應。然作者所謂的「豪情」，不過是「飲博達旦」、「笑捋憑紅肌」的及時行樂；所謂「快意」，亦不過是「醇酒美人」的「玩弄人間世」而已。結拍的「論英雄，如此足矣。」語意看似完足，實則是對古今英雄的共同缺憾的嘲諷，無限憂思憤懣，盡在此句！通篇以「快意」、「豪情」勸慰知己，其實亦是借人酒杯，澆自我磊塊。行文間流露一股玩世不恭之態，也是一種對現實社會及無常人生的嘲諷。「痛飲從來別有腸」（蘇軾〈南鄉子〉），詞人之狂，實屬「醒而狂」之類，自有其不得不爾的苦衷！

陳廷焯評此詞云：「其年柬丁飛濤一篇……筆力未嘗不橫絕，惜其一發無餘。」（《白雨齋詞話》卷六）。「一發無餘」雖屬白璧微瑕，但也由此見出其年豐沛敏捷之才息，他以賦筆直敘的方式，寫憤懣語、牢騷語，頗有握拳透爪，劍拔弩張之勢；惟在一氣直下的過程中，挾帶泥沙俱下，亦屬自然，「若瑰奇磊落之士，鬱鬱不得志，情有所激，不能一軌於正，而胥於詞發之。風雷之在天，虎豹之在山，蛟龍之在淵，恣其意之所向，而不可以繩尺求，酒酣耳熟，臨風浩歌，亦人生肆志之一端也。」（〈放歌集序〉《白雨齋詞話》卷五）陳廷焯這番論述，已爲此詞作了最好的解釋！

　　類似的詞還有〈賀新涼・題曹實庵《珂雪詞》〉〔註10〕其下片云：
蒸殘樺燭剛餘寸。嘆從來，虞卿坎坷，韓非孤憤。耳熱杯
闌無限感，目送塞鴻歸盡。又眼底，群公袞袞。作達放顛
無不可，勸臨淄，且傅當筵粉。城柝沸，夜烏緊。

陳維崧在上片中，盛讚曹氏的《珂雪詞》「雄深蒼渾」〔註11〕，自成
一家。相較於其他一味效顰於蘇、柳之輩而言，實不可同日而語。下
片則由作詞推及人事。貞吉論詞主張「寧爲創，不爲述；寧失之粗豪，
不甘爲描寫。」（《珂雪詞話》），同樣的，爲人處世，亦當如此。維崧
以「虞卿坎呵，韓非孤憤」爲例，說明向來有才華襟抱的人，往往是
淪落不遇，抑鬱以終的。但其可敬可佩處亦在此，他們始終以眞才實
學，眞情實感來面對人生，即使滿腔「孤憤」亦不改初衷；雖落拓坎
坷，卻是腰桿挺直，俯仰無愧的。比起「眼底」的「袞袞群公」，只
知唯諾逢迎，任人擺佈，萬人一面，則前者的「絕假存眞，保有自我」
更顯得難能可貴。臨淄侯（曹植）雖貴爲王侯，但後人津津樂道的卻
是他那「作達放顛」的眞率通脫，任眞自得〔註12〕，這和稼軒的「寧
作我，豈其卿」（〈鷓鴣天〉）的清狂自恃，並無二致。末二句「城柝
沸，夜烏緊」以景語作結，卻是含情無限。「沸」、「緊」二字聲情俱
促，夜闌更深，在陣陣柝聲中，多少茫茫哀樂，才正湧上心頭！「作
達放顛」的狂態，實來自於清醒的執著。
　　此外又如〈念奴嬌・題劉震修小像〉亦屬同類作品，其上片云：

〔註10〕曹實庵：1634～1698。名貞吉，字升六，山東安丘縣人。康熙三年
　　　　（1664）進士，官禮部郎中，著有《珂雪詩詞集》。陳廷焯評其詞曰：
　　　　「《珂雪詞》在國初諸老中，最爲大雅，才力不逮朱（彝尊）、陳（維
　　　　崧），而取徑較正。國朝不乏詞家，四庫獨收《珂雪》，良有以也。」
〔註11〕〈賀新涼・題曹《珂雪詞》〉之上片爲：滿酌涼州醯。愛佳詞，一
　　　　編《珂雪》，雄深蒼渾。萬馬齊喑蒲牢吼，百斛蛟螭困蠢。算蝶拍、
　　　　鶯黃休混。多少詞場談文藻，向豪蘇、膩柳尋藍本。吾大笑，比蛙
　　　　黽。
〔註12〕曹魏時，邯鄲淳詣臨淄侯曹植。時天暑熱，植呼常從取水自澡訖，
　　　　傅粉，遂科頭拍袒，胡舞五椎鍛，跳丸擊劍。見《三國志・魏書》
　　　　卷二十一裴注。

> 平生謾罵，笑紛紛眼底，汝曹何物。醉後擘窠盤硬句。浣
> 遍倡樓粉壁。柳絮縈鞭，花枝低帽，狂煞何曾歇。側身攫
> 翅，角鷹颯爽毛骨。

起句便充滿自視甚高的狂霸之氣，以下著力描繪狂夫的形象——「柳
紫縈鞭，花枝低帽」，及其狂態——「醉後擘窠盤硬句，浣遍倡樓粉
壁」，狂夫的人生觀——「狂煞何曾歇」——雖與世多忤，亦九死而
不悔。歇拍宕開，以角鷹自喻，形象而傳神，詞人心氣高傲的一面，
在角鷹颯爽的英姿中，展露無遺。

　　還有一首同樣描寫狂夫行徑的詞，卻是另一種狂逸的情致韻味，
值得一提：

> 滿城爭放花千朵，狂夫哪肯家中坐，才得過西鄰，東家喚
> 又頻。　　徑須沖酒去，那怯簾纖雨，日日為花顛，何曾讓
> 少年。(〈菩薩蠻・過雲臣宅看牡丹歸有作〉)

首句「滿城爭放花千朵」便點出一片熱鬧生意，並以此籠罩全文。
而在盎然生意中，狂夫亟欲賞花的浪漫情懷，正與滿城爭放的花意
相互呼應；西鄰、東家的召喚，更是繪聲繪影，熱鬧而有情味。下
片寫狂夫之狂，在於對賞花的態度，「徑須沖酒去，那怯簾纖雨」，
既浪漫又執著，頗有東坡「帶酒沖山雨」(〈南歌子〉)的灑脫。「日
日為花顛，何曾讓少年」則是暗喻：詞人對美好事物的追尋、賞愛，
不因年華老去而稍減。「何曾」二字，帶有反問語氣，亦頗有幾分自
負意味。全詞以平常口吻寫生活小事，卻是興味盎然，疏快中自饒
深婉之致，讀來清新可喜。比起前面「作達放顛」，「被酒伴狂」的
狂夫形象而言，這又是完全不同的風貌；而〈水調歌頭・早秋托興〉
中云：「亟敞杉窗竹院，要使金風玉露，灑濯我軒廊。颯爽上眉宇，
皓潔到衣裳。」則是在顧盼自雄中，流露一片朗朗爽氣，豁人心目。
可見單一「狂」字，即可設色多方，寓意遙深，而唯一不變的，是
「狂」的背後，始終有一股熱情在燃燒著，更有一副高傲的心氣在
支撐著，這才是詞人的「真色」。

二、對鳳闕龍墀，吾存吾傲

　　陳維崧對自己的「錚錚傲骨」是頗爲自豪的，而他那孤往兀傲，
意氣豪邁的性格特徵，便成爲他形象描繪中，最突顯而傳神的著墨所
在。

> 容我狂言否。君幾見，紅顏翠髮，一生長守。萬戶我求還
> 不得，大志訝君偏有。竟欲聽，飛瓊鼓缶。樂大城頭閒騁
> 望，問何人，弱水曾攜手。空絕倒，縶腰叟。　生天靈運
> 吾甘後。且陶陶，三杯卯酒，醺然到酉。幾度　風天際捲，
> 閬苑露桃紅溜。枉費了，厭禳星斗。我自人間能倔強，碧
> 霄宮，嬾逐仙班走。任相笑，道傍偶。（〈賀新郎・毛卓人示我
> 〈滿江紅〉詞數首，中多養生家言，作此戲柬・仍用贈黃艾庵韻〉）

這首詞足可看出詞人洞明世事的智慧，及「自斷此生休問天」（杜甫
〈曲江〉）的「硬箭強弓」的一面。

　　起句「容我狂言否」採「頓入」的筆法〔註 13〕先聲奪人，令人
精神陡然一振，亟欲一問究竟。以下便以「紅顏翠髮」、「萬戶」的意
象，點染出人世間的繁華美好；設色鮮麗，用字豐盛，然而「君幾見……
一生長守」、「我求還不得」則連用兩個否定，一筆勾銷，人世間所有
對富貴壽考的追求，終究將如鏡花水月般，轉眼成空。上片以理喻人，
下片則述己懷抱。「生天靈運吾甘後」說明他的處世哲學，亦是「知
命」的達言。然縱使世間美好事物於我無份，卻自有一片陶然天地可
以寄託──「人間路窄酒杯寬」（辛稼軒〈鷓鴣天〉）！「我自人間能
倔強」說明他的人生觀，價值觀──以熱情迎向人生，以傲骨頂天立
地；與其庸俗地追逐「仙班」，不如借著一簾酒氣保有生命品質的純
度。這樣的價值觀，也許會被視爲「迂怪」；但笑者自笑，醉者自醉，
一群「道傍偶」又豈能聽懂「大言炎炎」的這番「狂言」？也難怪一
千多年前的陶淵明要說出「君當恕醉人」這樣清醒的知言。

〔註13〕劉熙載《詞概》云：「大抵起句非漸引即頓入，其妙在筆未到，而氣
　　　已吞。」（〈論詞中起收對條〉）。

整首詞以說理爲主，共用三個「我」字，一個「吾」，主觀色彩極濃，還不時透著一股酒氣——「且陶陶，三杯卯酒，醺然到酉。」看似消極退守，其實是充滿自覺的思索和把握追求。

陳維崧在另一首〈賀新郎〉中，也有類似的思想反映：

> 萬事誰眞誰算假？拍紅牙，那便閒生活？持此意，問迦葉。

（〈賀新郎·茶村寺寓逢，庭柏上人贈〉）

眞假、賢愚、成敗、得失，標準何在？「拍紅牙，那便閒生活？」設此一問，無非是促人省思一番，答案，就在迦葉尊者那會心的一笑中！我們可以說，維崧的自傲，來自於自信；而這份自信，又導源於他那通澈穎悟的人生智慧吧！他在〈看花歌贈侯仲衡〉一詩中，有「丈夫困頓亦常事，且復豁達披心腸」之句（《詩集》卷三），而〈歲暮客居自述，傲渭南體，柬知我數公〉《詩集》卷五）中，並有「此生自斷只由天」之宣告，均可看出詞人豁達通脫的一面，並非出於一時之矯情。

他不但是以全部心力投注於其作品，而且更以全部生活來實踐其作品；所以，在眞誠深摯的情感外，更有堅強明確之志意寓託其中。以下這首〈南鄉子·邢州道上作〉，便可看出他志意之所託、及豪邁的性格特徵：

> 秋色冷并刀，一派酸風捲怒濤。並馬三河年少客，粗豪。
> 皀櫟林中醉射雕。
> 殘酒憶荊高，燕趙悲歌事未消。憶昨車聲寒易水，今朝，
> 慷慨還過豫讓橋。

這首〈南鄉子〉便是陳維崧在羈旅行役途中，面對歷史陳跡，所興發的思古幽情，而作者的襟懷理想，也一併納攝於詞中。

從順治之初，到康熙二十年以前，約四十年左右的時間，原不是適宜軟語溫馨、歌板低唱的時期。遺民故老固然是餘痛未定，一般士子也大部處於威劫時襲的惶恐中。時代大環境已屬不堪，而陳維崧個人的遭遇尤爲狼狽困頓，他在康熙七年以後，曾有數年的時間如無根

的蓬草般，轉逐於都門（北京）及中州（河南）一帶，這首詞，大約便作於此時。

　　詞題中「邢州」即今河北邢台。在一片凜冽的秋氣中，陳維崧抱著那清癯落寞的身影，踽踽獨行於古代燕趙之地，眼前蒼莽的北國風物，自然讓失意的他聯想起曾在這片土地上活躍的英雄人物！荊軻、高漸離、豫讓。比起三河（漢代的河內、河南、河東三郡，今指河南洛陽及黃河南北一帶）年少的騎馬射雕、敞懷痛飲的「粗豪」而言，前者的「悲歌慷慨」毋寧更令人動容。詞人以「燕趙古稱多感慨悲歌之士」提攜全詞。眼前的雄山莽水，籠罩在秋風淒緊中，不禁引發出詞人的慷慨豪宕之氣及有志難伸的悲慨。然古代英雄唯義是從的激烈壯懷，對眼前的「失路英雄」而言，似乎也起了「今古相接」的感發作用。儘管詞中未見任何對歷史人物的評論，或詞人志意的抒發，但在一虛（三河年少）一實（荊、高、豫讓）的身影描繪中，一股慷慨豪氣已貫串古今，詞人心志之所向亦表露無遺，正是「不著議論，自令讀者怦怦心動」（陳廷焯《詞則‧放歌集》卷四）。

　　此外，在與友人縱酒高歌，或以音樂助興時，酒酣耳熱，興會淋漓之際，最容易看出詞人「胸膽開張」的一面——或睥睨群倫，俯視一切；或意氣豪縱，吞吐萬方。

　　如他在〈沁園春‧秋夜聽梁谿陳四丈彈琵琶〉詞中，先以博喻的手法，極力描繪琵琶的各種聲情，而在聲聲入耳之際，又無端「惹一宵涕淚，萬種悲哀」。繼而在下闋中，把悲哀之情縮小凝聚為「嘆朱門酒肉，誰容卿傲」的身世之嘆。「傲」字是詞心所在。然詞人血液中流盪著的那股豪奢意氣，自然不容許這種自傷的情緒蔓延開來，所以結拍又霍然振起，「顛狂甚，罵人間食客，大半駑駘！」與上文「誰容卿傲」相呼應。而在聲情激越的顛狂之罵中，又深寓著自己曲高和寡的悲涼！傲視咄罵人間駑駘之輩，是詞人不願降格以求的尊嚴維護！

　　除了以賦筆直寫外，陳維崧更擅於以「詠物」的方式來寄託自己

的兀傲奇懷。他的詠物，是以我觀物，使物皆著我之色彩，即物即人，正如張炎所說：「所詠瞭然在目，且不留滯於物。」（《詞源》甲卷下）沈祥龍《論詞隨筆》也指出；「詠物之作．在借物以寓性情。凡身世之感，君國之憂，隱然蘊於其內，斯寄托遙深，非沾沾焉詠一物矣。」陳維崧的詠物詞，正是體現了這一藝術現象。

> 寒山幾堵，風低削碎中原路，秋空一碧無今古。醉袒貂裘，
> 略記尋呼處。　　男兒身手和誰賭，此際偏思汝。（〈醉落魄‧
> 詠鷹〉）

杜甫也有一首詠鷹之作〔註14〕，極寫雄鷹思擒狡兔、搏殺凡鳥，大有對人間虐物害民之輩嚴懲不貸的英邁氣概。維崧此作，正是承襲這種傳統筆法，並結合自身現實感受，在藝術上重新創造的結果。

　　此詞前三句看似寫景、敘述環境，其實還是借景、借境寫所詠之物。「寒山」、「風低」是暗示鷹的「棲息」和「掠地而飛」。而以「堵」來形容山勢，則更能把山勢的壁立千仞，形象而具體地描繪出來。當蒼鷹俯衝而下，掠地迅飛，旋即又怒飛衝天之際，便順勢搧起一股挾帶沙石的勁風；風如刀，鷹如風。「碎」字用得誇張有力。而「秋空一碧無今古」則融情於景，在秋高氣爽、萬里無雲的背景襯托下，雄鷹一點，自由盤旋翱翔，上窮碧落、下掠滄波；對比極強，卻飽含藝術張力，一股自由的、歡愉的、昂揚的生命力透顯無餘，與杜詩之「萬古雲霄一羽毛」意境相似。這幾句正面寫鷹的性情雄姿，妙在避實就虛，不露鷹的眞形，卻使人感受到牠的凌厲兇猛，出之以藏鋒健筆，是本詞獨到之處。「醉袒貂裘」寫出少年時走馬逐獵，意氣風發的情態，與下片之「老來猛氣還軒舉」相呼應。下片則由鷹及人，「男兒身手和誰賭？」男子漢大丈夫一身好本領，該去和誰較量？老來猛氣如果只用在縱鷹圍獵上，未免大材小用。「人間多少閒狐兔，月黑黃

〔註14〕〈畫鷹〉：「素練風霜起，蒼鷹畫作殊。　　身思狡兔。側目似愁胡。
　　絛鏇光堪摘，軒楹勢可呼。何當擊凡鳥，毛血灑平蕪。」（楊倫《杜
　　詩鏡銓》卷一）

沙，此際偏思汝。」由打獵引申到人世間也有不少「狐兔」，應該給
予無情的打擊。「月黑黃沙」象徵政治社會環境的黑暗險惡。在黑夜
荒原中，狐兔猖獗，四處為惡，此刻不禁使人懷念起雄鷹凌厲的身姿！
這幾句深得杜詩「何當擊凡鳥，毛血灑平蕪」的神髓。放翁亦有長句
云：「草間狐兔何須問，要挽長弓射天狼。」二詞「男兒志不在小」
的傲氣是一脈相承的。

　　陳廷焯評此詞曰：「聲色俱厲」（《白雨齋詞話》卷三）可謂直探
神髓的中肯之評。此外，陳維崧也曾以「勁松」的形象，來暗喻他那
「幾曾著眼向侯王」（朱敦儒〈鷓鴣天〉）的高傲性格。

　　　　托根燕市側，游戲支離，一笑風塵此鴻爪。任絲管喧闐，

　　　　貂蟬赫奕，更七姓鞭絲醉裊。只西風吼處作濤聲，對鳳闕

　　　　龍墀，吾存吾傲。（〈洞仙歌詠慈仁寺古松壽紀伯紫〉下闋）

「支離」、「鴻爪」在此均為「松」的別名〔註15〕。從「托根燕市側」
到「更七姓、鞭絲醉裊」點明主人公對京師貂蟬權貴的鄙視與不屑。
任憑「絲管喧闐」、「鞭絲醉裊」的鎏金繁華，亂人眼目，都抵不過「游
戲」於人間，淪落風塵的豪傑疏狂的「一笑」。以「四兩」的「豪情」，
便輕易「推排」開人間「千斤」的富貴，運筆極輕，卻富於力道。這
幾句，詞境和稼軒之「甚雲山自許，平生意氣，衣冠人笑，抵死塵埃。」
（〈沁園春・帶湖新居將成〉）寓意相近，只有敘事筆法正反明暗的不
同。結拍「只西風吼處作濤聲，對鳳闕龍墀，吾存吾傲。」更是大筆
一收，作一番擲地有聲的堂堂宣告！主人公性格的兀傲，操守的剛
直，也一併「吼」出！此詞雖是出之於對紀伯紫的讚美，又何嘗不是
陳維崧那「我自人間能倔強」（〈賀新郎〉）的心靈怒吼！

　　又如：

　　　　別來何久，喜今朝坐上，五君二仲。齊作鎮西《鸜鵒舞》，

〔註15〕《研莊雜錄》記鮮于伯機得一怪松，植於廳，名曰：「支離叟」，為
　　　此句所本。「鴻爪」亦為松的別名，因松針影似鴻爪。章孝標《小松》
　　　詩有「爪葉鱗條龍不盤」之句。

> 舞罷持杯高詠。蹴踏齊梁，憑陵晉魏，白眼看唐宋。髀雖
> 生肉，公然意氣豪縱。（〈念奴嬌·尤展成招飲草堂，同丁飛濤、
> 彭雲客、宋既庭御之，即席分賦，同用飛濤韻〉上闋）

窮愁、潦倒的陳維崧，只能在酒力之中重新尋回當年「痛飲狂歌，說
霸論王」（〈惜分釵·偶作〉）的餘韻。此闋流露一片「詩酒傲公侯」
的氣象。「髀雖生肉，公然意氣豪縱」，筆勢起伏頓挫，結語一句，彷
彿令人想見詞人顧盼自雄，流眄眾生的自得神情，頗有「恨古人，不
見吾狂耳。」（稼軒〈賀新郎〉）的豪邁英概！

　　另外，陳維崧還善於運用冷僻的題材，來作自我形象的勾勒，彷
彿用一隻不起眼的炭筆，粗略劃上幾筆，便形神畢肖，如：

> 猛性何曾改。記當年玄黃血戰，怒濤澎湃。一自海風吹陣
> 破，神物居然頹憊。冷笑煞，紛紛蟲豸。失勢人豪多類此，
> 有項王刎死田橫敗。也一樣，歸葅醢。　虎鬚慣裝舊腰帶。
> 是銅峰，獵徒脫贈，為防百怪。長恨此生誰配爾，瑜亮相
> 遭寧再。忍竟使，淮陰伍噲。今日兩雄都入手，便山魈水
> 蜮逢何害，況自有，吾髯在。（〈賀新涼·諸城李渭清贈我以龍
> 鬚數莖，同曹舍人實庵、陸編修義山、沈大令融谷賦。余篋中舊有虎
> 鬚，故篇中及之。〉）

起句「猛性何曾改」，突兀而起，氣勢不凡，點出「神物」如「龍」
者，即使「頹憊」之餘，也不喪失其「猛性」；由此引申到人世間的
失勢英豪，如項羽、田橫輩，縱然下場是歸於「葅醢」，亦是「猛氣
常在」，不失其英雄氣概。這其中，自然也寓含了作者的身影。下片
舉「虎」、「龍」相配，比喻人間瑜、亮相逢之難能。如令，龍虎兩
雄相遇於「英雄」之手，「三雄鼎立」之意，不言可喻。「況自有，
吾髯在」措語平和，卻是自信滿滿，揚揚自得。失路英雄，依然有
自豪的權利，意氣風發的一面。而「髯」字尤其妥貼傳神，與龍「莖」、
虎「鬚」形象一致，卻更飛揚賈張，頗有不期然而然之妙。「況」字，
是轉折翻越處，把「英雄」的地位，又提升一層，凌邁龍、虎二雄
之上。

此詞聲情哀而不傷，而詞人用僻題，卻能小題大作，獨闢蹊徑；尤其聯想豐富，意境恢奇，更是出人意表，陳維崧不凡的心性及手眼均可由此領略！

第二節　感士不遇的孤寂

李白有「古來聖賢皆寂寞」（〈將進酒〉）的名句，說明「思接千載」之人傑，往往不見容於當世。歷來膾炙人口的名篇佳作，常是出之於「才命相敵」的志士豪傑之手，醞釀於「孤光自照」（張孝祥〈念奴嬌〉）的幽獨胸懷；「文憎命達」，似乎已成爲文學史上的通例，「感士不遇」則成爲古今文人的共同悲嘆！「孤寂之感」也就成了各自沈吟的共同心聲。

這種普遍的孤寂感或來自於主體心性的高傲，因而形成「一肚皮不合時宜」（況周頤《蕙風詞話》卷二）的苦悶；或是由於大環境的驅使壓迫、個人的身世遭際等，而產生「孤臣無力可回天」（丘逢甲〈離臺詩〉）的無力感。對文人而言，一旦以上主客觀因素兼備時，其所萌發的孤寂落寞之感往往是「相乘」的效果，而非單純的「相加」而已。

陳維崧，是幸也是不幸地，成了這麼一位典型的詞人。由於主體的心性氣質，與客觀環境始終扞格不入，所以，終其一生，他都處在「冰炭滿懷抱」的痛苦煎熬中。但從另一個角度來看，這種「阨窮」的體驗及心緒的不平，也「深刻地塑造了詩人的個性，從而造成詩人獨特的感受方式、思維方式，幫助他從平凡的對象中，發現新的詩意和屬於他的意象。」（童慶炳《中國古代心理詩學與美學》頁 36）換言之，詩人這種「缺失性體驗」可以引起感知的變異，於是，當他在「觸物」之際，眼前的一切，往往是透過他的「冷眼」、「熱腸」來感知；影響所及，一切事、一切物便都蒙上一層失意的色彩，成爲感發詩人「其歌也有思、其哭也有懷」（韓愈〈送孟東野序〉）的最佳觸媒。

在《湖海樓詞》中，「感士不遇」的孤寂之感，幾乎隨處可見！或登山臨水、當花對月；或詩酒酬唱、送往迎來；或睠懷故國、遊子思鄉，舉凡一切身所履歷、耳目所接者，都能觸動他那飽含辛酸的心靈，而發出不平之鳴！只是鳴聲有大小高低的不同，及收放程度的差異罷了！

大半生浪游南北，旅食四方的陳維崧，在病逝前一年所寫〈贈孺人儲氏行略〉中，曾提到與儲氏成婚後，「四十年間，其在家者，一歲中僅可二十餘日」，其中還追憶到：「曾一日逼除抵舍。孤篷單舸，小泊濛濛蘆葦中。夜霧四塞，迷失舟港，都不辨柴門所在。拂曉視之，則夜來泊處距余舍才隔一尋。蓋余一生旅況之苦如此。」弄清這一生平背景，也就可以瞭解，爲什麼他的身世之感，淪落之悲會寫得如此感慨蒼涼、憤激不平了。

如以下這首〈滿江紅‧悵悵詞〉之一乃是陳維崧七試省闈皆不遇後，「闔門對婦，奮髯抵几」、在「氣色殊惡」（〈贈孺人儲氏行略〉、《文集》卷五）的情況下所作，其滿腔孤憤，有如怒濤排壑般，不可遏抑：

> 日夕此間，以眼淚洗胭脂面。誰復惜、松螺腳短，不堪君薦。幾怏罵人鸚鵡著，半床詛世芙蓉譴。笑嶔崎俠骨縛青衫，奚其便。　曷不向，青河戰，曷不向，青樓宴？問何爲潦倒，青藜筆硯？老大怕逢裘馬輩，顛狂合入煙花院。誓從今，傅粉上鬌眉，簪歌劍。

起句便以悲劇旦角自喻，日復一日，粉墨登場，搬演人生，取悅觀眾；下台後，則獨自品味淒涼，面對眞實人生，台土台下均屬不堪。接著筆觸由虛轉實，直抒胸臆，「誰復惜」，以一種輕忽的語氣，表明自己對名場失意的不屑，既無所求，也就無所失。現實的逼仄，迫使詞人向上攀援，歷史上硬脊梁的英雄豪傑所在多有，如彌衡、如蘇軾，幾人是富貴壽考？又哪一個不是拿起「如椽大筆」，直指「人間腐臭場」（辛稼軒〈鷓鴣天〉）口誅筆伐一番。反觀自身，雖然一襲青衫終其

身，但比起充斥著「烏眼雞」、「兩頭蛇」、「三腳貓」〔註16〕的官場而言，這一身「嶔崎俠骨」實足以自豪自負，一句「奚其便」！說得灑脫而疏狂，與上文之「誰復惜」前後呼應！然而詞人畢竟沒有達到「寵辱偕忘」的境界。下片聲情轉爲激昂高亢，連用三個「曷不」問句，一一層逼進一層，「青河」、「青樓」、「青藜」三個意象，代表三種人生境界，詞人能做哪一種選擇呢？是自憫，亦是自嘲。「顛狂合入煙花院」是最沈痛悲涼的自我回答，他選擇「自甘沈淪」的方式來憤世、譴世，尤其結拍「誓從今」句，似乎從齒縫中迸出，令人不寒而慄。「傅粉上鬚眉，簪歌釧」意象鮮麗，然而再厚重的粉底，也掩飾不了詞人內心的落寞蒼涼！劉熙載《詞概》云：「詞之爲物，色香味宜無所不具。以色論之，有借色，有眞色。借色每爲俗情所艷，不知必先將借色洗盡，而後眞色見也。」此詞便是色中有色，淚中有淚；只有透過「粉墨之色」、「胭脂之淚」，才能見出勇於詛世的英雄本色，及奮飛無路的窮途之淚！

　　維崧在抒發聊蕭不平之氣時，雖有「金剛怒目」作「獅子吼」的一面，但他畢竟出身於桐蔭鼎族，加上生性「恂恂謙抑」、「生平無疾辭遽色」〔註17〕，所以，當他意有所鬱，而不得不洩時，並不是一味的任性使氣，或嘆老嗟貧；他常藉著詠懷古跡，來引出更深一層的身世之感，這類作品往往寫來意態兀傲，感慨淋漓，其中自有堂堂氣象在。如這首〈滿江紅・秋日經信陵君祠〉便是一例：

　　　席帽聊蕭，偶經過，信陵祠下。正滿目，荒臺敗葉，東京

〔註16〕引自張鳴善〈雙調水仙子・譏時〉：「鋪眉苫眼早三公，裸袖揎拳享萬鍾，胡言亂語成時用，大綱來都是烘。說英雄誰是英雄，五眼雞歧山鳴鳳，兩頭蛇南陽臥龍，三腳貓渭水飛熊。」

〔註17〕蔣永修在〈陳檢討迦陵先生傳〉云：然鬵爲人內行修，視諸弟甚友愛。篤親戚朋友，遇人溫溫若訥。生平無疾辭遽色，其游諸公間，謹慎不泄，持己以正，時有所匡。諸公以故樂近之，而莫敢狎也。（《碑傳集》卷四十五）

徐乾學〈陳檢討維崧墓誌銘〉云：「君（陳維崧）門閥清素，爲人恂恂謙抑，襟懷坦率，不知人世有險機事，口寒訥不善持論。」

客舍。九月驚風將落帽，半廊細雨時飄瓦。柏初紅，偏向
壞牆邊，離披打。　今古事，堪悲咤。身世恨，從牽惹。
倘君而尚在，定憐余也。我豈不如毛薛輩，君寧甘與原嘗
亞。嘆侯嬴，老淚苦無多，如鉛瀉。

這是一首寓身世之恨於懷古之中的作品。起調兩句「席帽聊蕭，偶經
過，信陵祠下」既是點題，也是一個落魄書生的自我寫照。看似淡淡
著筆，實則語重千斤，無限辛酸，「席帽」二字〔註18〕也是貫串全詞
的基本形象，以此發端，則全詞落拓不遇的基調便大致抵定。上片只
就當前的景物節令運筆著墨，而景中藏情，使下片所要抒發的悲慨收
到「引滿而發」之效。尤其過拍兩句，更拈取牆邊一景，藉著「雨打
殘紅」的意象，把淒涼的意味加倍點染。總括來看，上片六個景句是
以「正滿目」領起，都是通過作者的眼目而攝入詞中，這是情與景合，
我與物會，正如王國維《人間詞話》所謂：「以我觀物，故物皆著我
色彩。」因而詞中之台是「荒台」，葉是「敗葉」，風是「驚風」，雨
是迷濛的「細雨」；「柏」則枝葉離披，「牆」則剝落頹圮。通過這些
景物的鋪設，下片所要抒發的弔古之情、身世之恨已呼之欲出了。

　換頭四個三字短句，把詞筆轉向「今古事」，牽惹出「身世恨」，
只是此恨繫古今兩頭——一頭是對歷史人物的神往，一頭是自我身世
的悲慨。於此，陳廷焯贊曰：「如此弔古，可謂神交冥漠。」（《白雨
齋詞話》卷三）「倘君而尚在，定憐余也」是對「世無伯樂」的控訴，
而「定」字則流露出他的自信和自負。「我豈不如毛薛輩」，更是傲然
以信陵君的上賓自許。最後以「嘆侯嬴、老淚苦無多，如鉛瀉」以鳴
咽悲涼之音收場；然而，在一片秋風秋雨之中，自有一般傲岸之氣排
盪不已。此詞佳處在於直抒胸臆，滿心而發，然不妨其頓挫之致；「慨
當以慷」，亦「不嫌自負」（《白雨齋詞話》卷三）。直中見曲，是才人

〔註18〕宋吳處厚《青箱雜記》載，宋初「猶襲唐風，士子皆曳袍重戴，出
則以席帽自隨。」李巽累舉不第，鄉人侮之曰：「李秀才應舉，空去
空回，知席帽甚時得離？」巽及第後遺詩鄉人，中有「如今席帽已
離身」句。後遂以「席帽」象徵落第書生。

伎倆；而蒼涼中見精神，則眞屬英雄本色矣。

再如〈琵琶仙・題汴京大相國寺〉：

> 近婦飮醇，悵失路英雄，暮年無忌。轉盼魏寢全荒，朱門
> 換蕭寺。賺人是宣和舊譜，惹恨有夢華遺事。傳說東京，
> 當初燈火，遙映南内。　休閒話，折戟沈沙，祇此地曾經
> 浪淘洗。剩得薑痕蟲篆，蝕尉遲碑字。正罷酒，憑闌時候，
> 遇西風，落葉盈砌。多少落拓心情，飄零身世。

汴京相國寺相傳是魏信陵君故宅，當年「朱門」，如今淪爲「蕭寺」，
無限滄桑之感，盡在不言中。接著由相國寺宕開，寫東京之由盛而衰，
結拍再收束到個人的興衰之感，落葉飄零西風，而詞人那多少「落拓
心情，飄零身世」的傷嘆，也在西風中飄盪不已。而在〈金菊對芙蓉・
禹州使院作〉中，陳維崧因見「王孫第」、「金床」、「玉几」而觸景傷
情，聯想起自己也是「出身甲族」，如今卻落得輾轉流離，手足分散，
「巡簷背手，誰憐我，情緒如絲。」既是弔古，也是自傷；「種種凄
其」，不堪說，不欲說，不如轉向古人尋求慰藉。「且向東門外，好悲
歌，聶政墳西。……頻斟酌酒，細拂橫碑。」藉著惺惺相惜之情，或
可暫時沖淡一己之悲涼！再如〈遶佛閣・寒夜登惠山草庵貫華閣〉、〈念
奴嬌・鄞城感懷寄緯雲都下〉、〈洞仙歌・途次曹縣〉、〈黃河清慢，清
江浦波黃河〉、〈金菊對芙蓉・訪單縣琴臺〉等，都是一面「嘆息舊繁
華，往事還非」（〈洞仙歌〉），一面抒發「江南遊子，無聊側帽，有恨
循廊。」（〈金菊對芙蓉〉）、「長嘯憂時，自把寶刀閒拍」（〈黃河清慢〉）
的淪落之嘆。

此外，陳維崧於四十多歲旅居京華時，與當時政壇大老龔鼎孳時
有唱和往來，龔氏對這位「江東人傑」，尤其嘆賞不已，曾有「如此
才名，坐君床上，我拜低頭竟不辭」（〈沁園春・讀《烏絲詞》三首〉
之一）之句，爲之傾倒不已；但龔氏同時也發出「相憐處，是君袍未
錦，我鬢先霜」（同前）的喟嘆，並爲自己援引無力而感到無奈。這
段期間，陳維崧在「心憂似月，鬢禿成霜」（〈沁園春・贈別芝麓先生，

即用其題《烏絲詞》韻〉〉的心境下，寫了多首〈沁園春〉、〈賀新郎〉呈送芝麓先生。面對如此一位知己兼長輩，除了發出「嘆世上，非公知我，幾成怪物。此外半生誰鮑子，負此眞非豪傑。」（〈賀新郎・將之中州留別芝麓先生再疊前韻二首〉之一）的喟嘆外，在這一系列調寄〈沁園春〉、〈賀新郎〉詞中，陳維崧更是將那「僕本恨人，能無刺骨」的心態，淋漓盡致地披露無遺，讀來令人頓覺悲風滿耳，慨然多哀。以下各舉一首加以說明：

> 四十諸生，落拓長安，公乎念之！正戟門開日，呼余驚，坐燭花滅處，目我于思。古說感恩，不如知己，卮酒爲公安足辭。吾醉矣！才一聲河滿，淚滴珠徽。　昨來夜雨霏霏，嘆如此狂飆世所稀。恰山崩石裂，其窮已甚，獅騰象踏，此景尤奇。我賦將歸，公言小住，歸路銀濤百丈飛。氍毹暖，趁銅街似水，賡和無題。（〈沁園春・贈別芝麓先生〉）擲帽悲歌發。正倚幌、孤秋獨眺，鳳城雙闕。一片玉河橋下水，宛轉玲瓏如雪。其上有，秦時明月。我在京華淪落久，恨吳鹽、只點愁人髮。家何在？在天末。　憑高對景心俱折。關情處、燕昭樂毅，一時人物。白雁橫天如箭叫，叫盡古今豪傑。都只被，江山磨滅。明到無終山下去，拓弓弦、渴飲黃獐血。〈長楊賦〉，竟何益？（〈賀新郎・秋夜呈芝麓先生〉）

這兩首詞均作於康熙七年（1668），陳維崧時年四十有四。值此盛壯之年，卻仍以「諸生」身份困居京華，在「羈宦薄遊俱失意」（龔鼎孳・〈賀新郎〉）的情況下，天涯倦客不禁萌生思歸之意，而於臨行之前，對知交披布腹心，所有淪落之悲、古今之嘆、生命迫促之感，均於是乎在。

　　第一首在時序的安排上頗見用心，或順敘、或倒敘，利用時空、場景的錯綜安排，予人滄桑變幻之惑。上片以敘事爲主，中間穿插一段昔日才驚四座、賓主相得之美好回憶，歇拍「吾醉矣！才一聲河滿，淚滴珠徽」則拉回現實，在酒酣耳熟、胸膽開張之際，隨著笙歌奏起，

熱淚應聲落下，外在環境愈喧鬧，心中愈覺淒涼。下片以寫景為主，然景中含情，詞人極力描繪雨聲雨勢、雨形雨象，一片狂飆驟雨，似乎挾著千鈞之勢，鋪天蓋地奔騰而來。「山崩石裂」、「獅騰象踏」乃是以具象之物描繪天地之奇觀，可謂傳神至極。而預想歸途之「銀濤百丈飛」乃承上之誇張筆勢而來，一實境一虛境，同樣令人目眩神迷。而此句語帶雙關：此番歸去，不僅路途險阻，恐怕也是「別有人間行路難」（辛稼軒〈鷓鴣天〉）吧！下片一路磅礡直下的氣勢，至結拍戛然而止，陡然一轉，再回到眼前，在「氍毹暖」的場景烘托下，情調、氣氛都換，主人殷勤勸客，觥籌交錯、眾聲喧嘩，與詞人落寞的心境恰成一熱一冷的強烈對比。夜涼如水，悠悠此心，只有藉著「賡和無題」寄托一切不言之言，不盡之意！這首詞借天地之奇景壯觀，抒發胸中侘傺嗚咽之情，沈鬱頓挫而出以奇思壯采，不愧是大手筆之傑作。

　　陳維崧所填〈賀新郎〉共有一百三十五首之多，「每章俱於蒼茫中見骨力」（《白雨齋詞話》卷三）其中呈送芝麓先生的有二首，今就第二首，簡述如下：

　　起句以「擲帽悲歌發」總領全詞，「悲歌發」是開宗明義地說明此詞的主要旋律及情調。接著由「孤城獨眺」展開渲染鋪敘，引出「懷古一何深」（陶淵明〈和郭主簿〉）之情。夜色蒼茫中，詞人獨自憑欄遠眺，現實的失意，使他抬眼眺向無盡的穹蒼、夐遠的歷史，一輪「秦時明月」是無盡歷史時空及人物的濃縮，可以渲染，可以想像。然而邈遠的懷古之情，終究要落回現實。於是鏡頭由上而下，由遠而近；由景及人，由人及情，「我在京華淪落久」是真實而具體的心聲流露！滿腔愁緒，直從吳鹽點髮，便可領取一二。潦倒之餘，不禁萌生歸意，然而，家山何在？一句「在天末」，道盡「路遙歸夢難成」（李煜〈清平樂〉）的辛酸辛苦！

　　下片「憑高對景心俱折」三句，由眼前實景宕開，思緒上追到戰國時的「一時人物」──燕昭、樂毅。於此，一方面見出詞人對正史上聖君賢相的遇合，充滿歆羨之情；一方面慨嘆當世「燕昭」無處可

尋，以致「樂毅」之流，有才無位。接著由懷古之情而聯想到宇宙人生之理，「白雁橫天如箭叫，叫盡古今豪傑。都只被，江山磨滅。」融抒情、寫景、說理於一爐。江山無限，人生迫促，即使一代豪傑，亦難逃被「江山磨滅」命運，則人世一切成敗得失的比較，均屬無謂，實在「不須計較更安排」，不如「領取而今現在」（朱敦儒〈西江月〉），縱馬馳騁、彎弓射獵，及時行樂又何妨？結句「〈長楊賦〉，竟何益？」用揚雄之典嘲世，嘆息自己空有「鄒揚枚馬」般的高才，卻無濟於世，以致沈淪至今、沈吟至今！再度回歸「悲歌發」的主旋律上。此詞主要描寫淪落之感，但詞人即使在窮愁之中，仍不失其雄心豪氣之大家風範。故陳廷焯在《詞則‧放歌集》中評點此詞說：「雄勁之氣，橫掃千人。」

　　詞情類似的遠見於〈賀新郎‧贈蘇崑生〉、〈賀新郎‧冬夜不寐寫懷，用稼軒同甫唱和韻〉，同樣寫得蒼涼雄闊，氣度非凡；或借他人「淪落半生知己少」（〈贈蘇崑生〉）的杯酒來澆自我壘塊，或自傷「百結千絲穿已破，磨盡炎風臘雪。……半世琵琶知者少，枉教人，斜抱胸前月。羞再挾，王門瑟。」（〈冬夜不寐寫懷〉），緊接而來的，便是驚覺時光飛逝，年華似水，而發出「我亦是，中年後」（〈贈蘇崑生〉）、「看種種、是余之髮」（〈冬夜不寐寫懷〉）的嗟老傷嘆；但詞人總不甘就此黯然以終，向命運順服，他還是放懷高唱「此意儘豪那易遂，學龍吟，屈煞床頭鐵」（之三），滿腔悲慨便藉著「風正吼，燭花裂。」噴薄而出。志士可窮之，但不能貧之，那股臨風嘯傲的精神是極為豐贍動人的。

　　只是，詞人終究是要老去的，雖然他一再強調「髀雖生肉，公然意氣豪縱」（〈念奴嬌〉）「九天只有愁難寄，放狂歌，金鐵一時鳴」（〈滿江紅‧丹陽賀天山寄詞二闋屬和其韻〉），即使壯心不已，畢竟還是要面對「吾衰矣」（同前）、「吾老矣」（〈永遇樂〉）的事實；「老兵精神」可以不死，但仍不免會逐漸褪色。暮年時期的陳維崧，少了那份飛揚跋扈的霸氣，和憤世詛世的火氣；常日伴隨他的，毋寧是一種「潮打

空城寂寞回」(劉禹錫〈石頭城〉)的滄桑之感,和「老盡少年心」(黃庭堅〈虞美人〉)的沈鬱悲涼。儘管「半生孤憤酒難澆」(〈踏莎行〉),儘管苦捱著「鼠鬥庭前,蟻喧床下,敗壁徒懸犢鼻褌。……嘆殘杯冷炙,誰遺野老,淒風碎雨,孰念王孫。」(〈沁園春〉)的落魄生活,但詞人有時還是把「挑燈且讀《韓非子》」的「半生孤憤」(〈臨江仙〉),轉為「無夢覓封侯,隨緣作浪遊」(〈唐多令〉)的因循隨俗,滑其泥而揚其波,他故作瀟灑地以「人間亡是公」(〈采桑子〉)自署,生活中除了追求「我醉休扶,和月和花同宿」(〈花發沁園春〉)的浪漫行樂外,便是由厭世而走向避世的焚香注《易》了,試看:

> 我所思兮,旁無人者,長嘯離墨之陽。時復讀書萬卷,縱博千場。悲來直攜橫槊舞,興來還取素琴張。誰相識,只有當年,郭翁伯邴君章。 石梁。瀑布下,神仙窟,中饒雁鶩餘糧。我願結廬注《易》,梯几焚香。身騎白鶴朝蓬苑,手斟丹液煉飛光。沈吟久,此意茫然未遂,斜日徒黃。(〈畫錦堂·述懷〉)

對一個原本高唱「我自人間能倔強」、「嬾逐仙班走」的人中豪傑而言,「一死千秋在」(〈虞美人〉)才是人生價值所在;而今華髮盈顛,卻依然是殘客窮賓,一切豪情冶興、壯心俠骨,都已「憔悴不堪攀」(〈憶舊游〉)。「多少倚闌心事」(〈水龍吟〉)只有壓縮到沈沈悶懷中。口說:「我願結廬注《易》,梯几焚香。」更張揚著要把「燈下吳鉤,腰間寶玦,拉雜都摧折。明當竟去,終南聞道奇絕。」(〈念奴嬌〉)但這種「顧左右而言他」的說法,畢竟太過牽強,詞人的真實心聲,還是在「沈吟久,此意茫然未遂,斜日徒黃」的無言中,昭然若揭。人生如夢,亦如電抹,宇宙遼敻的空漠之感,也惟有失意蹇滯之人,才更能深刻領會,感士不遇的悲慨,也因而有了更沈重的歷史負載!

陳維崧的悲哀在於:他既清醒又執著,卻不能與時推移,他有自知之明和自負之志,「我有珊瑚竿不用,不是無材。」(〈浪淘沙〉),卻終身都處在「問茫茫塵世,誰愛清音」(〈洞庭春色〉)的待賈而沽

中；而他的痛苦又來自於「情在不能醒」（〈納蘭性德〈憶江南〉〉）的執著，所以，即使在老憊蕭疏之中，仍然透著一股百折千回的韌勁及熱忱，「空牆老驥，噴霜猛氣難歇」（〈念奴嬌〉），陳維崧的生命特質及價值追求，也於此展露無遺。

總括來說，陳維崧的一生，是一首「青衣淪賤，彩筆飄零」（〈水龍吟〉）的「流浪者之歌」，前段是雄詞高唱，氣勢奪人；後段則幽泣低吟，盪氣迴腸；中間雖穿插一段語帶酒氣、「神仙將相」〔註19〕的變調，但他終究是字字清楚，句句清明地流自肺腑。終究還是回歸基調，只是唱腔多了一份老健蒼辣。唱者用心，聽者動容，所謂眞、善、美的境界，庶幾得之！

第三節　民生疾苦的悲憫

自蘇軾開始，詞體發生了革命性的變化，成爲一種可以與詩並列的文學體裁後，詞便成了詩人留給自己的一塊自由園地，在這裡，感情用不著僞裝，儘可以「申申如也」地把詩人的感情自由宣洩，因而也最容易見到詩人的眞性情〔註20〕。正如陳維崧在詞中既毫不掩飾他那「疏又何妨，狂又何妨」（劉克莊〈一剪梅〉）的落拓不羈；也寫出感傷年光蹉跎，垂老無成的眞心告白；同時更有許多哀憐民生疾苦，反映社會現實等「正面」情感的自然流露，惟其出於自然，所以這種悲憫情懷才更動人；唯其具正面價值，所以這類作品便成爲《湖海樓詞》中，最熠耀生輝的部分，「詞中老杜」（陳廷焯語）之譽，當是來自陳維崧這份同體大悲的湖海胸襟。

陳維崧生就一份「壯心俠骨」，加上「忠義」門第家風的陶染，所以，「軒然豪氣」就深化爲他的生命印記，凝聚爲不凡的視瞻和經

〔註19〕〈念奴嬌・十四夜對月同王阮亭員外〉下片：我欲吹裂玉簫，拓殘金戟，小把愁腸豁。生不神仙兼將相，負此秋光堆雪。燈下吳鉤，腰間寶玦，拉雜都摧折。明當竟去，終南聞道奇絕。

〔註20〕詳見袁行霈《中國文學概論》頁180、181。

世濟民的具體抱負〔註21〕。日後,萍飄南北的際遇,迫使他不再只是從高高的樓臺上俯瞰人生,昌言經世濟民的理論而已;而是把他全部身心都深深紮入世俗生活的土壤裡,並從中實實在在地汲取養分,來充實內涵,開闊視野。對尋常百姓的疾苦,他在哀矜之餘,唯一能做的,便是以筆代劍,揭露社會的黑暗面,唾棄清廷虐民的苛政;或是成為下層各行業人民的代言人及見證人,替他們寫下心酸的一頁,發出不平之鳴。這完全符合《詩經》寫實主義的詩歌傳統精神,陳維崧把詞體的功能,確實推向了「比肩經史」的高度,這不能不說是「倚聲領域」中的一個大手筆。

先看他的〈賀新郎・縴夫詞〉:

> 戰艦排江口。正天邊,真王拜印,蛟螭蟠鈕。征發梓船郎十萬,列郡風馳驟。嘆閭左,騷然雞狗。里正前團催後保,盡累累,鎖繫空倉後。捽頭去,敢搖手? 稻花恰趁霜天秀。有丁男,臨歧決絕,草間病婦。此去三江牽百丈,雪浪排檣夜吼。背耐得,土牛鞭否。好倚後園楓樹下,向叢祠,巫倩巫澆酒。神佑我,歸田畝。

此詞作於順治十六年(1659)。是年五月,南明大將鄭成功與張煌言合兵北伐,克鎮江,攻至江寧(今南京)城下,清廷急籌江防,從長江下游地區徵調大批民夫,來為運糧的木船拉縴。對此,詞人滿懷深切同情,他既寫詩揭露〔註22〕,也以詞來撻伐:先以虛筆擬寫異族統治者的「真王拜印」,如此耀武揚威的場面雖遠在天邊,卻成為人民

〔註21〕 陳維崧在〈浪淘沙・題園次收綸濯足圖〉中云:「龍窩蛟窟莫相猜。我有珊瑚竿不用,不是無才。」

又在〈浙西六家詞序〉云:「倘僅專言浙右,諸公固是無雙,如其旁及江東,作者何妨有七。」其自負若此。

又《烏絲詞序》云:「余(宗元鼎)與陳子少志觀光,許身稷契,意謂有神之筆,庶幾致君堯上,再使風俗淳。」足可見詞人早年頗有匡世救國之宏願大志。

〔註22〕 如「昨日解戰船,拽絕千牛靷。前年送軍糧,十室九成盡。今年旱暴虐,赤地足悲悶。……里正亂咬人,捽頭類秋隼。明知骨髓乾,苦說租庸緊……。」(〈送邑侯張荊山之任〉《詩集》卷六)

近在眼前的深重災難的開始。以下實筆刻畫民間的災難，官府抓丁充數，勢如狂風暴雨；人民的驚惶，由閭左的「雞狗騷然」便可窺知一二。在官府的淫威下，壯丁一個個被「捽頭去」，有誰「敢搖手」說不呢？

下片由泛寫轉為局部放大的特寫，通過某丁男與病婦生離作死別的典型事例，集中而深刻地寫出官府對人民的奴役迫害之深切。在血淚淋漓的控訴之餘，並藉著「神佑我，歸田畝」，表達出人們在走投無路時，才會向未知的神明祈求仰望，並提出對太平生活的切慕渴望。杜甫〈新安吏〉的反映現實的精神和藝術技巧，陳維崧已充分繼承過來，並把它帶進詞裡了。

再看〈南鄉子・江南雜詠〉：

> 戶派門攤，官催後保督前圍。毀屋得緡上州府，歸去。獨宿牛車滴秋雨。（之三）
>
> 雞狗騷然，朝驚北陌暮南阡。印響西風猩作記，如鬼。老券排家驗鈐尾。（之四）
>
> 萬艘千船，今年米價減常年。乍可宣房填蟻穴，愁絕。不顧官家言改折。（之五）

這又通過短小的篇幅，精鍊的內涵，形象地訴說了統治階層對人民敲骨吸髓的罪惡。王國維曾說：「詞之為體，要眇宜修，能言詩之所不能言，而不能盡言詩之所能言。詩之境闊，詞之言長。」（《人間詞話》）意即詩歌能夠反映較廣闊的場面，概括較複雜的事物。而詞卻能抓住某一方面，加以深入描繪刻劃，揭示人物內心深處曲折微妙的心理活動，多層次地展現複雜微妙的心底波瀾，詩是面的鋪開，而詞則是點的深入。陳維崧便掌握了「點的深入」這一特色，從不同角度切入，深度刻劃農村飽受官府戕摩剝削而頻於絕望的痛苦。真切反映當時的社會現象並暗寓批判，足可以「詞史」看待〔註23〕。

〔註23〕龔鵬程於《詩史本色與妙悟》中，討論到「詩史」的觀念，以為「詩史」是在表達內容及表達手法上，以敘事的藝術技巧來記錄事件，而又能夠透顯歷史意義和批判。上亦即必須在史事的敘述中，透含

　　這一組〈南鄉子・江南雜詠〉共有六首，今錄之三、之四、之五加以說明。作者在第二首詞末注云：今秋水鄉盡沒，而山民復十室九病，故詞及之。整組詞在描寫農村由於水災、瘟疫不斷，加上官府的搜刮迫害，以致江南農民毀屋破家，民不聊生的悲慘。陳維崧捨棄巨幅浮雕的形式，而把農村這「人間煉獄」分割成六個片斷，各自成為局部特寫，而聯貫鋪展開來，則又成為一個主題一致的長軸畫幅。第三首寫官府催租甚急，農民只得「毀屋得縉上州府」，自己卻過著「獨宿牛車滴秋雨」的悲慘生活。第四首則以寫意之筆，點染烘托出人民飽受催租之苦的驚惶無奈，「雞狗騷然」點出農村平靜生活的被破壞，「印響西風」尤其令人心驚不已，如聞其聲，「如鬼」二字既寫差役挨家挨戶驗稅，惡形惡狀的嘴臉，又未嘗不是寫飽受壓榨後，農民瘦削身形的投影。第五首則是無助的哀告，「今年米價減常年」曲筆寫出農民被剝削第二層皮，故「愁絕」之餘，寧可被官府徵調去修築長堤，也「不願官家言改折」。

　　陳維核對受苦農民的同情，還突出地表現在〈金浮圖・夜宿翁村，時方刈稻，若雨不絕，詞紀田家語〉中，他以沈痛的筆觸，寫出了一幅洪水泛濫、稻穀失收、啼飢號寒的農民血淚圖：

　　　　為君訴。今年東作。滿目西疇，盡成北渚。雨翻盆，勢欲
　　　　浮村去。香稻波飄，都做沈湘角黍。咽淚頻呼兒女。甕頭
　　　　剩粒，為客殷勤煮。　話難住。茅簷點滴，短檠青熒，床
　　　　上無乾處。雨聲乍續啼聲斷，又被啼聲，剪了半村雨。搖
　　　　手亟謝田翁，一曲淋鈴，不抵卿言苦。

對長年辛勞的農民而言，「人禍」已屬不堪，而今又逢「天災」一切努力，盡成泡影。人類的基本欲求──維生，竟是如此艱難之事，人生至此，天道寧論？「雨聲乍續啼聲斷，又被啼聲，剪了半村雨。」雨聲啼聲，斷續相連，「天地不仁，以萬物為芻狗」，於此，得到最好

　　　著詩人的評價和看法。維崧這類反映民生、反苦的作品，已符合龔
　　　氏的要求，故以「詞史」看待，亦屬合理。

的證明。若非詞人有顆悲憫之心，有副慈眉善目，是捕捉不到這樣的畫面和情感的。「一曲淋鈴，不抵卿言苦」，對受苦的人來說，「感同身受」的同情體貼，便是最大的慰藉。陳維崧之所以成為同代文人中，出類拔萃的詞人，除了因為他的才華學識外，更在於他有仁人君子藹然的胸懷，在淪落江湖之際，還能體貼關照眾生之苦，不做獨善其身的「自了漢」，這份「戀所生恤，同氣藹然」的古道熱腸，也使他的詞讀來更有動人的生命力、感染力。〔註24〕

以下這首〈水調歌頭・夏五大雨浹月，南畝半成澤國，而染溪人尚有畫舫遊湖者，詞以寄慨〉，則在悲憫之餘，更對人間的不平，發出正義的怒吼。詞下片寫道：

今何日？民已困，況無年。家家秧馬閒坐，墟井斷炊煙。何處玉簫金管，猶唱雨絲風片，煙水泊遊船。此曲縱嬌好，聽者似啼猿。

大雨成災，南畝半成澤國，農家面臨斷炊之苦；而富家公子卻趁此「良辰美景」來從事遊湖的「賞心樂事」；更甚者，還唱著《牡丹亭》中的「雨絲風片，煙波畫船」曲子來應景。同樣是「雨絲」、「煙波」，卻是貧賤者的災難，富貴者的風景；兩者間對照愈鮮明，人世間的不公也愈突顯，「好事」如陳維崧者，焉能不拿起「如椽大筆」記錄下人間的苦難不平。這和杜甫的「朱門酒肉臭，路有凍死骨」（〈自京赴奉先詠懷〉）同樣是冷筆熱腸，深具撻伐之力。

此外，尚有〈金明池・丙辰秋日書事〉一首，也是揭露官府橫徵暴斂，不擇手段，人民破家賣宅之慘狀，其下片云：

瘦巷空壕秋蕭瑟，盡堂燕幕鳥。遯逃無術。人競說，天家

〔註24〕陳維崧於〈王懌民北游草序〉云：「吾雖不遇矣，譬如象犀珠玉，雖暫困塵壤，而久必為世所貴用。是故於其所至也，見漕艘之絡繹，黃河之奔放，幾有關於國計民生也，尤必咨嗟而三歎焉。至於戀所生恤，同氣藹然，有陟岵陟屺之思，此則仁人君子之用心也。」《文集》卷一。這段「夫子自道」，可與註21相參照，詞人的自負、自許，都來自於他的仁者胸懷，並且不因「造次顛沛」而改變，一片赤忱，觸物而發，泪泪流出，動人的力量，也由此產生。

榷酤，誰解學、仙翁點石。便天邊，月府清虛，怕未穩瓊

樓，難安桂魄。見敬業坊前，奉誠園外，多少題門賣宅。

此詞用比興手法，極寫官府稅負之重，一般升斗小民無力負擔，紛紛
「題門賣宅」，形成「瘦巷空壙」的蕭條之景，連「堂燕幕烏」也乏
安居之所，不時驚惶遊逃。問人間，誰解點石成金之術，可繳交稅負？
其問愈痴，其情愈是不堪，諷刺愈是深刻。

　　除了深刻揭露清廷的暴政外，在戰爭過程中，清軍姦淫搶掠婦女
的暴行，陳維崧也作了血淚斑斑的控訴：

說西江近事最銷魂。啼斷竹林猿。嘆灌嬰城下，章江門外，

玉碎珠殘。爭擁紅粧北去，何日遂生還。寂寞詞人句，南

浦西山。（〈八聲甘州・客有言西江近事者，感而賦此〉上片）

此詞寫的是金聲桓在南昌抗清失敗的悲痛史實〔註25〕。金聲桓戰敗遇
害，江西淪陷，慘遭清軍據掠屠殺，「縣無完樹，村無完家，家無完
人，人無完婦」〔註26〕的慘狀，可由「爭擁紅粧北去，何日遂生還」
之句，想見大略。「寂寞詞人句」是認人痛心疾首的沈沈憤慨！而〈賀
新郎・新安陳仲獻客蜀總戎幕府，嘗俘一婦，詢之，蓋仕族女也。仲
獻閉置別館，召其夫還之。……因賦是篇〉，則反映了康熙平定三藩
的豐功偉業背後，多少良家婦女慘遭搶掠的不堪一面。

……一自愁雲霾蜀棧，飛下桓家宣武。有多少，花鈿血污。

十萬蛾眉齊上馬，過當年，花蕊題詩處。葭萌驛，鵑啼苦。

（上片）

在清軍鐵騎的蹂躪之下，婦女所遭受的迫害尤其慘重，「有多少，花
鈿血污」，所有的血淚控訴，盡概於此一具體而形象的描繪中！這些
控訴，與元好問〈癸巳五月三日北渡〉詩中的「紅粉哭隨回鶻馬，爲

〔註25〕金聲桓原爲左良玉部將，降清後，攻南昌，佔據江西省。1648 年，
　　　　金聲桓復率兵反正。不久肇慶的南明小朝廷因內部黨派相互傾軋，
　　　　無力抗清，於是清軍又大舉進攻東南各省，金聲桓在南昌戰敗遇害，
　　　　江西再度淪陷，〈八聲甘州〉便是描寫此一喪亂背景。

〔註26〕見尚鉞《中國歷史綱要》頁 379，轉引自鄭孟彤〈論陳維崧的詞〉。

誰一步一回頭。」有著同樣的沈痛！這類作品，直可視爲詞中史筆，而作者秉筆直書的無畏精神，尤其令人感佩！

陳維崧晚年時，清統治者進軍川陝一帶，鎮壓反抗者，他在〈虞美人·無聊〉中寫道：「好花須映好樓臺，休傍秦關蜀棧開戰場」，「好風休簇戰旗紅，早送鱸魚如雲過江東」曲折地反映了這一史實，並表達了作者對和平生活的企望。

在痛批清廷的苛政暴行之餘，詞人還將那同體大悲的觀照，傾注於社會底層的各行業人民，不論是琵琶師、歌手、說話人、篆刻手，他都放下身段，與之交往，並給予尊重肯定；只要聲氣相通，便與之同聲嘯歌，深情一往，毫不矯揉。相對的，對於士大夫階層，他卻有著「群儒齷齪可笑」（〈水調歌頭〉）的難耐與輕視，因而時有「憤罵孟嘗門下客」之舉，也就不足爲奇，可謂眞正做到了「好其所當好，惡其所當惡」的仁者境界。

如〈賀新郎·贈蘇崑生〉，陳維崧自注云：蘇，固始人，南曲爲當今第一。曾與說書叟柳敬亭同客左寧南幕下，梅村先生爲賦〈楚兩生行〉〔註27〕。由於蘇崑生具有濃厚的民族意識，甘願過著吹簫乞食，天涯賣藝的生活，也不願淪爲異族牛馬。維崧感佩之餘，便以此詞相贈：

> 吳苑春如繡。笑野老、花顚酒惱，百無不有。淪落半生知己少，除卻吹簫屠狗。算此外，誰歟吾友。忽聽一聲河滿子，也非關，淚濕青衫透。是鵑血，凝羅袖。　武昌萬疊戈船吼。記當日，征帆一片，亂遮樊口。隱隱柁樓歌吹響，月下六軍搔首。正烏鵲，南飛時候。今日華清風景換，剩淒涼，鶴髮開元叟。我亦是，中年後。

上片寫蘇崑生的交遊和節概。先以吳苑春深的美好背景，反襯蘇氏孤

〔註27〕蘇崑生，善唱南曲，並負節概。據吳偉業〈楚兩生行序〉云：「左寧南駐武昌，柳（敬亭）以談，蘇（崑生）以唱，爲幸舍重客。寧南沒於九江舟中，蘇生痛哭，削髮入九華山。久之，出從武林汪然明（汝謙）亡之吳中。」

寂的身影。以下用「何滿子」一曲，引出「鵑血」的悼懷故國之淚。過片追敘當年左良玉鎮守武昌的盛況，和今日「鶴髮開元叟」的淒涼成一強烈對此。而結拍之「我亦是，中年後」則兜筆一收，把主客二人的感情聯綴起來，此夕此心，盡在「同是天涯淪落人」的共鳴中，得到慰藉，更有無窮餘韻，耐人細味。

詞情類似的作品還有：

〈賀新郎・伯成先生席上贈韓脩齡〉（原注：韓，關中人，聖秋舍人小阮（侄兒），流浪東吳，善說平話。）詞上片云：

　　絳燭兩行渾不夜，添上三通畫鼓。說不盡，殘唐西楚。話
　　到英雄兒女恨，綠牙屏，驚醒紅鸚鵡，雕籠內，淚女雨。

以善於擬人通人的鸚鵡為喻，強調韓氏的說書藝術，不同凡響，連「鸚鵡」亦驚心落淚，則人之感慨，不言可喻。下片云：「繡嶺宮前花似血，正秦川，公子迷歸路。」筆法正如陳洵所說：「熔人事入風景，則實處皆空。」（《海綃說詞》），「花似血」、「迷歸路」，便把國破家亡，才人失路，歸計難成等大小愁恨一併涵蓋，並烘托出淒涼迷濛的氣氛。而零落塵泥的這位王孫公子，選擇清醒的流浪，其肝膽懷抱，就和他的說書藝術一般，同樣超軼尋常，不同凡響。

又如〈賀新涼，贈何生鐵〉（原注：鐵，小字阿黑，鎮江人，流寓泰州，精詩畫，工篆刻）。此詞抓住何生名「鐵」這一特點來生發聯想。「曷不學雀刀龍笛，騰空而化？底事六州都鑄錯，辜負陰陽爐冶。」惋惜他沒有淬勵為人間至寶，枉自鑄成一塊錯鐵，表達了詞人對何生淪落不遇的憤恨不平。「蕭疏粉墨營丘畫。更雕鑱，漸臺威斗，鄴宮銅瓦」，乃落實讚美何生是一位藝術精湛的多面能手，而今卻落得「不值一錢疇惜汝」的境地。「醉倚江樓獨夜。月照到，寄奴山下。故國十年歸不得，舊田園，總被寒潮打。」幾乎是主客二人共同身世的寫照。而同調之〈作客東京……感生厚意愛贈此詞〉云：「更闌軟語終難罷。嘆此間，梁臺宋苑，斷垣頹瓦。我到東京真失計，卿亦何為然也。」則是對歌者陸郎的飄零失計，倍感同情。而陸郎一句句的

吳儂軟語，也勾引出詞人無限鄉關之情，淪落之感。惺惺相惜之際，一切哀傷愁苦，都在「英雄淚，浩盈把」中，得到盡情的宣洩。

　　歷來文人多有一股無聊不平之氣鬱積胸中，而陳維崧更擴而大之地把這股不平之氣，提升轉化爲「潤物細無聲」（杜甫〈春夜喜雨〉）的悲憫，使社會角落裡的小人物，也能感受到溫暖和同情。歷來的詞人，也少有人會在「葉葉花箋」的詞中，放進這麼多小人物的剪影和心聲；而這些人身上，往往又背負著家國興亡之痛，故此，《湖海樓詞》中所承載的情感，也比一般詞章來得深廣而眞切動人。這也是另一種形式的「大手筆」吧！

第四節　弔古傷今的幽憾

一、故國之思

　　身處易代之際的文人，身心均受重創，若再以異族入主中原，則面對此一時代悲劇所產生的興亡之感，黍離之悲，便因攪進了強烈的民族意識，而顯得格外深重。明亡之際，陳維崧正值弱冠之年，因而成爲這「天崩地解」喪亂年代的歷史見證人，也是最直接的受害者。勝國鼎族的出身，加上父祖師友均負忠義節概，所以「亡國之痛」、「故國之思」便成爲他「生命中不可承受之重」，也是他一生都難以癒合的傷口，即使時隔三十年，傷口仍隱隱作痛〔註28〕。日後在他顚躓坎坷的生涯中，不論是登山臨水、酬答親友、詠物題畫，一股深厚纏綿的故國之思，常不可抑制地隨處流露。在文網森嚴的清初，自然不便直接抒發這類情感，而登臨懷古之作，便成了最好的載體，尤其陳維崧於四十四歲到四十八歲這段期間，游食於河南，這是他人生思想的成熟穩重期，也是他困心衡慮後，心智更趨圓融的階段。加上河南一

〔註28〕〈夏初臨‧本意，癸丑三月十九日用明楊孟載韻〉下片：「驀然卻想，三十年前，銅駝積恨，金谷人稀。劃殘竹粉，舊愁寫向闌西。惆悵移時。鎭無聊，掐損薔薇。許誰知。細柳新浦，都付鵑啼。」

地多名勝古跡，卻又民生困苦，天災人禍不斷，在主客觀諸多因素的配合下，他於登山臨水之際，或產生思古之幽情，尚友古人，或進而弔古傷令，睠懷故國，只是這時他的視野已更開闊深遠，而多雄放悲壯之氣。

> 江東愁客，隋苑暗經行。鶯語滑，游絲細，夾衣輕。正清明，追憶當年此際，樓臺外，秋千畔，棠梨樹，垂楊渚，玉簫聲。一自風煙滿目，傷心煞，水綠山青。看江都雖好，舊跡已飄零。憔悴蘭成，意難平。 念寄奴去，黃奴老，今古事，可憐生。回頭望，隔江是，石頭域。草縱橫。樓船南下日，君王醉，未曾醒。宮車出，曉鴉鳴，使人驚。惟有一江秋水，依稀是，舊日盈盈。想參軍鮑照，欲賦不勝情，此恨曾經。(〈六州歌頭·邗溝懷古〉)

這首以懷古為題，主要在追念明室。詞人行經隋苑，不禁觸景生情，追憶起昔年的繁盛情景。恰是「風景不殊，正自有山河之異」(〈世說新語·言語〉)。隔江望去，石頭城下，蔓草縱橫，禾黍之悲，油然而生。「樓船南下日，君王醉，未曾醒」則暗寫清軍南下，南明弘光帝沈醉未醒，終為清軍所害。通篇總寫明太祖開國到南明滅亡的興亡過程，結語是「今古事，可憐生」。作者並以庾信自況，藉鮑照比擬身世。僅此幽愁闇恨，終究是「意難平」，「欲賦不勝情」！通篇以「愁」起，以「恨」結，一片愁腸貫穿始終，傷心慘目，攝盡淒惋之神。

再如〈滿庭芳·過虎牢〉：

> 氾水東來，滎陽西去，傷心斜日哀湍。橫鞭顧盼，又過虎牢關。歎息提兵血戰，西風響，一片刀環。英雄淚，亂山楓葉，不待曉霜丹。 追攀當日事，炎精末造，遺恨靈桓，又許昌遷駕，不肯回鑾。今古興亡轉換，誰相問，剩水殘山。憑高望，漢陵魏闕，一樣土花斑。

〈洞仙歌·過氾水縣虎牢關作〉下片：

> 無情惟洛水，日夜東流，不為愁人帶愁去。寂寞北邙山，苦對西風，排一派，唐陵漢墓。任弔古傷今已無人，只霜

相打棠梨，暗啼紅雨。

兩首皆過「虎牢」所作，由於此地乃古代重鎮，兵家必爭之地，楚漢曾相持於此，詞人感懷，便由此切入，追攀漢朝桓靈誤國，曹操迎獻帝於許昌，曹丕纂漢之一段史事。然「今古興亡」之事無論如何「轉換」，終究將如「漢陵魏闕」般，淪為一片剩水殘山，任憑後人「弔古傷今」不已！而人間的興亡故事，就像洛水「日夜東流」般，不斷地重複上演，歷史的冷漠無情，人世的貪婪無明，都交給獨立斜陽的傷心愁人獨自承擔！

再如〈酷相思·冬日行彰德、衛輝諸處·馬上作〉：

趙北燕南多驛路。見一帶，霜紅樹。又天外，亂山青可數。叢臺也，知何處。雀臺也，知何處。　一鞭裊裊臨官一渡。雁叫酸如雨。儘古往今來誇割據。漳水也，東流去。淇水也，東流去。

詞人刻意在短短篇幅中，累積許多地名，古蹟名，以增加歷史沈重感。叢臺、雀臺、官渡、漳水、淇水，均在古代趙北燕南的範圍中，而今叢臺、雀臺已是「重覓無尋處」；而官渡畔的一世之雄——曹操，而今安在？青山流水無情，不與人間興亡之事，方能亙古長存！全詞以平淡冷靜之筆，寫客觀之景，詞人今古兩茫然的傷悼心情，只有在「雁叫酸如雨」中，隱然透露！

而〈水龍吟·江行望秣陵作〉，亦是透過對秣陵（南京）的遠望而產生思古之幽情，並托寓亡國之恨於其中。南京乃「六代豪華」之地，歷來登臨者多有詠嘆，但亦多停留在今昔之感的抒發而已。如王安石之〈桂枝香·金陵懷古〉便堪稱此中佳作〔註29〕。陳維崧此詞則

〔註29〕王安石〈桂枝香·金陵懷古〉：「登臨送目，正故國晚秋，天氣初蕭。千里澄江似練，翠峰如簇。征帆去棹殘陽裡，背西風，酒旗斜矗。綵舟雲淡，星河鷺起，畫圖難足。　念往昔，繁華競逐。門外樓頭，悲恨相續。千古憑高對此，謾嗟榮辱。六朝舊事隨流水，但寒煙芳草凝綠。至今商女，時時猶唱，後庭遺曲。」前人對此詞推崇備至，如楊湜云：金陵懷古，諸公寄調〈桂枝香〉者三十餘家，唯王介甫為絕唱。東坡見之，歎曰：「此老乃野狐精也！」（轉引自張子良、

不然，它是借古傷今而深含故國之思。其下片云：

> 何處回帆撾鼓，更玉笛數聲哀怨。回思舊事，永嘉南渡，
> 流人何限。如此江山，幾人憐惜，斜陽斷岸。正江南煙水，
> 濛濛飛盡，楚天新雁。

詞人把惓惓故國之情，寄寓於「永嘉南渡」的史實中，一併致慨。「如此江山，幾人憐惜，斜陽斷岸」，詞人對江山的無限憐惜，亦是對故國家山的無限緬懷神往。結語勾勒出一幅「江天雁影圖」，迷離淒美，其中自饒深情至理，耐人尋味。

　　除了登臨憑弔，羈旅行役的作品外，在詠物題畫之作中，也往往有一份濃郁的故之思洋溢其間，如〈喜遷鶯‧詠滇茶〉就是一例：

> 胭脂繡纈，正千里江南，曉鶯時節。絳質酣春，紅香寵午，
> 唯許茜裙親折。小印枕痕零亂，淺暈酒潮明滅。春園裡，
> 琪花玉茗，嬌姿更別。　情切，想故國萬里，日南渺渺音
> 塵絕。灰冷昆明，塵生洱海，此恨擬和誰說。空對異鄉煙
> 景，驀記舊家根節。春去也，想蠻花犵鳥，淚都成血。

據史載，1659 年，清兵侵入雲南，窮追南明桂王，桂王逃入緬甸，被緬甸王拘留。1661 年，吳三桂派兵進攻緬甸，遂執桂王‧並於次年殺桂王於昆明，明祚乃亡。陳維崧此詞名爲詠滇茶，實爲傷悼南明桂王之詞。上片寫雲南茶花之美，運筆細膩有致。換頭三句爲全詞主幹，下片則層層抒寫亡國之痛。結拍「春去也」三句，情緒尤爲沈痛悲慘，蠻犵的花鳥尚且會望著行宮遺址而凝灑血淚，何況是衣冠士族！以推開之筆作結，加倍點出題旨。

　　陳維崧另有一首〈杏花天〉，也是賦詠滇中山茶的，詞中同樣寓有對南明永曆君臣殉國的哀感。其下片云：

> 見多少，江南桃李。斜陽外，翩翩自喜。異鄉花卉傷心死。
> 目斷昆明萬里。

作者除了痛悼南明君臣的「異鄉花卉傷心死」外‧並直斥那些不知節

張夢機編著之《唐宋詞選注》)。

義為何物的「江南桃李」，當民族沈淪之際，他們卻在「斜陽外，翩翩自喜」，如此忝不知恥的行徑，實令人痛心疾首。

另以題圖方式寄托家國興亡之慨的，則以〈沁園春‧題徐渭文〈鐘山梅花圖〉同雲臣、南耕、京少賦〉最為哀感動人。

> 十萬瓊枝，矯若銀虬，翩如玉鯨。正困不勝煙，香浮南內，嬌偏怯雨，影落西清。夾岸亭臺，接天歌板，十四樓中樂太平。誰爭賞，有珠璫貴戚，玉佩公卿。　如今潮打孤城，只商女船頭月自明。嘆一夜啼烏，落花有恨，五陵石馬，流水無聲。尋去疑無，看來似夢，一曲生綃淚灑成。攜此卷，伴水天閒話，江海餘生。

詞人以「一幅生綃淚寫成」作為貫串全詞的基調，畫者題詞者，俱是「別有懷抱」之傷心人，徐渭文這位「少負異才」、「激昂跳盪」的詩畫能手〔註30〕，作〈鐘山梅花圖〉時，當是借畫昔日鐘山梅花盛況，以寄寓家國之恨。這首題畫詞便緊扣圖的主旨而發揮。「詠梅」是歷來詩詞作家寫得濫熟的題材，因而無論從什麼角度來寫，總難超出前人的範疇。如何別覓蹊徑，就看作者如何匠心獨運了。文人寫梅，多寫其橫，寫其斜，如東坡之「江頭千樹春欲暗，竹外一枝斜更好」（〈和泰太虛憶建溪梅花〉），林逋之「疏影橫斜水清淺」（〈梅花〉）強謂梅以橫斜之姿向凋零的萬卉顯示它獨特的英姿。而文人折梅或畫梅，往往只取一兩枝，以突顯梅的孤傲精神，如陳亮之「的皪兩三枝，點破暮煙蒼碧」（〈好事近‧詠梅〉）。然而〈鐘山梅花園〉偏偏不走「橫斜疏影」的老路，反以「多」取勝，以「繁華似錦」為美，亦無損於梅的風流標格〔註31〕。而陳維崧更藉著「十萬瓊枝，矯若銀虬，翩如玉

〔註30〕徐渭文：名元，字文清，一作渭文，江蘇宜興人。《湖海樓文集》卷三〈贈徐渭文序〉云：「渭文少負異才，不自禁制，激昂跳盪，闖入古作者堂，詩歌騷賦，下筆數十萬言不休。出其緒餘，溢為繪事，輒復空蒼秀潤，識者歎為絕作。」

〔註31〕南宋范成大酷愛梅，撰有《梅譜》，其〈序〉云：「梅，天下尤物，無問智愚賢不肖，莫敢有異議。藝圃之士，必先種梅，且不厭多。他花有無多少皆不繫重輕。」

鯨」的比擬形容，在梅的「繁華似錦」外，更注入了剛鍵之氣，清勁之骨，以此暗寓有明一代的精神及氣象。然而氣骨雖高，終不敵雨橫風狂，終落得「影落西清」，一片狼藉。以下實寫明代的歌舞昇平，以與梅花之繁華似錦相映襯。下片借「潮打孤城，只商女船頭月自明」點出明亡之痛，如同「落花有恨」一般；梅花由繁盛而凋零，亦如明代留勢之盛極而衰。而「尋去疑無，看來似夢」的茫然中，詞人只有發出「攜此卷，伴水天閑話，江海餘生」的深深感喟，言外含有無盡落寞蒼涼之意。

　　此詞以花寄意；花事、國事相即相離，離合之間，作者胸懷之「一段意思」，了然在目。而意境風格，亦別具典雅幽秀之美。然秀而有骨，終不失迦陵氣象。《白雨齋詞話》評此詞曰：「情詞兼勝，骨韻都高」，值得細細領會！

　　同樣是題畫之詞，〈沁園春〉是以梅花寓意，把故國之思寫得迷離徜徉，一片淒婉；而〈望海潮·題馬貴陽畫冊〉則把茫茫故國之思，藉著〈馬貴陽畫冊〉凝成具體的批判史筆，形象而曲折地抒發他對明王室的思念，及對馬（士英）、阮（大鋮）之輩的譴責。

> 極北龍歸，江馬東波，君臣建業偏安。天上無愁，宮中有慶，聲聲玉樹金蓮。點綴太平年，更尚書艷曲，丞相蠻牋。月夕花朝，那知王濬下樓船。　華清月照闌干。悵多時粉本，流落人間。可惜當初，如何不盡凌煙？風景極淒然，寫一行衰柳，幾點哀蟬。展卷沈吟，昏鴉蔓草故宮前。

上片寫馬、阮的荒淫生活，奢侈腐化；在歡樂昇平中，清軍「樓船」已南下入侵，導致明朝的覆滅。下片回歸主題，面對「寫一行衰柳，幾點哀蟬」的畫面，沈吟之餘，不禁痛恨惋惜馬士英徒有「丹青妙手」卻不擅掌握，「可惜當初，如何不畫凌煙」？做個「凌煙閣」上的功臣！諷刺的背後，實在是蘊含莫大的沈痛！像這類對誤國的權奸，降敵的叛將的撻伐之詞，集中亦所在多有，皆以辛辣嘲諷的口吻慨乎言之，如〈洞仙歌·途次曹縣〉諷刺劉澤清以降敵換取封侯，如今也「繡

戟牙幢,一時俱換」。〈賀新郎‧感事〉譏諷叛將馬逢知,雖煊赫一時,也只落得「仰藥一朝身死」、「紅粉成灰高樓爐」的下場,正是這些醜類的為虎作悵,才加速明朝的覆亡。然而,曾幾何時,他們也遺臭萬年,歸於塵土。

此外,他在讀友人詩文集後,也會情不自禁地生出興亡之感,如以下以首〈尉遲杯‧許月度新自金陵歸‧以《青溪集》示我感賦〉:

> 青溪路,記舊日,年少嬉遊處。覆舟山畔人家,麾扇渡頭
> 士女。水花風片,有十萬珠簾夾煙浦。泊畫船,柳下樓前,
> 衣香暗落如雨。　聞說舊日臺城,剩黃蝶濛濛,和夢飛舞。
> 綠水青山渾似畫,只添了幾行秋戍。三更後,盈盈皓月,
> 見無數精靈含淚雨。想胭脂井底嬌魂,至今怕說擒虎。

許月度其人其事待考〔註32〕,但可以確知的是,他和陳維崧是陽羨同鄉,才高而不為世所用,因而隱逸以終。青溪,位於江蘇江寧縣東北,是陳、許二人的「年少嬉遊處」。亦是南朝望族聚居之地。此詞使以憶舊入手,由青溪而寫至金陵,以「水花風片」與周圍的「溪」、「山」、「渡」、「浦」、「船」、「柳」等景物分別照應,並充當了「珠簾十萬人家」的參差屏障,也把當年「三吳風景,姑蘇臺榭」(柳永〈雙聲子〉)的「金陵帝王州」的舊時縮影,重現眼前。緊接著鏡頭又拉回現實,頹圮的臺城,只剩黃蝶濛濛飛舞,似夢似真;如畫般的綠水青山,被幾行秋雁點染出一片滄桑淒涼之意。「無數精靈含淚語」則是此恨直通九泉,死者尚且如此,何況生者!結語續用映襯之筆,借用一段陳後主亡國史實,以古襯今,亦是以古諷今。「黍離之痛」借著「不寫之寫」之虛筆抒發,與「三更」、「皓月」、「精靈」、「嬌魂」等詞構築成一片淒婉哀艷之境,在意境與措語上,均可見其設想奇妙,不同尋常。

〔註32〕許月度,生平待考。然由徐喈鳳《蔭綠軒詞‧千秋歲引‧贈許月度
七十》中,可得知一、二。詞云:「白雪文章,青雲志氣。記得當年
出頭地。無如才大造物怒,偏逢世變浮雲棄。放于詩,逃于酒,好
風味。　寧肯覓些城市利,寧肯避他時俗忌。山水生涯總無意。銅
嶺醉歌天地小,畫溪坐釣魚龍細。鄭公風,壺公月,憑遊戲。」

二、尚友古人

　　對長期辱在塗泥的凌霄之材而言，每登山臨水，往往會油然興起一種生命短暫迫促的無奈感嘆，而其深層意義，未嘗不是出於對生命的愛憐與發惜。由「惜生」自然也會導引出對特定歷史人物的崇敬嚮往之情。因爲他們能在短暫的生命歷程中，有限的環境限制下，做出一番「震古鑠今」的大事業，其浩氣足以發聾振聵，照耀千秋，而他們也爲「惜生」做了最好的詮釋，足供後人緬懷追念不已。

　　陳維崧的懷古詞中，也不乏這類「懷古一何深」的歌詠歷史人物的作品，藉著「尚友古人」的聲氣相遇，或可稍爲寬解現實生活中的孤獨落寞之情〔註33〕。他有〈汴京懷古〉十首寫古人史事，「措語極健，可作史傳讀」（《白雨齋詞話》卷三），在〈滿江紅·汴京懷古十首之一·夷門〉中，便對侯嬴救趙之功業感佩不已：

> 壞堞崩沙，人說道，古夷門也。我到日，一番憑弔，淚同鉛瀉。流水空祠牛弄笛，斜陽廢館風吹瓦。買道旁，濁酒酹先生，班荊話。　攝衣坐，神閒暇。北向剄，魂悲吒。行年七十矣，翁何求者。四十斤椎眞可用、三千食客都堪罵。使非公，萬騎壓邯鄲，城幾下。

夷門乃戰國時魏國都城的東門，而魏國隱士侯嬴，便是夷門監者。上片寫詞人來到夷門及信陵君祠前憑弔，由滿目荒涼之景，進而引發詞人的傷今之慨。歇拍中，更是異想天開，欲與遠在二千年前的侯生「班荊話」，饒富奇趣。下片則依據史實，對侯生獻策信陵君而救趙事，給予高度評價，信陵門下三千食客，相比之下，顯得黯然失色，甚至「堪罵」。陳維崧在另一首〈滿江紅·秋日經信陵君祠〉中曾以侯嬴自比，並有「吾竊悲斯世無信陵公子之嘆」（《文集》卷三），二首參

〔註33〕陳維崧有〈浣溪沙〉詠伍員，〈天門謠〉詠比干，〈滿江紅〉詠張良，〈滿江紅〉詠信陵君，〈賀新郎〉詠李陵，〈西江月〉詠馮唐，〈漁家傲〉詠羊祜，〈念奴嬌〉詠木蘭……，或對其表示仰慕之意，或痛惜其際遇，陳維崧的深曲心意，也可由此揣摩。

照並觀，則可知陳維崧空有報國之志，救世之心，卻苦無伯樂賞識，以致「慨當以慷，眼雖青而莫告，頭垂白以無成」（季振宜《烏絲詞序》），徒呼負負而已。

〈汴京懷古之二·博浪城〉則是詠「張良覓力士爲韓報仇」事。其下片云：

> 狙擊處，悲風起。大索罷，浮雲逝。歎事雖不就，波騰海沸。嬴政關河空宿草，劉郎官寢成荒壘。只千年，還響子房椎，奸雄悸。

和侯嬴的歷史功業相比，張良椎擊秦王之舉，畢竟是悲壯有餘，睿智不足的敗筆，如蘇軾〈留侯論〉便認爲張良「募力士椎擊秦皇」之舉，實爲「不能忍小忿就大謀」，躁急銳進之心，實不足取。而陳維崧卻從張良此舉所產生的影響著眼，「歎事雖不就，波騰海沸」「只千年，還響子房椎，奸雄悸」，詞人不以成敗論英雄，把張良的壯舉，看成發聾振聵的驚雷！這便是張良的千古功業所在，聲情皆慷慨，令人爲之肅然！

又如〈賀新郎·五人之墓〉，則是對明天啓六年蘇州五位抗暴義士之墓的憑弔，及對他們的忠義之舉深致敬意：

> 古碣穿雲蟎。記當年，黃門詔獄，群賢就鮓。激起金閶十萬戶，白梃霜戈激射。風雨驟，冷光高下。慷慨吳兒偏嗜義，便提烹，談笑何曾怕。抉我目，胥門挂。　銅仙有淚如鉛瀉。悵千秋，唐陵漢隧，荒寒難畫。此處堂碑長屹立，苔繡墳前羊馬。敢輕易，霆轟電打。多少道旁卿與相，對屠沽，不愧人者。野香發，暗狼藉。

此首以「慷慨吳兒偏嗜義」總領全詞。義之所在，雖萬死而不辭，「談笑何曾怕」！義之所在，即使雷霆亦不敢輕易轟打；義之所在，雖是屠沽之輩，亦足以使道旁卿相愧煞！義之所在，連天地也要供獻「野香」致敬！這一切，便足以慰英靈於地下，鼓舞萬千瞻仰者「奮乎百世」之上，而收頑廉儒立之效！

第五節　觸物有情的閒致

　　古今中外成大事業者，或傑出的詩人藝術家，無不生就誠摯熱情，敏銳易感。他們除了對社稷蒼生有一份同體大悲的關照外，在日常生活中，對細微的人事，或家山風土、一草一木，往往也都能體貼入微，觸物有情。這份眞摯的閒情逸趣，出於自然，因而最能由小見大地顯出眞人品來，而「人與自然相乘」的結果，絕佳的「藝術」便因而產生〔註34〕。

　　陳維崧性格中，有胸膽開張的一面，也有平和沖淡、親切藹然的一面，表現在日常生活中的，便是對鄉土人情的睠懷、江山風月的賞愛，自稱「一生花月情偏重」（〈滿江紅〉）的他。在白髮西風的暮年時，心境上「早勘破，人間生死」（〈賀新郎〉）、了悟「富貴非吾願」（〈菩薩蠻〉），只嚮往「煙波境界十分寬」（〈鷓鴣天〉）的爛漫田莊風味。對江山風月的賞愛，對風土人情的回味，便成了他沈澱生活中的混亂及徬徨的強有力明礬。只是在「家同鷗泛，門央鶴守。細註農家耕月令，樂事吾生儘有」（〈賀新郎〉）的閒情中，一些淺斟低唱的細泣幽吟，仍不時如浮漚般，飄流點綴其間；但也正因爲有了這些貼近心的眞情實感的流露，才使得這些江山風月之詞，饒富情味，不致過於清冷而走上偏空之路！

　　就反映風土人情的作品而言，陳維崧有〈望江南·歲暮雜憶十首〉，堪稱此中之代表作。這組詞當是作於晚年爲官京華峙，詞人在幽居寂寞中，不禁回憶起江南人情風物的美好，而有此作，以寄托他對家園的無限眷念。茲節錄五首於下：

　　　　江南憶，憶得上元時。人鬥南唐金葉子，街飛北宋鬧蛾兒。
　　　　此夜不勝思。（之一）
　　　　江南憶，少小住長洲。夜火千家紅杏幕，春衫十里綠楊樓。
　　　　頭白想重遊。（之三）

〔註34〕西方學者培根曾爲藝術下過一個定義：「藝術是人與自然相乘。」（見余秋雨《藝術創造工程》頁9引）。

> 江南憶，更憶是蕪城。蘭葉寒塘盤馬路，梨花微雨築毬聲。
> 風景逼清明。（之六）
> 江南憶，最好是清歡。一曲琵琶彈賀老，三更絃索響柔叔。
> 此事艷東吳。（之八）
> 江南憶，罨畫最風流。白屋山路煙內市，紅闌水面雨中樓。
> 樓上漾簾鉤。（之九）

詞人追念不已的，或是上元時節的嬉遊歡樂，或是「春衫十里」的春意融融；再不就是「梨花微雨」的清明時節，歌臺舞榭的急管繁絃，或是對家鄉風景的依依嚮往。在回憶中，詞人把一切賞心樂事聯綴起來，形成一幅美好的「江南風情畫」，可與白居易〈憶江南〉詞三首媲美。其中又以第九首之寫景最爲突出。作者從微瞇的眼中遠望過去，家鄉的「山腰」、「白屋」、「煙霧」、「紅闌」、「溪水」、「微雨」、「樓房」，逐一呈現眼前，甚至那隨風飄蕩的簾鉤也歷歷在目，爲朦朧的畫面注入了動感和生氣，此時的家園，不僅是可望，也似乎可聞可觸了。雖然只是幾個名詞的組合，但是設色鮮麗，悅人眼目，而一個「漾」字，就使得全詞意境靈動起來，含情無限！

　　陳維崧同樣以〈望江南〉詞牌，寫了十首以「重五節」爲主題的追次舊遊之作：

> 重五節，記得在揚州。歌板千群遊法海，酒旗一片寫高郵。
> 茉莉打成毬。（之三）
> 重五節，記得在嘉興。也共朱郎湖上飲，菖蒲花底醉難勝。
> 別後見何曾。（之六）
> 重五節，記得在前門。廟市花盆籠蟋蟀，門攤錦袋養鵪鶉。
> 榴火帝城春。（之八）
> 重五節，記得在家鄉。麝粉細調蛾子綠，虎釵新破繭兒黃。
> 扼臂五絲長。（之九）

這組詞雖是以憶舊爲主，但是江南各地不同的「重五即景」，在同一時序的主軸下，一一呈現，並且各具風貌特色。像這類節序詞除了呈現各時令的氣候、物象、習俗之外，偶爾也融入一些詞人當時的情懷

意緒，所以，既反映了民情風俗，也兼具清雅的興味。陳維崧便曾用「戲」字韻寫了三組〈蝶戀花〉詞，每組八首，分詠四、五、六月荊南鄉間風物和農民的生活情形。這些詞具有濃厚的江南地方色彩，類似詩中的竹枝詞。以下依四、五、六月之序，各舉一首說明：

> 四月荊南多賽會。隔浦叢祠，日日村巫醉。午後楝花風乍起。打門社首分鵝胾。
>
> 一飽欣然無個事。走趁楊花，飄蕩東村裡。腰鼓盲詞隨處是。分棚又看梨園戲。
>
> 五月荊南蒸濕翠。墙腳苔生，礎潤垣衣膩。院靜日常沈水費。薔騰兀坐思陳事。
>
> 憶看京江江萬里。爛若銀盤，倒插金山寺。雪片崩濤飛彩幟。妙高臺下龍舟戲。
>
> 六月荊南多水市。鞋樣涼船，柳樹根頭蟻。茭白紅菱排氿尾。漁翁又韁雞頭米。
>
> 一望風荷兼雨芰。才見錢錢，又早田田矣。剝罷蓮蓬何處使。按來做個人兒戲。

第一首描寫荊南農村在「春社」日的熱鬧情形。是日農民於祭祀社神後，便有一連串的集慶活動；終年辛勞的農民也藉此機會自我犒賞一番，或參加餐會，或飲酒作樂，或聽鼓詞或看戲，熱鬧中洋溢著一片昇平氣象。第二首寫五月荊南的氣候景物，同時以「薔騰」一句為過渡，引出下片京江龍舟競渡的回憶。下片所寫雖非荊南風物，但在「憶」字的串聯下，全首詞仍顯得渾然一體。尤其過片寫江面景色及賽龍舟的情景，認人那豪情壯采的「本色」又不期然流露出來，上片溼膩的悶沈感也一掃而空。第三首寫荊南水市，「涼船」、「茭白紅菱」、「漁翁」、「雞頭米」、「風雨」、「荷芰」、「蓬蓬」的組合，一幅熱鬧的荊南水市圖便展現眼前。除了物產的多樣，顏色的鮮麗繽紛外，漁翁的叫賣聲也依稀可聞，使人彷彿也置身其中，親自體驗了生趣盎然的荊南生活。

　　自稱花月情痴的陳維崧，對大自然山川風物的賞愛是無庸置疑的，我們且看這位把「山鳥山花」當作「故人」看待的詞人，是如何

以他靈敏的心靈、眼目來捕捉、欣賞自然的一切。先看他的「詠柳」之作：

> 裊娜絲揚水面生，波光柳態兩盈盈。攪來風色昏於夢，不許春江綠不成。（〈楊柳枝・本意〉）
> 誰把軟黃金鑠，裊在最臨風處。低蘸綠波中，太蒙蒙。　愁殺花花絮絮，半是風風雨雨。一樹倍堪憐，寺門前。（〈昭君怨・詠柳〉）

同樣是詠楊柳，前者是渾然一片的整體描繪，後者是個別的特寫。在詞人的眼裡，「數大」是美，「幽獨」也是美。前者把楊柳、和風、春江融爲一體，營造出迷離似夢之境，連本無顏色的「風」也被染成綠色，「不許春江綠不成」，是溫柔的霸道，天地間只許有一色——或淺或深的綠，而這綠又是流盪不已的，儼然一幅綠色的潑墨畫。第二首是一棵美麗柳樹的特寫，她孤零零地長在寺門前，臨水依依，經受著風吹雨打；就像一位美麗而身世淒涼的女子，惹人憐愛。有人說：「一片風景，就是一種心情。」陳維崧想必是在不同的情境意緒下，分別寫下這兩首情調不同的詞，一是忻悅平和，一是輕惆淺悵，各有不同的情趣風致。

再如〈卜算子・阻閘瓜步〉：

> 風急楚天秋，日落吳山暮。烏柏紅梨樹樹霜，船在霜中住。
> 極目落帆亭，側聽吹船鼓。聞道長江日夜流，何不流儂去？

詞人於秋日阻閘瓜步，因而對景成詞。上片交代泊舟的時間、地點，「烏柏紅梨樹樹霜」則把深秋的江天景色描繪得如詩如畫，並以「船在」一句點題。下片就阻閘生發感慨，結拍一問，是癡問，亦是妙想，把詞人焦慮的心情作了一番掩飾。一個小轉彎，就爲全詞帶來了一份諧趣！亦可見詞人善於轉換的智慧！

詞情類似的還有〈虞美人・題徐渭文畫花卉翎毛便面〉：

> 簾攏水浸剛初夏。夏淺勝春也。數枝白白與紅紅。飄到一雙蛺蝶，粉濛濛。　愁看劉項興亡史。且讀《南華子》。漆園栩栩過牆來。笑爾閑花，還傍月胡開。

這是一首題扇之作，在陳維崧生花妙筆的鋪敘中，這已不止是一幅靜態的畫面，而是一個有聲有色、逸趣盎然的初夏即景。上片寫景，疏淡渾融，「白白」、「紅紅」、「濛濛」三個疊詞，就是最精簡的三筆勾勒。「一雙蛺蝶」的款款飛舞，便點染出無限生意。下片寫情，以「莊子」的悠然境界為主，結拍之「笑爾閒花，還傍明月開。」是天外飛來一筆，與「漆園過牆來」的設想相呼應，在悠然閒趣中，別有一份情致韻味。

陳維崧「申申如也‧夭夭如也」的閒情逸趣，也充分透顯出他熱愛生命的本質，如下一首便是寫他賞楓的愉悅之情：

> 嵐翠濃於草鞋夾，繞波細流潺潺，暗通苕霅。谷聲遝，下落亂泉聲裡，愀悄如相答。此間景，純得關仝巨然法。　　寺松三百本，雨溜蒼皮，霜凋黛甲，禿幹爭欹壓。笑語同遊，黃葉鳴簷，丹楓裹寺，如何不荷埋身鍤。（〈過澗歇‧顯德寺前看楓葉〉）

此詞憑藉視覺和聽覺，將山光泉聲，遠近風光，盡收攝於詞人的畫筆下，舒卷自如，氣象雄渾。下片寫寺中古松，不寫高入雲煌的老龍鱗爪，只寫眼前「黛甲」、「蒼皮」，以點出松之老，寺之古。末了點題，以黃葉為賓，丹楓為主，便點染出深秋絢爛之景。「黃葉鳴簷」、「丹楓裹寺」有形有聲，句法尤其凝鍊。對此賞心悅目之景，詩人不禁興起埋骨於斯之想，而含笑設問，不必定有回答，只是借此一問，進一步烘托出此地景物之優美，不惟可以終老，甚且可以忘憂長眠。如此寫景，可謂不落凡俗，而在閒情中笑談生死，亦可見出其從容不迫的雍容氣象。

蔣景祁在《陳檢討詞鈔序》中，推崇陳維崧之詞是「豪情艷趔，觸緒紛起」。以下這首詞，便可看出他是如何以樂觀開朗的豪情，來呼應大自然：

> 鑿不破，琉璃水，凍不了，魚龍市。笑吳兒長戲，有船難使，凍雀迎人籬角噪，村翁傲我牆根睡。撒晶鹽，迷卻呂蒙城，心如醉。（〈滿江紅‧風雪行丹陽道中〉下片）

在風雪紛飛，天寒地凍的旅途中，詞人本可因「有船難使」，行程受阻而怨嗟一番。然而，他還是滿懷熱情地欣賞眼前大自然的另一番風貌，並想像「天工」之神奇，超越一切人力；同時對自己向來引以為豪的「吳兒長鬣」形貌，也作一番自我消遣。「凍雀」、「村翁」尚且能在「風雪」之中怡然自得，何況是「慷慨吳兒」呢？結語一句「心如醉」，便把全詞的意境由人與自然的對峙提升為人與自然的合一。皚皚江天，飛禽、旅人、漁翁，各安其位，各適其所，心醉的，又豈止作者一人而已？「天何言哉」的不言之言，盡透過陳維崧的有情眼目及細膩的筆觸表露無遺。

　　以上，乃是就《湖海樓詞》的主要內容，精華部分，作一簡要的分析說明。在一千六百餘首的作品中，不可避免地會慘雜一些糟粕之作，例如他以名士才子身分，周旋於顯貴上流社會中，花前酒後，難免有些應景諛德之作，「曾預群公蕆酒讌，玉佩珠袍齊列。白月千門，青天萬帳，箾蓋眞軒豁。彭城南郡，坐中多少人物。」（〈念奴嬌‧甲寅九日追感京洛舊游悵然成詠〉），「喜堯天，風光錦繡。君臣一德，夔龍共事，太平今又。銅柱煙消，玉關雪霽，河山明秀」（〈莊椿歲‧壽高陽李相國〉）諸如此類諛詞美言，雖是出於應酬之作，亦令人感到些許無奈與遺憾！而把日常生活瑣事加以描繪入詩，則宋人便開此風〔註35〕，如寫早起、浴罷、理髮、食蟹、煨芋，獲小偷等，無非是藉寫閒情而逞其才技。陳維崧也在《湖海樓詞》中，保留了這麼一個小我的休閒天地，除了壽詞，催妝詞等投贈之作外，有寫艷情的，如〈蝶戀花‧紀艷〉十首，便是寫女子各樣情態：或避人、或遊戲、或醉酒……。再不就是詠「曉妝」、「午睡」、「晚浴」等閨中閒情。此外，也有許多日常瑣碎事物的描繪，如詠錢、詠豆莢、新筍、櫻桃、木瓜

〔註35〕繆鉞〈論宋詩〉：「……韓愈、孟郊等以作散文之法作詩，始於心之所思，目之所睹，身之所經，描摹刻畫，委曲詳盡，此在唐詩為別派。宋人承其流而衍之，凡唐人以為不能入詩或不宜入詩之材料，宋人皆寫入詩中，且往往喜於瑣事微物逞其才技。」（《宋詩論文選輯》（一））

花、薰籠、糟蜆、醉白蝦、貓、螢燈、裙、美人秋千……等，幾乎是無事無物不可入詞。然這類作品多出於休閒心態、遊戲筆墨，故欣賞價值不高。

　　在他晚年入清爲宮的四年中，甚至寫出一些頌諛清王朝的作品，如〈賀新郎・都門洗象詞同偉雲弟賦〉、〈賀新郎・岳州大捷，上以二月二日宣凱門外，是日正值大雪，恭紀〉、〈賀新郎，辛酉除夕恭遇兩宮徽號覃恩，臣妻亦沾一命，感懷記事〉，諸如此類作品，和「其他傲骨凌霜的作品放在一起，幾乎使人不相信是出於一人之手」（錢仲聯〈論陳維崧的《湖海樓詞》〉），今人嚴迪昌在所作《陽羨詞派研究》中，對陳維崧「京華四載」出仕的前後心態，多方說明，以強調其出仕清廷之情非得已，唯獨對於上述「例外」作品，則未見解說。其實，「還眞本原」，便是最公允而客觀的對應之道，「白璧微瑕」，既屬人之常情，也是文壇常見之現象，李、杜大家，尙不能保證篇篇都是珠玉謦欬之作，何況其他！對於瑕疵之作，既不必視而不見，也無需以偏概全地一味否定，好、惡皆有所本，才是客觀的鑑賞態度！

第五章 《湖海樓詞》之藝術風格與技巧

第一節 《湖海樓詞》的藝術風格

　　一位作家創作風格的形成，往往受到社會環境，時代思潮、政治狀況和文壇風氣的影響；但同時又取決於作家自身的個性、氣質、才華、經歷和藝術修養。換言之，它是作者在創作過程中，諸項因素有機結合而呈現出的一種美的風貌。也因爲文學風格的形成，是受到主客體多項因素的影響，所以，風格多樣化，便成爲藝術發展的必然特性。就時代言，眞正藝術繁昌的時代，必定是藝術風格多樣化的時代，如盛唐詩人之李白、杜甫、王維、王昌齡等人都各具面目，各自擁有獨特的風格，互不蹈襲，形成盛唐詩壇的開闊氣象。就個人言，文學既是生活現實的反映，那麼隨著際遇的起伏，生活歷練的不同，作者筆下的藝術風格也必然相應地呈現階段化的改變。所以，愈是大家，便愈善於用不同的筆墨來抒寫他的人生況味，心路歷程；所顯現的藝術風格常常是豐富多采，可以作面面觀。楊海明於《唐宋詞的風格學》中便說：「大作家猶如大山，『造化鍾神秀，陰陽割昏曉』，它既有向陽的一面，又有背陰的一面；既有拔地異峰，又有曲溪小澗；既有古松蒼柏，又有幽谷弱蘭……要之，都是得之於『造化』的『鍾秀』，無一不美，無一不可資人觀賞遊覽。」風格的多樣，不僅可以看出才人伎

倆的無所不可，也能顯示出作者兼容並蓄的大家風度和審美趣味。

然而，多樣風格並呈雖是作家成熟的標幟，卻不是一流大家所追求的最終目標，因「每個人的性情中可以特有一種天地，每個人的胸襟中，可以特有一副邱壑」（朱光潛《談文學》）。在文學生命千姿百態的變化流轉過程中，必要經過嚴肅選擇，而後找到最適合自己靈魂的獨特唱腔，有了「定於一尊」的主體風格突顯出來，百變而不離其宗，才能自樹一格，「成一家之言，有一家之風味」（姜夔《白石詩話》），而《湖海樓詞》便具備了上述變而不變的風格呈現，也是陳維崧一生積極追求和探索的結果。

一、豪邁雄放

蔣景祁《陳檢討詞鈔序》云：

> 故讀先生之詞者，以爲蘇、辛可；以爲周、秦可；以爲溫、韋可。以爲左、國、史、漢、唐、宋諸家之文亦可。……向使先生於詞，墨守專家，沈雄蕩激，則目爲儉文；柔聲曼節，或鄙爲婦人。即極力爲幽情妙緒，昔人已有至之者，其能開疆闢遠，曠古絕今，一至此也。

此段文字說明陳維崧填詞能兼采眾家之長，以模仿入手，以變化爲手段，不主一轍，終能一空依傍，自出機杼，別開新面，出入於豪放、婉約兩派之間，又能兼擅其妙，故能卓然自成一家。同樣的評價與推崇，還見於高佑釲的《湖海樓詞序》中，所引述顧咸三之語：

> 宋名家詞最盛，體非一格，蘇、辛之雄放豪宕，秦柳之的嫵媚風流，判然分途，各極其妙；而姜白石、張叔夏輩，以沖淡秀潔，得詞之中正；至其年先生，縱橫變化，無美不臻，銅琶鐵板，殘月曉風，兼長並擅，其新警處，往往爲古人所不經道，是爲詞學中絕唱。

這就是《湖海樓詞》那「銅琶鐵板、殘月曉風，兼長並擅」的整體風格，已得到詞壇普遍認同的又一明證。這和陳維崧自述之「多少詞場談文藻，向豪蘇、膩柳尋藍本。吾大笑，比蛙黽」（〈賀新涼〉）的批

判精神是一致的。而其「縱橫變化、無美不臻」的整體風格，更是他取徑前賢，合而能離的具體實踐成果。以下謹以個人領會所得，並參酌歷來詞評家之評介，將《湖海樓詞》的風格，概略歸納爲四大類加以說明，以見其多種風格兼具，且又不失主體本色的大家風範。

　　前曾述及，陳維崧大量塡詞，始於他的盛年成熟時期，至於他的創作態度也由早期的「陶寫性情」、「以秦七黃九作萱草忘憂耳」(《烏絲詞序》)，到後來轉變成「詞可比肩經史」的嚴肅態度；所以，《湖海樓詞》不僅凝緊了他的半生經歷，而隨著創作心態的改變，更鑄造了他作品的不同面貌和精神。

　　陳維崧生性耿直兀傲，豪氣軒舉，加上身世的蹇滯坎壈，時代風雲的變幻不己，在在促使他走向以「豪邁雄放」爲基調的審美追求。當他決定以「詞」這種長短句形式作爲宣洩、陶寫、寄託情志的管道後，滿腔鬱勃不平之氣，抑砢磊塞之情，便匯聚成一股踔厲風發、激蕩奔騰的豪情盛氣，淋漓恣肆地傾瀉於字裡行筒，不論悲喜，多出以高分貝的情感強度，震撼力十足，故朱孝臧評曰：「迦陵韻，哀樂過人多」(〈望江南‧題迦陵詞集〉)。譚獻則以朱（彝尊）、陳（維崧）二人並舉，而以「錫鬯情深，其年筆重」八字作概括評論，強調他筆挾千鈞之勢。陳廷焯對《湖海樓詞》尤其賞愛不已〔註1〕，並盛讚維崧「才大如海」(《詞壇叢話》)，只是這汪洋大海幾乎是「巨浪滔天」

〔註1〕陳氏早年編有《雲韶集》，集前撮其要皆爲《詞壇叢話》。光緒十六年因感《雲韶集》蕪雜，另選《詞則》四集（大雅、放歌、閒情、別調），光緒十七年乃成《白雨齋詞話》，此書蓋以《詞則》爲基礎，歷評各家，可視爲陳氏晚年定論之作。陳廷焯對維崧詞之賞愛，由《詞壇叢話》中評陳詞的有十一則，而《白雨齋詞話》評陳詞的有三十則之多，便可概知。像陳氏日後標舉「沈鬱」說，強調詞的「渾涵」之境，反對「一直說去，不留餘地」，故未能充分肯定蘇、辛豪放一派價值，以爲蘇、辛諸作「質過於文」，雖亦爲上乘，終非「雅正」。影響所及，他對陳維崧詞的評價，使由早期的「詞中陳其年，猶詩中之老杜也」(《詞壇叢話》)演變爲後期的「發揚蹈厲，而無餘韻，究屬粗才。」(《白雨齋詞話》卷三)

的時候居多，雄闊的氣象令人嘆賞、驚懼不已。綜合以上所述，陳維崧詞的主體風格，實可以「怎一個『豪雄』了得？」形容。「萬馬齊暗蒲牢吼」是陳維崧評曹貞吉《珂雪詞》之語，然亦未嘗不是維崧的自評之語。以下便舉實例說明，先看兩首小令之作：

> 濁浪堆空，暨陽城下風濤怒。冰車鐵柱。隱隱轟吳楚。　獨眺君山，且共春申語。愁如許。　一杯酹汝。同看蛟龍舞。
>
> （〈點絳唇・阻風江口〉）

陳廷焯曾評：「其年諸短調，波瀾壯闊，氣象萬千，是何神勇。」（《白雨齋詞話》卷三）此詞便是一例。上片寫景，下片抒情。「愁如許」是詞心所在，透過詞人的傷心慘白，連風濤也顯得「怒不可遏」起來，詞人以「濁浪堆空」、「冰車鐵柱」狀風濤之形；以「隱隱轟吳楚」寫風濤之聲；視野雄闊，聲勢壯大，駭人心目。正是「其年胸中，不知吞幾許雲夢」（《白雨齋詞話》卷三），方得此境。王士祿評此詞「字字有英雄氣」，「鯨披曦日，何以逾此」（丁惠美〈湖海樓的藝術風格〉引），洵爲知言。

> 晴髻離離，太行山勢如蝌蚪。稗花盈畝。一寸霜皮厚。　趙魏燕韓，歷歷堪回首。悲風吼。臨洺驛口，黃葉中原走。〈點絳唇・夜宿臨洺驛〉

這首詞，足可視爲維崧小令的壓卷之作。不僅見出陳維崧想像的豐富，筆致的多變，而情感的沈鬱也是集中少見的。上片寫景之筆已是「小大由之」的得心應手。下片寫弔古之情更顯出詞人「尺幅千里」的高度提煉手筆。以「悲風吼」承上啓下，也是全詞唯一點出詞情之句，言簡而意賅。臨洺驛在趙、魏、燕、韓四個古國附近，頗具沈重的歷史感，詞人以此地名代表對歷史縱向的回顧，「黃葉中原走」則是空間「面」的擴散，更是「情」的渲染。風驟起，滿地敗落的黃葉被刮得漫天飛舞，古「中原」的精華之地，如今只見黃葉亂舞西風，歷史滄桑之感，盡濃縮在這一片肅殺蕭瑟之景中。結拍三句，筆勢如摧鋒之斧，凌厲無前，而一簡單的景語，卻能含情無限，動中有靜，

「有」中見「無」，所謂「氣象萬千」之境，此詞已涵蓋矣。

　　而作於中年將期的〈滿江紅‧汴京懷古十首〉，尤其是維崧主體風格成熟的代表作品。在現實生活中孤獨徘徊的詞人常常向空曠古遠的歷史原野跋涉，透過「思接千載」的方式以求慰藉，於是在抒發懷古之情時，維崧的豪情盛氣，往往因為情感找到了缺口，而如江河決堤般，傾瀉而出：

> 汜水敖倉，是楚漢、提戈邊界。想昔日，名姬駿馬，英雄梗概。滎澤波痕寒疊雪，成皋山色愁凝黛。嘆從來，豎子易成名，今安在？　俎上肉，何無賴。鴻門鬥，真難耐。算野花斷鏃，幾更年代。秦鹿詎為劉季死，楚猴甘受周苛罵。笑紛紛，青史論多訛，因成敗。(其三〈廣武山〉)
>
> 野波盤渦，中牟界，濤翻浪走。勒馬看，殘山剩水，一番回首。斜日亂碑森怪蜮，危岡怒石蹲奇獸。笑中原，從古戰場多，陰風吼。　炎劉鼎，嗟滄覆。袁曹輩，工爭鬥。看金戈塞馬，喧豗馳驟。浪打前朝黃葉盡，霜封斷壁青苔厚。又幾行，雁影落沙洲，多於豆。(其五〈官渡〉)

陳廷焯曰：「其年〈滿江紅〉諸闋‧縱筆所之，無不雄健」（《白雨齋詞話》卷三），這兩首懷古詞便是典型之作。詞人走過廢墟，走過古戰場，可以充分感受到千載之前的文化訊息；歷史的迴響便如海潮般在他的腦海中不斷湧現，於是對歷史展開一番呼應。二詞均以眼前景物起筆，然後作「一番回首」。回首的內容多是評論古人古事，頗出己意。第一首合寫劉邦、項羽。以「寒」、「愁」二字點染山水景物，使當年楚漢戰地籠罩在一片陰慘氣氛中。而下片則是對歷史人物的評議，不以成敗論英雄‧反襯史筆之淺陋可笑，持論警切。此詞宏視歷史，高談闊論，不只見出辭情之豪，更可見其識見之卓犖不群，這也是另一種雄視闊論的豪邁表現。

　　第二首則通篇籠罩在一片陰暗淒冷的色調中，不論抒情、寫景，均出以凝重之筆。在「陰風吼」的愁雲慘霧中，詞人臨風一「笑」，也是仰天長「嘯」，笑嘆古今豪傑「金戈塞馬，喧豗馳驟」地爭鬥不

休，終究只落得「浪打前朝黃葉盡，霜封斷壁青苔厚」的荒涼而已。霜天雁影的「多於豆」，未嘗不是投射在詞人心湖上所引發的百感交集，全詞就有遠大的空間感，又富於深沈的歷史意識，意境宏闊；而詞人勒馬獨立蒼茫，發出沈沈的感喟，在天地間迴蕩不已，詞心詞境，相疊相映，氣象自是不凡。

此外如〈永遇樂・京口渡江，用辛稼軒韻〉，則辭情、聲韻均悲憤不已，全詞弔古傷今，雄渾蒼勁，頗有接武稼軒之勢：

> 如此江山，幾人還記，舊爭雄處。北府軍興，南徐壁壘，浪卷前朝去。驚帆蘸水，崩濤颭雪，不爲愁人少住。嘆永嘉，流人無數，神傷只有衛虎。　臨風太息，髯奴獅子，年少功名指顧。北拒曹丕，南連劉備，霸業開東路。而今何在，一江燈火，隱隱揚州更鼓。吾老矣，不知京口，酒堪飲否。

詞人先以京口的地勢險要起筆，引出歷史上於此駐足的「群雄」事蹟。「驚帆蘸水，崩濤颭雪」，既寫眼前波濤之洶湧，也是借景寫當年群雄爭奪之激烈。下片情調轉趨和緩，「一江燈火，隱隱揚州更鼓」無限蒼涼意，登在此景語中。結語只提京口酒，而不提京口之用兵，悲憤之情，不言可喻。

同樣是豪放之作，但大同之中仍有小異；以上諸作皆屬雄放勁直而間寓悲慨。另有一類則如「暴雨衝風，掀波逆浪」般，奔騰激盪不已，於暢快淋漓中，自饒一股「悍霸」的奇趣。作者磊落的豪情，絕大的氣魄，英思壯采，皆於此類作品中表露無遺，正如陳廷焯所評：「蹈揚湖海，一發無餘，是其年短處，然其長處亦在此。」（《白雨齋詞話》卷三）

> 將相寧有種，豎子半成名。蚍蜉切莫撼樹，聽我短歌行。薄俗人奴笞罵，末路婦人醇酒，一笑萬緣輕。夫子知我者，試與說生平。　斫豪豬，炙走兔，掣長鯨。群儒齷齪可笑，我自習縱橫。明發西風削草，且約博徒會獵，小趁一秋晴。顑作蝟毛磔，箭作餓鴟鳴。（〈水調歌頭・立秋前一日述懷東許豈凡〉）

這一首述懷之作，是採直抒胸臆，淋漓恣肆的方式寫就。以短歌寓長恨，以輕笑而憤世罵世。下片尤見詞人自負之氣，結拍「鬚作蝟毛磔，箭作餓鴟鳴」的形象勾勒，形神兼備，飛揚跋扈，不可一世，頗富獨特的藝術魅力。

再如〈念奴嬌‧游京口竹林寺〉上片：

> 長江之上，看枝峰蔓壑，盡饒霸氣。獅子寄奴生長處，一片雄山莽水。怪石崩雲，亂岡淋雨，下有黿鼉睡。層層都挾，飛而食肉之勢。

詞人胸次廣闊，故觸目所見，亦是一片「盡饒霸氣」的「雄山莽水」；然後山水再以「雄莽」反射於詞人心目，兩相呼應，一般雄渾奔放的氣勢便充溢天地之間。陳廷焯讀此詞，亦不免發出「英思壯采，何其橫霸如此」（《白雨齋詞話》卷三）的讚嘆！

再看兩首〈念奴嬌〉：

> 天吳作劇，鼓洪濤澒洞，雷轟雪沸。怒鬣淫漦掀宇宙，頃刻半湖純晦。白浪懸崖，黑雲壓櫓，人命同於蟻。太湖倒拔，喧豗那許龍睡。我見天水奔騰，帆檣飛動，騎上霜篷背。醉作挐窠書斷岸，字跡淋漓怪偉。亂石將崩，孤城欲沒，老樹森奇鬼。一群野鴨，帶啼觸響叢葦。（〈念怒嬌‧西氿舟行遇颶風，同南耕賦〉）

> 霆轟電掣，算君才，真似怒濤千斛。百感淋漓風驟起，劈裂滿堂樺燭。公醒而狂，人憎欲殺，抵鵲何須玉。春衫老淚，鮫珠瓣瓣堪掬。（〈念奴嬌‧讀孚若長歌‧即席奉贈，仍用孚若原韻〉上片）

第一首寫西氿颶風，筆力雄奇、橫霸無比．波騰湖沸，頗有驚天動地的氣魄，「黑雲壓櫓」、「太湖倒拔」等句，設想尤見奇絕。下片則把聊蕭不平之氣，寄託於「帆檣飛動」及「淋漓怪偉」的字跡中，詞人胸中的失意壘塊，頗有沾墨欲飛，凌空跨去之概，雄放至此，直可懾人心魂。第二首傷悼知己徐孚若的潦倒不遇，也是詞人自傷之作。「霆轟電掣」、「怒濤千斛」是一群「入時太淺，背時太遠」（陳亮〈桂枝

香〉）的失意文人的共同心聲寫照，「怨激而怒」則是他們的共同反應，故悲極憤極之餘，但求顯豁奔放為快意。而才大如維崧者，尤其善於運用橫絕之筆，極力揮潑，故讀來不嫌其直率，反而予人淋漓恣肆的暢通之感。

二、沈鬱蒼涼

　　對一個奮飛無路的豪傑志士而言，最不堪的，莫過於驚覺時光的催逼，卻「頭垂百以無成」（季振宣《烏絲詞序》），這時，年少輕狂的發揚踔厲，往往轉化內斂成「少陵野老吞哭聲」的怨抑悲涼，情感節奏放慢了，但密度、比重卻加大了，反映在詞章上因而形成另一種沈鬱頓挫之美。陳維崧自然也不例外，陳廷焯便曾以「詞中老杜」喻之（見《詞壇叢話》）。試看其〈好事近・夏日史蘧庵先生招飲，即用先生喜余歸自吳閶過訪原韻〉：

> 分手柳花天，雪向晴窗飄落。轉眼葵肌初繡，又紅敧欄角。
> 別來世事一番新，只吾徒猶昨。話到英雄失路，忽涼風索
> 索。

此詞當作於康熙六年（1667）。維崧於前一年舉鄉試不第，落寞返鄉。次年夏日友人招飲，其進身無路的黯然心情，仍揮之不去，故把友朋聚會之宴飲樂事，寫得悲涼不已。上片以寫景點明時間的轉換。下片承上直寫，但到結拍「話到」二句，突然筆勢一轉，抒懷點題，卻又點到為止，再度宕開，以「忽涼風索索」作結，不說心寒，而寫索索涼風，把滿腔激昂慷慨，及時咽住，不欲說破。正合乎陳廷焯所標舉之「若隱若現，欲露不露」的「沈鬱」境界，可謂吞吐盡致，其味無窮。此詞亦備受歷來詞評家之推崇：陳廷焯評下片曰：「平敘中峰巒忽起，力量最雄」（《白雨齋詞話》卷三）。而近人沈軼劉《清詞菁華》則評曰：「能斂滄海於一粟，恍惚變滅，具尺幅千里之勢，令人誦之，心潮溢沸，滉漾於意外，不能自制。此境為自來詞家所未有。」

　　以下這首〈琵琶仙・泥蓮庵夜宿，同子萬弟與寺僧閑話〉則把「天

涯倦客」與「南明遺民」的心情默默結合起來，如同磬聲與林香之暗結，彼此交融一體；磬聲入耳，聲聲清明；花香撲鼻，沁人心脾，使人心神俱清，把亡國之恨，志士之痛，描繪得沈鬱而凄婉，意味悠長。

> 倦客心情，況遇著，秋院搗衣時節。惆悵側帽垂鞭，凝情佇蓼汰。三間寺，水窗斜閉，一聲磬，林香暗結。且啜茶瓜，休論塵世，此景清絕。 詢開士杖錫何來，奈師亦江東舊狂客。惹起南朝零恨，與疏鐘鳴咽。有多少，西窗閑話，對禪床，剪燭低說。漸漸風弄蓮衣，滿湖吹雪。

此詞以清麗之景，寓頓挫鳴咽之情；多少「南朝遺恨」，由「剪燭低說」到「漸漸風弄蓮衣，滿湖吹雪」的不堪說，不必說，也是心境的提升轉化，頗有稼軒〈醜奴兒〉之「而今識盡愁滋味，欲說還休。欲說還休。卻道天涼好個秋。」的況味。結拍雖呈現一片縞素的清涼境界，然而湖光山色是否真能滌盡一切凡俗之情？詞人以不說破的景語作結，情景俱是一片迷濛，別有一分迷離遠致。歷來英豪鬚髯奮張的怒氣，在造化「漸漸」浸染之功下，變化為沈鬱而和厚之致，如同庵中疏鐘鳴咽般，餘音嬝嬝，不絕如縷地傳到「有心人」的耳邊心上！

再看這首〈摸魚兒·家善百自崇川來，小飲冒巢民先生堂中。聞白生璧雙亦在河下，喜甚，數使趣之。須臾，白生抱琵琶至，撥絃按拍，宛轉作陳、隋數弄，頓爾至致。余也悲從中來，併不自知其何以故也。別後寒燈孤館，雨聲蕭槭，漫賦此詞，時漏下已四鼓矣。〉：

> 是誰家，本師絕藝，檀槽捯得如許。半彎邐迆無情物，惹我傷今弔古。君何苦。君不見，青衫已是人遲暮。江東煙樹。縱不聽琵琶，也應難覓，珠淚曾乾處。 凄然也，恰似秋宵掩泣，燈前一對兒女。忽然涼瓦颯然飛，千歲老狐人話。渾無據。君不見，澄心結綺皆塵土。兩家後主。為一兩三聲，也應聽得，撒卻家山去。

這首詞的小序較長，記敘在昌巢民家聽白璧雙彈唱琵琶後，所引發的無限悲慨，而「傷令弔古」則是「詞心」所在。主題雖屬平常，卻出之以奇詭的想像和頓挫的筆法。尤其下片「忽然涼瓦颯然飛，千歲老

狐人語」之奇思構想，如同天外飛來一筆，令人驚嘆不置；加上李煜、陳叔寶「兩家後主」的典故運用，使詞人的亡國之痛、身世之感因與歷史相結合而變得意象豐富，情感負載加重，情致愈顯悲涼；而貫串首尾的，則是「嘈嘈切切錯雜彈」變化不已的琵琶弦聲，在抑揚頓挫中，使人感慨風生，悲涼不已，有餘音不盡之感！

至於被陳廷焯評為「字字精悍」、「正如干將出匣，寒光逼人」（《白雨齋詞話》卷三）的〈夜遊宮・秋懷〉四首，則是詞人感時傷懷之作。或寫「莽莽蒼蒼」（其四）的秋景；或寫「耿耿欲動」（其一）的秋情；或寫「橫排萬馬」（其二）的秋氣，都不落俗語俗套，意境不凡，如第一首：

> 耿耿秋情欲動。早噴入，霜橋笛孔。快倚西風作三弄。短狐悲，瘦猿愁，啼破冢。　碧落銀盤凍，照不了，秦關楚隴。無數蛩吟古磚縫。料今宵，靠屏風，無好夢。

「志士悲秋」的主題，往往是詩人宣洩寄託情感的共同選擇，只是傳達之妙，各有獨詣之處。這首詞藉著各種秋聲──短狐之悲號、瘦猿之哀啼，及無數蛩吟，來烘托詞人那「耿耿欲動」之秋情，大自然合奏了一首「悲愴交響曲」，熱鬧而蒼涼，連「碧落銀盤」也不再銀輝千里。其實「凝凍」的，又豈只是天上銀盤而已？天上之「銀盤凍」、與人間之「秋情欲動」相反而相生。詞人感秋不寐，思潮起伏，然而究有何種幽思怨悱，卻不點明，只以「料今宵、靠屏風、無好夢。」作結，形成「無窮哀怨，都在虛處」（陳廷焯評姜夔〈點絳唇〉語）。陳石遺說楊誠齋寫詩善於「語未了，即轉」，此句亦得此妙境。而通篇首尾相應，動靜相生，情景交融，窈曲幽深的詞境，自是耐人尋味不已。

另一首同樣抒寫秋懷的〈城頭月・秋月感懷〉，筆法則是大同中有小異：

> 西風吹得冰輪淡。桂影平于篲。深巷疏砧，嚴城哀柝，做出秋聲慘。　月中一片朱旗閃。粉堞青霜染。萬里關河，

百年身世，倚幌聽更點。

上片寫秋月、秋聲，逼出一個「慘」字；下片寫月光中的朱旗、粉蝶，均染上一層悲慘的「青霜」，點出翹首凝望之人的傷心慘目。結語以「萬里關河、百年身世」的感喟、呼應上片之「秋聲慘」，情景相生。騷人夜吟，孤光自照，已是不堪，更那堪聲聲入耳的更鼓之聲。而「萬里」、「百年」二詞，概括廣闊的時間空間，也把詞人的愁苦渲染到極致。一片淒寒中又透著一股雄渾蒼茫之致。

三、恢奇詭麗

陳維崧曾自稱：「我生大言好志怪，恥從眾口爭嘔啞」（〈送邵子湘之登州并寄譚舟石太守〉《詩集》卷六），顯示他不肯隨俗從眾的個性不但影響到他的審美好尚，促使他走向「穴幽出險以厲其思」（《今詞選序》）的創作態度外，也說明了他那與眾不同的奇詭險麗詞風的形成由來。若再與那飛揚跋扈、不受羈縛的氣性相結合，則一股恢奇詭麗、光怪陸離的詞風便於焉形成。這種奇詭的藝術風格，往往來自「壯浪縱恣」的奇思幻想，充滿浪漫主義色彩。陳維崧亦然，他觀察事物及思考的角度，經常是與眾不同，出人意表。如他寫秋氣，便跳出「蕭瑟淒涼」的尋常思考模式，而寫「秋氣橫排萬馬，盡屯在長城牆下」（〈夜遊宮〉其二）、「箭與鷗鶼競快，側秋腦，角鷹愁態」（〈夜遊宮〉其三），把抽象的秋氣藉著具體的「萬馬」「角鷹」來比喻，秋氣被描繪得有聲有色，雄渾凌厲無比，也因其一反常態，反而予人一種或驚或喜之感。可見奇詭之風不僅來自於題材和語言的新異，也在於意境與構思的奇絕。

由於陳維崧慣於以想像代替描槍，因此，他筆下的物態形象，往往極端誇張，足以聳動讀者的視聽，而富於感人的力量，如〈永遇樂·題惠山松石〉云：

虎踞龍僵，獅蹲象偃，人立而僂。鐵幹盤拏，銅根倔強，
勢欲排天去。老苔秋縛，怒濤夜吼，卷盡蒼苔今古。鎮支

離，千圍古翠，只容冷雲堆絮。　誰眠其下，卻驚石丈，
橫礙松根蟠處。鳥雀呼風，兒童敲火，碧匯千鐘乳。銅駝
頭角，石鯨麟甲，儕等何堪信伍。看月下，頽然二老，幻
成翁嫗。

詞的上半闋寫松，或寫偃仰起伏、千奇百怪的姿態；或寫縱橫盤錯，
勢欲排天的枝幹，把古松的蒼勁神態，藉著想像的渲染，描繪得栩栩
如生，姿態百出。下半闋寫石，詞人以「銅駝頭角，石鯨麟甲」作聯
想；而月下看石，眼前之石竟然化爲一翁一嫗的「頽然二老」，饒富
情味，平凡的松石，經過作者眼目的收攝，想像的加工，便顯得氣勢
不凡，靈動不已，而散筆的鋪陳方式，更使奇松異石的形象強烈而顯
眼，令人過目難忘。再如〈滿路花・詠禹門寺前一帶頽崖峭石〉，摹
寫石態，有聲有色，形象生動而變化萬千：

嵌空撐户牖，鑿翠支堂奧。涼涼巖溜響，喧銀瀑。磽确谽
谺，鐵色黏青嶠。石筍攢丹灶。積雪層冰，玲瓏原隰俱編。
或爲怪鶻，或作千年豹。或似秋江岸，晴龜曝。林青日黑，
山畔歸樵少。野火連天燒。虎腥如雨，瘦石此時更峭。

這首詠石之作，也是以散文筆法入詞，較少含蘊曲折之致，但維崧多
用險峭艱澀之字詞，以補顯露之弊；而怪鶻、千年豹、秋江岸、晴龜
曝的各種意象紛呈，千奇百怪，使人倍感炫惑：尤其多用險韻，益增
險亢奇麗之風致，頗得韓愈「橫空盤硬語」（〈薦士〉）、「險語破鬼膽」
（〈碎贈張祕書〉）的精神﹝註2﹞。

　　此外如〈望海潮・胥門城樓即伍相國祠，春日同雲臣展謁有作〉
之上半闋：

鼉咶鯨吼，龍騰犀踏，胥江萬疊驚濤。沿水敗墻，臨風壞
驛，千秋尚祀人豪。英爽未全凋。正綠昏畫慢，紅黯霞旓。

────────────

﹝註2﹞ 「冥觀洞古今，象外逐幽好。橫空盤硬語，妥帖力排奡。」（〈薦士〉）、
　　　 「險語破鬼膽，高詞媿皇墳。至寶不雕琢，神功謝鋤耘。」（〈醉贈
　　　 張秘書〉），這兩首詩可視爲韓愈「于用意戒之，于取境戒之，凡經
　　　 前人習熟，一概力禁之。」（方東樹《昭昧詹言》）的詩歌理論宣言。

太息承塵，我來還爲拂蟪蛸。

詞人以「鼉呿鯨吼，龍騰犀踏」形容澎湃洶湧的驚濤，再借以譬喻伍員之颯爽英姿，滿腔悲憤，至今仍在人間衝擊迴蕩不已，千鈞之勢，由外而內，直逼人心。而「紅甈」二句則以冷僻字營造出蕭條淒涼之景，一片森然，使人聳動不已；多用僻字，可使直瀉而下之豪情壯語至此稍作頓挫收斂，既使詞情收跌宕之效，也爲下片作蓄勢而轉的伏筆。千秋人豪的英爽之氣，與敗牆壞驛蟪蛸的集合，使得上半闋籠罩在一片既揚厲，又奇詭的氣氛中，近似李賀「瑰詭」之風。〔註3〕

陳維崧老家宜興附近有個善權洞，洞內鐘乳奇石林立，洞底泉聲若沸，千奇百怪，動人心魄。陳維崧便有一首〈洞仙歌〉，吟詠此洞景色：

> 天風忽下，劈破青紅繭。夸父愚公費裁剪。看千螺倒矗，萬笏斜垂，鋪碧蘚。一屋閒雲自健。　玲瓏光上下，一串銀房，偏借虛空累層炻　。洞底洞還生，下有泉鳴，聲聲亂，雲中雞犬。只石怕春寒悄無人，卻走入牆陰，化爲雷篆。（陳注：善卷寺內有雷書火篆）

這首詞，把善卷洞幽深豪雄而又光怪陸離的景象，刻劃得淋漓盡致。而作者筆墨之奇，也與此洞的景觀頗有神似之處，不論是「天工」或「人藝」，都已臻「鬼斧神工」之妙境。「藝術乃人與自然的相乘」之說，於此，又得到一個極佳的例證！

四、婉麗清新

綜觀陳維崧的詞集，除了以「豪放」風格爲主的作品外，也有不少描繪景物，抒發情思之作，寫來清新婉麗，情感眞摯，展現出前人

〔註3〕嚴羽《滄浪詩話》曾用「瑰詭」二字來形容李賀的詩風，這種詩風的由來，在於李賀善於運用越出尋常軌轍的深曲構思，來驅遣和鑄造新奇不凡的語言及生活材料，以造成奇譎詭麗的藝術境界。錢鍾書在《談藝錄》中則提出：「長吉穿幽入仄，慘淡經營，都在修辭設色……。」見〈李長吉詩〉頁46）。陳維崧的「瑰詭」之風，當是遠祧長吉，心摹手造的影響所致。

所謂「以爲周、秦可，以爲溫、韋可」的婉約風姿。如寫客寓離愁的
〈臨江仙‧寒柳〉：

> 自別西風憔悴甚，凍雲流水平橋。并無黃葉伴飄颻。亂鴉
> 三、四點，愁坐話無聊。　雲壓西村茅舍重，怕他欓柚同
> 燒。好留蠻樣到春宵。三眠明歲事，重鬥小樓腰。

詞寫寒冬柳色，在那西風憔悴、凍雲流水，亂鴉數點、雲壓茅舍的蕭
條畫面中，泛漾著一股輕寒輕愁，細味之，當是作者在「迨中更顛沛，
饑驅四方」的境遇下所寫。詞以寫景爲主，而景中含情，不言愁，而
愁自可感。作者善用清新自然的語言，描繪富有象徵性的意象，在百
無聊賴之中，委婉有致地表現一種情景交織的淒迷意境、頗有小晏之
致。

再如〈月華清‧讀《芙蓉齋集》有懷宗子梅岑，並憶廣陵舊遊〉：

> 漠漠閒愁，濛濛往事，勝似柳絲盈把。記解春衣，曾宿揚
> 州城下。粉牆畔，謝女紅衫，菱塘上，蕭郎白馬。月夜正
> 游船，爭取綠紗窗掛。　如今光景難尋，似情絲偏脆，水
> 煙終化。碧浪朱欄，愁殺隔江如畫。將半帙南國香詞，做
> 一夕西窗閒話。吟寫，被淚痕沾滿，銀箋桃帕。

詞寫閒愁往事，以柳絲寫感慨，以水煙寫情絲，虛實相參，兩皆空靈
迷濛。「碧浪」以下，一番展卷，一番感事，令人倍感哀愁，迷離中
有至情流露，無怪乎陳廷焯評下片云：「淋漓飛舞中，仍不失爲雅正，
于宋人中，逼近美成。」（《白雨齋詞話》卷一）

另一首感舊之詞〈摸魚兒‧清明感舊〉，直把維崧之一往深情，
藉著清麗文字，流露無餘，其下片云：

> 十年事，此意買絲難繡。愁容酒罷微逗。從今縱到歧王宅，
> 一任舞衣輕鬥。君知否。兩三日，春衫爲汝重重透。啼多
> 人瘦。定來歲今朝，紙錢挂處，顆顆長紅豆。

詞爲悼念一歌女而寫，詞人「買絲難繡」的情意，「啼多人瘦」的憔
悴，「顆顆長紅豆」的相思，語語自肺腑中流出，婉轉流麗，餘韻不
盡，寫閒情至此，實非一般翦紅刻翠之作所能比擬。

陳維崧的柔情綺懷，也常表現在「憶內」諸作中，今舉一例說明：

> 記睡醒，紗巾輕墮。又促移床，樹陰中臥。院悄人稀，舉
> 首閒數碧星顆。月華浴簟，漸月映，中門鎖。喚綠茗盈盈，
> 恰一縷紅生，廊火幾朵。　是才開茉莉，小傍苧衫斜簪。
> 抽書賭背，總排定，夜分幽課。弄不了，茭粉菱絲，寫難
> 盡，偷聲入破。惹萬種，思量憑仄，煙燒風舸。（〈長亭怨慢·
> 夏日吳門道中寄內〉）

無限深情柔思，藉著移床、喚茗、抽書賭背等納涼瑣事中，娓娓流露，
不論寫景抒情，均刻劃入微，使人如聞其聲、如見其人，如與其事，
閑雅中極富情致韻味，正所謂「以淺語寫曲折不盡之情，其味自更厚」
（趙尊岳《塡詞叢話》卷二）

然而，更多時候，陳維崧是帶著一雙富含哲理的眼目，來看待山
川風物的，如：

> 崇仁宅靠善和坊，舊雕闌都壞。問玉樓、人醉今何處，只
> 一樹，花還在。　紅香籠帽歸鞭快。更何人能戴。到如今
> 和了，滿城微雨，頻上街頭賣。（〈探春令·詠窗外杏花〉）
> 石竹響颼颼。一行斷壟荒邱。無人野渡水爭流。土城蔓草
> 含愁。　古廟陰森涼氣瀉。楓葉映來都赭。門外寒濤暗打。
> 錯疑簫鼓村社。（〈河瀆神·臨津古城隍廟下〉）

兩首詞，一寫巷陌內的花樹，一寫城外城隍廟。前者細膩，後者粗獷，
但都籠罩著一層灰暗的色調及哀傷的情詞。一樹杏花照眼，本屬美
事，卻偏偏開在「雕闌都壞」的舊牆邊，牆裡人兒又何在？這便涵蓋
了景物的興衰與物是人非的雙重對比，不言感慨而感慨自見。而杏花
「和了滿城微雨」的意象，尤其浪漫而淒婉，迷離而動人。第二首先
寫古城隍廟前的景象，「斷壟荒邱」、「土城蔓草」，在西風殘照中，顯
得格外陰森荒涼。耳邊所聞，不外颼颼竹響，寒濤暗打，此聲此景，
足以起人無限蒼涼之感，結語刻意以聽覺的錯誤聯想，再把時空拉
遠，銜接到古時繁盛的場景，似夢似眞，忽遠忽近，人世的繁華喧鬧，
和「寒濤暗打」之間，似乎一個跨步就過來了。在聲色俱備的熱鬧中，

寓含的卻是「色即是空」的哲理。所謂「以樂景寫哀，以哀景寫樂，一倍增其哀樂」（王夫之《薑齋詩話》）於此，得到最好的印證。

　　陳維崧另有一些對婉約派詞人的和韻之作〔註4〕，可謂神韻俱足，不遑多讓，如〈大有‧春閨和片玉詞〉：便明顯看出是對周邦彥詞風「心摹手追」之作：

> 亞字牆邊，棟花風大，小樓中，簾捲人瘦。滿園林，參差綠草誰鬥。屏山水鳥背人數，也何曾，愛單嫌偶。惱恨柳色空濛，和煙鎖畫欄口。　燈前懺，花底咒。小鴨戀紅衾，清清坐守。好夢薝騰，愁到醒時依舊。自謝了丁香後。受無限，蜂偎蝶愁。十年事，凝想如無，閒思恰有。

此詞上片先寫概括之遠景，下片繼寫細緻之近景，表面上雖是對景語的鋪陳描繪，其實無限輕惆淺悵，亦隨著景物的遠近描繪而逐漸傳遞。全詞不以直接的感發取勝，而是借景言情，婉轉有致，「撫寫物態，曲盡其妙」，也把周美成善於鉤勒而不失渾厚〔註5〕的優點，都繼承過來了。

　　至於〈醉花陰‧重陽和漱玉韻〉、〈蝶戀花‧春閨和漱玉詞〉，也可從中看出與李清照「情與貌，略相似」的一面：

> 滿院黃花趁白晝，絲雨篩銅獸。今夜是重揚，不捲珍珠，陣陣西風透。　一從秋怨關心後，淚顆輕羅袖。生怕小樓寒，慢去登高，坐到爐短瘦。（〈醉花陰‧重陽和漱玉韻〉）
> 曉起春酥呵又凍。風捲西樓，似怯紅欄動。欲倚自憐無與

<hr>

〔註4〕據丁惠英〈湖海樓詞的詞調及用韻〉中統計，陳維崧和古人韻的詞調有四十九調之多，所和之詞人並非皆屬豪放派，他也和婉約詞人如柳永、周邦彥、李清照、姜夔、吳文英、張炎等人的作品，可見他努力涵容各家風格，而不專主一轍。

〔註5〕「歷代詞評對用詞之功力方面加以讚美者，不勝引述，……如強煥之《片玉詞序》，曾稱其『撫寫物態，曲盡其妙』。陳振孫《直齋書錄解題》則稱其：『長調尤善鋪敘，富艷精工，詞人之甲乙也。』周濟之《介存齋論詞雜著》……更曾對其寫詞之筆法加以稱述，說『鉤勒之妙，無如清真，他人一鉤勒便薄，清真愈鉤勒愈渾厚。』」（見繆鉞、葉嘉瑩《靈谿詞說‧論周邦彥詞》頁296、297）。

> 共。和愁況是纖腰重。 花影看看移半縫。呆覷庭陰，跬
> 損鞋尖鳳。莫怪難憑惟好夢。鵲聲也把愁人弄。(〈蝶戀花‧
> 春閨和漱玉詞〉)

兩首均是閒情之作，或寫秋日閨怨，或寫春日閒情，均出以輕靈的筆
觸，來捕捉眼前景物，再透過景物反映出詞人的悠邈情懷。尤其第二
首之「花影看看移半縫。呆覷庭陰，跬損鞋尖鳳」把美人百無聊賴的
心懷意緒，藉此細瑣的舉動表露無遺。刻畫細膩動人，情致綿邈，形
成了幽約細美的風致，其中雖無深意託寓，然「淡而彌永，清而不膚」
（馮金伯《詞苑萃編》）亦非淺學用力者所能及。

在諸多和韻之作中，陳維崧的〈江南春‧和倪雲林原韻〉，最得
陳廷焯之讚賞，乃因此詞「最為和厚」、「怨深思厚，深得風人之旨」
（《白雨齋詞話》卷三）。詞云：

> 風光三月連櫻筍，美人躊躇白日靜。小屏空翠颭東風，不
> 見其餘見衫影。無端料峭春閨冷。忽憶青驄別鄉井。長將
> 妾淚黦紅巾。願作征夫車畔塵。人歸遲，春去急。雨絲滿
> 院流光溼。錦書道遠嗟奚及。坐守吳山一春碧。何日功成
> 還馬邑。雙倚琵琶花樹立。夕陽飛絮化為萍，攬之不得徒
> 營營。

這首閨怨之作，寫美人的寂寞、無奈、輕惆淺恨，文字白描卻是淺語
而有深致，「願作征夫車畔塵」、「坐守吳山一春碧」構思不凡，意象
鮮明，極富藝術感發之力。陳廷焯曾云：「閒情之作，非其年所長，
然振筆寫去，吐棄一切閨澹泛話，不求工而自工，才大者固無所不可
也。」（《白雨齋詞話》卷三）此詞便是極佳之例。

第二節 《湖海樓詞》之藝術技巧

「夫情動而言形，理發而文見。蓋沿隱以至顯，因內而符外者。」
（《文心雕龍‧本體》）說明了一篇文章的完成，是經歷自抽象而具象
的顯現結果。內在的情理與外現的文章，是互為表裡，不可偏廢的。

到了宋代，歐陽修提出「事信言文」（〈代人上王樞密求先集序書〉）的具體創作標準。而蘇軾則進一步強調表達技巧的重要：「有道有藝，有道而不藝，則物雖形於心，不形於手。」（〈書李伯時山莊圖後〉）再豐富的內涵，也需要靠適切的形式，精湛的藝術技巧表現，才能達到深入人心，引起共鳴的藝術效果。文章之事，更是「天工」（才情）與「人藝」（藝術技巧）互補的結果。

《湖海樓詞》的藝術成就，自然與其表現手法有密不可分的關係。本章擬就其諸多表現技巧中，拈出最具個人風格特色的部分，加以介紹說明，以期見出作者不凡之手眼及匠心獨運之處。

一、語言文字的驅遣

文章之「藝事」，從謀篇佈局、意象的運用、到語言的驅使、字句的鍛鍊，均涵概其中。而語言文字部分，又是主導文體風格，表現主體情志的關鍵因素，一切神理情韻，均需依附文字此一形貌傳達。誠如姚薑塢《援鶉堂筆記》卷四十四所云：「字句章法，文之淺者也，然神氣體勢皆由之而見。」（錢鍾書《談藝錄·神韻》引）劉大櫆也說：「論文而至於字句，則文之能事盡矣。」（〈論文偶記〉）所以，一位優秀的文人，要創作出好的作品，便在於運用準確、鮮明、生動、精鍊的語言文字，來概括豐富的意蘊，方能達到「使味之者無極，聞之者動心」（鍾嶸《詩品》）之境地。而對於語言文字的選擇及驅遣運用，便成為品鑑作者是否具備「戛戛獨造」藝術功力的標準所在。

（一）以口語入詞

中國許多文士都推崇文字的通俗性。如王充曰：「高士之文雅，言無不可曉，指無不可睹。」（《論衡·自紀》），鍾嶸在《詩品序》中，反對用典、推崇「直尋」，如「思君如流水」、「高台多悲風」等便屬佳句。白居易更是有意識地追求通俗，東坡讚之為「白俗」。而這種「看似尋常最奇崛」的通俗，往往具有無可名狀的魅力，使人的情感得到陶冶、淨化、提升，而入於大雅之堂。

　　對陳維崧來說，詞與詩的功能並無二致，所以，他不僅在詞的題材、意境上勇於開闢疆域；在詞的語言上，更勇於嘗試用那「青兕」般的銳角，去牴觸「詞家本色語」的藩籬，更以各種不同的語言入詞，大大豐富了詞的語彙。的確做到了他自己所說的「竭才渺慮以會其通」。他的詞，不僅有詩的語言，有文的語言，而且「里語巷談，一經點化，居然典雅」（陳宗石《湖海樓詞集序》）。他善於提煉和運用接近口語的語言描摹事物，抒發情感，寫來情感誠摯，明白曉暢，而不流於滑俗做作，如：「水樹枕官河，朱欄倚粉娥。記早春欄畔曾過。關著綠紗窗一扇，吹鈿笛，是伊麼？」（〈唐多令〉）便極親切、極清淡、極有味。而〈戀繡衾・春暮〉之下片「馬蹄得得穿花外，正鄰家，蕩子早歸。嘆櫻桃，都謝了，怪伊行，沒個信兒」則是信手拈來，不加雕琢而自然清新、音節和諧。以上諸例，都說明了詞的韶麗處，也可從平淺語句中求。再如這首題扇之作〈行香子・爲李武曾題扇上美人同弟緯雲賦〉，則把尋常題旨，寫得清麗可喜：

> 煙樣羅裯。月樣銀鉤。人立處，風景全幽。誰將紈扇，細寫風流。有一分水，一分墨，一分愁。　　天街似水，迢迢涼夜，十年前，事上心頭。雙飄裙帶，曾伴新秋。在那家庭，那家院，那家樓。

通篇明白如話，適度而刻意的排比句法，使每一句都是一筆勾勒，一番情味。通首以淺俗之語，發清新之思，頗有易安風貌。陳維崧也擅長以平泛語寫閒情，如：

> 綠水灣頭，青山疊處，有個人家。藤梢橘刺，禿幹矗槎枒。爛漫田莊風味，籬穿筍，砌吐鮮花。誰相餉，隔牆濁酒，過雨新茶。　　溪口路三叉。門半掩，小精流水栖鴉。芋區雞柵，零亂向風斜。處處村簫社鼓，叢祠畔，絲管咿啞。君休去，鱉魚大上，圃韭纔芽。

此詞措語用韻均平淺有致，以自描之筆寫初夏景物及田園生活情趣，筆致靈活，情隨景生，通篇對樂趣未著一字，而逍遙之樂已充盈紙上，可謂「清」在行間，「腴」在意內，非慧心兼有妙腕者，無可爲力。

再如〈齊天樂·暮春風雨〉上片：

> 小樓昨夜東風到，吹落滿園空翠。時有茶煙，絕無人影。
> 好箇他鄉天氣。淒涼欲死。見燕翦平蕪，柳拖春水。暗省
> 從前，如塵似夢最難記。

清錢泳《履園譚詩》云：「口頭語言，俱可入詩，用得合指，便成佳句」。此詞不雕琢、不假借，不刻意求工，只是「說家常話」，把暮春風雨中的閒愁，於自然中脈脈傳遞，可謂通俗而富雅致。

又如〈破陣子·擬過竹逸齋前探梅，輒因雨阻，詞以柬之〉、〈鳳銜盃·偶感〉兩首：

> 昨夜離寒側側，今晨小雨濛濛。屢擬尋花過澗北，屢約聽
> 鶯到水東。心情無那慵。麗景偏憐易謝。冶游最惜難逢。
> 四百八十南朝寺，二十四番花信風。鵑啼催落紅。
> 弱柳絲絲街前漾，正初學，小蠻腰樣。有隔水紅牆，翠樓
> 倒映牆頭上。聽樓內三絃響。　恰重經，人已往。帽簷斜
> 倚風凝想。只似夢如煙，柳花撲地漫天放。尋不出，伊門
> 巷。

都是滿心而發，肆口而成，平常熟景出以平常熟語，朗朗順口；然多少幽愁闇恨，無限心事，亦隱然透露。可謂平淺中有深致，近而不浮，足以令人咀味不已。

再看〈留春令·感舊〉一首：

> 燈前喝雉，樓頭繫馬，山腰射虎。曾放顛狂百千場。要數
> 偏從何數。　一霎渾河風葉舞。捲舊游何處。誰滴他鄉萬
> 般心，是隔箇窗兒雨。

在陳維崧諸多感舊憶舊之作中，這一首可謂極富維崧個人色彩的「自家話」。措語極為淺近自然，不以怪奇致勝，雅俗語言，「一經點化」，居然風生水起，別有一番英雄氣概迴盪於字裡行間，劉熙載說：「詩是自家做的，便要說自家的話，……周秦間諸子之文，雖純駁不同，皆有個自家在內」（《藝概·文概》）維崧此詞，便具備此一說自家話的特色。

至於在〈過秦樓‧松陵城外經疏香閣故址感賦〉中，雖以方言俗語入詞，由於作者善於融會、提煉，而使本屬悲涼的憑弔之情，增添了一份貼近人心的自然親切之感：

> 鳥啄雙環，蝶粘交網，此是阿誰門第。墊巾繞柱，背手循廊，直憑冷清清地。想爲草沒空園，總到春歸，也無人至。
>
> 只櫻桃一樹，有時和雨，暗垂紅淚。（〈過秦樓〉上片）

陳廷焯評此詞云：「景中帶情，屏去浮艷」（《詞則‧大雅集》卷五），之所以能「屏去浮艷」，關鍵便在於「間用方俗言」，使句法「老健有英氣」〔註6〕，而作者善於驅遣安排，讀來自然而然，如自胸襟流出，尤見作者駕馭文字工夫。

（二）以散筆入詞

清人趙翼曾指出：「以文寫詩，自昌黎始，至東坡益大放厥辭，別開生面，成一代之大觀。」（《甌北詩話》卷五）。所謂「以文爲詩」，就是以散文的字句章法寫詩，並像散文般在詩中說理、議論。宋人把詩、詞的表現範疇，界定在「詩莊詞媚」上，往往把重大題材留給詩，而把情愛相思的內容留給詞去表現〔註7〕。南宋的愛國詞人則進一步打破詞爲「艷科」的藩籬，隨著題材的擴充，他們也在創作形式上力求解放，如辛棄疾便著於熔鑄經史、驅遣詩文入詞，橫豎爛熳，頭頭是道〔註8〕，其後的辛派詞人陳亮、劉克莊等，都在作法上繼承了這

〔註6〕宋代惠洪曾明確提出詩「當間用方俗言爲妙」，因爲方俗言可使詩句「老健有英氣」，他以李白、杜甫詩用方俗言之例，說明「句法欲老健有英氣，當間用方俗言爲妙。如奇男子行人群中，自然有穎脫不可干之韻。」（見易蒲、李金苓《漢語修辭學史綱》引周振甫《詩詞例話》頁301）

〔註7〕錢鍾書《宋詩選註序》說：「宋詩還有個缺陷，愛講道理，發議論……宋代五七言詩講『性理』或『道學』的多得惹厭，而寫愛情的少得可憐。宋人在戀愛生活裡的悲歡離合不反映在他們的詩裡，而常常出現在他們的詞裡。如范仲淹的詩裡一字不涉及兒女私情，而他的〈御街行〉詞就有『殘鐙明滅枕頭欹。諳盡孤眠滋味，都來此事，眉間心上，無計相迴避。』這樣排惻纏綿的情調……。」

〔註8〕劉辰翁《辛稼軒詞序》云：「詞至東坡，傾蕩磊落，如詩如文，如天

一特點。清初陳維崧，更是遠承辛派「以文入詞」之風，把「諸生平所誦經史百家，古文奇字，一一于詞見之」，以致博得「先生之詞，則先生之眞古文也」（蔣景祁《陳檢討詞鈔序》）之評〔註9〕。這種「以文入詞」的作法，不僅見出作者學力之富、才情之高，也可見出作者「強烈的、超常的審美意識」，「不願意落入前人的窠臼和重複前人習慣使用的思維方式甚至語言方式」〔註10〕，這種「超常性」，正是一個優秀作家所必須具備的。《湖海樓詞》中這類作品不在少數，如〈沁園春・從盱眙山頂望泗州城〉上片：

> 立而望之，松耶柏耶，其盱眙乎。見半空樓閣，林巒掩映，從風城郭，沙澗縈紆。卻顧泗州。窪然在下，呀者成邱水一盂。中央者，界幾條冷瀑，一線明珠。

全詞從「望」字生發鋪展開來，運用散文句入詞，鑄語勁健，除了大量使用虛字，使文氣靈活、跌宕生姿外，並以賦筆鋪陳描繪盱眙山之景致，眼前景物不論遠近細大，皆歷歷在目，可謂寫景如畫，筆力已達「示現」的勝境。平易中見雅致，別富情味。

再舉〈滿路花・詠禹門寺前一帶頹崖峭石〉下片及〈沁園春・秋夜聽梁谿陳四丈彈琵琶〉上片爲例：

地奇觀，豈與群兒雌聲學語較工拙；然猶未至用經用史，牽雅頌入鄭衛也。自辛稼軒前，用一語如此者，必且掩口。及稼軒橫豎爛漫，乃如禪宗棒喝，頭頭皆是……。」

〔註9〕蔣景祁《湖海樓儷體文集序》云：「至於求先生之散體古文，則有先生之詞在，揮斥八極，吐納萬有，固其所縱橫馳驟而出之者，觀者勿作小詞讀可也。」

〔註10〕劉再復《文學的反思・論文學的主體性》說：「優秀的作家，他們的創作、實踐一般都表現出三種特徵，即超常性、超前性和超我性。所謂超常性，就是超越世俗的觀念、生活的常規、傳統的習慣性偏見的束縛。一個有作爲的作家，他決不會陷入中庸主義。相反，他必定有一般人所沒有的超常的智慧力量和人格力量，必定有強烈的超常的審美意識，必定不甘心重複前人已有的構思，不願意落入前人的窠臼和重複前人習慣使用的思維方式甚至語言方式，而追求著「人人意中所有，人人筆下所無」的東西，在沒有路的地方硬走出一條路。」

或爲怪鶻，或作千年豹，或似秋江岸，晴龜曝。林青日黑，
山畔歸樵少。野火連天燒。虎腥如雨，瘦石此時更峭。
瑟瑟陰陰，嗟哉此聲，胡爲乎來。似靈鼉夜吼，狂崩斷岸，
角鷹秋起，怒決荒臺。忽漫沈吟，陡焉掩抑，細抵游絲綴
落梅。冰絃內，惹一宵涕淚，萬種悲哀。

第一首描寫山石，采色形容神態畢現。第二首寫琵琶聲，借各種具體
事物描繪抽象的聲音，以實見虛，頗得白居易「琵琶行」之歌行體筆
法。二首皆連用譬喻手法，奇想妙喻，文字省淨而意象鮮明，或排比、
或類疊，虛字實字交迭互出，節奏流暢，亦不失迴環之致，既曲盡物
態之妙，也頗具詭偉雄奇之風。

再如〈石州慢・題家別駕亦人孝感冊，并感舊游，次蓮庵先生韻〉
上片：

昨客睢陽，古寺開元，水木妍雅。我方避暑，兄過挈榼，
一樽同把。誰知別後，使君風木銜悽，書來雙袖鮫珠惹。
擬補白華詩，倩廣徵烘寫。

詞由憶舊入手，兼寫景敘事，「詎知」以下，情調轉入悲涼。尺幅之
內，而起承轉合之章法畢具，文字清麗雋永，純是明人小品風致，可
作一有韻書信讀之。

又如〈歸田樂引・題春郊禊飲圖〉：

粉墨眞瀟洒。綠楊天，樓臺金碧，陣陣渝裙社。枰也茗碗
也，竹也，絲也，掩映花叢柳綿下。　風簾煙際掛。牆裡
鶯啼秋千架。抱琴童子，穿過春山蟀。詠者立飲者，弈者
謳者，一幅龍眠西園畫。

詞中「枰也茗碗也，竹也，絲也」，「詠者立飲者，弈者謳者」，二句
皆疊用四個實字，語句自然凝鍊壯健。宋代吳沆《環溪詩話》便已發
現疊用實字之妙：「韓愈之妙，在用疊句，如『黃簾綠幕朱戶間』，是
一句能疊三物。……惟其疊語，故句健，是以爲好詩也。」〔註11〕陳

―――――――――――――――
〔註11〕吳沆《環溪詩話》云：「韓愈之妙，在用疊句，如『黃簾綠幕朱户間』，
是一句能疊三物。如『洗妝試面著冠帔，白咽紅頰長眉清』是兩句

維崧便把韓愈詩中善用疊句之妙筆，移植到詞中來。他又在每一疊字下綴一虛字，如「也」，如「者」，虛實相間，使氣勢頓宕，瀠洄盡致，而不至於一味勁健，亦不致落入滯相。

　　另一首〈歸田樂引‧題王石谷晴郊散牧圖〉也是酷學韓愈陳言務去，力求變化的筆法：

> 散牧涼秋月。或樹根，痒而摩者，或飲寒湫窟。渡者人立者，啼者，鳴者，喜則相濡怒相齕。　矜秋露毛骨。昂首森然如陵闕。緣崖被坂，虧蔽滿林樾。駝一塞馬七。豕牛羊百三十，牧笛一聲日西沒。

此詞與前首同樣是題圖之作，前者寫人事之歡樂；後者則寫秋日郊野即景，意象更爲豐富。寫景則鉅細靡遺；寫人則或渡或立；寫禽鳥動物則或喜或怒，而「駝一塞馬七。豕牛羊百三十」則點出此乃畫面主題所在，筆法當脫胎自韓愈〈畫記〉之「牛大小十一頭，驢如橐駝之數而加其一焉。」而結拍之「牧笛一聲日西沒」則爲全圖籠罩上一層黃金色彩，晚霞滿天，笛聲隱隱，有聲有色，情景交融，萬物各得其所，各遂其生，與孔子所歡賞之「風乎舞雩」之樂，庶乎近之。兩首同一詞牌，而句法卻不相同，三字句或作上一下二，如「或樹根」；或作上二下一，如「綠楊天」。四字句則有上三下一如「痒而摩者」，有上二下二如「樓台金碧」，足見陳維崧的確是刻意打破詞體的章法，而以散筆入詞，更把散筆的自由精神注入於詞體，因而別具風味。

　　至於散見於各詞中的散文句式更是所在多有，於長短句的形式中，錯落有致地穿插其間，韻散相間，別富情趣。如：「四十諸生，落拓長安，公乎念之！」（〈沁園春〉）「吾長嘯，把一杯在手，好個江天。」（〈沁園春〉）「祇恨人生，些些往事，也成流水」（〈水龍吟〉）「陰慘慘兮門自鎖，冷清清地船誰摘。繚垣邊，覓個不愁人，如何得。」（〈滿江紅〉）「心情早起太聊蕭。出晴郊。涉蘭皋。雲水茫茫，不認

疊六物，惟其疊多，故事實而語健……每句之中，少者兩物，多者三物以至四物，幾乎皆是一律，惟其疊語，故句健，是以爲好詩也。」

路迢迢。」(〈江城子〉)「今日擊筑筵空，絕纓會散，人去多年矣。我作驢鳴黃葉下，沈痛忽焉盡致」(〈念奴嬌〉)「憐吾與汝，只年將五十，尚然棲逸。槃上功名難辦取，且自弄他文筆」(〈念奴嬌〉)「少頃客去余留，王公呼我，大被從君宿」(〈念奴嬌〉)。詞中因爲注入了這些新鮮口語，原屬平板書面語言，便成了一幅幅生動立體的畫面。

　　「以文入詞」的另一特色，便是在詞中抒發議論，陳維崧除了在〈賀新涼·題曹實庵《珂雪詞》〉中，提出「多少詞場談文藻，向豪蘇、膩柳尋藍本。吾大笑，比蛙黽」的詞學觀外，其餘的議論，往往帶著無可奈何的感傷情調，如「世間一笑浮漚。且盡日，談空說鬼」(〈一萼紅〉)「笑古今青史，細碎渾如蝸腳」(〈無愁可解〉)「浮世幾場開口笑，盜跖也知如是」(〈念奴嬌〉)「從古才人多失路，蕩子酒徒而已」(〈念奴嬌〉)「七貴貂蟬，五湖煙水，問誰堪長久」(〈醉蓬萊〉)。至於通篇以議論爲主的詞，則多見於長調作品中，以其篇幅較爲濶，適於縱筆馳騁，如〈念奴嬌·汝南七夕病中排悶〉：

> ……人說黃姑，貰錢營室，捱盡愁滋味。可憐阿堵，神仙亦被驅使。　我笑此語荒唐，古今稗史，誰是誰非是……。翻怪頻年瓜果鬧，濶我婦人女子。……。

又如〈哨遍·讀彭禹峰詩文全集，跋詞卷尾，兼示令子中郎直上兩君〉：

> 自古穰城，從來宛葉，蘄絕誇形勢。有千年、諸葛臥龍岡，蕭蕭英魂霸氣。其西引武關，商於六百，昔人以戰爲兒戲。其南控裏樊，析酈房竹，常產畸人烈士。公生值亂離時，好說劍談兵射且騎。鸑作蝟張，箭如鴟叫，言天下事。　噫！此世何爲？嚴疆好、以公充餌。樊礮牂牁地，鬼燐生，鼓聲死。猶記靖州城，連營賊火，楚歌帳外凄然起。公左挈人頭，右提酒甖，大嚼轅門殘髀。奈縛他烏獲、矐漸離，則女子傭奴盡勝之，論通侯、羊頭羊胃。吾讀公也全集，有刀聲戛觸，人聲嘈囋，舞聲綷縩，是雜筑聲凄異。忽然牛飲酒池聲，又鬼聲啾然林際。

第一首批評稗官野史之說的荒唐可笑，並抒發作者與眾不同的是非價

值觀。第二首寫彭禹峰資秉山川毓秀，超軼等倫，除了讚美其對天下
事嫻熟於胸中外，並追憶當年彭禹蜂守邊之英勇事蹟，雄姿英發，遠
與詞中所示歷史人物，意脈相承，通篇大筆奇特有致，謀篇佈局，敘
事遣詞，已有史筆色彩。本篇與〈哨遍‧酒後柬丁飛濤〉皆以議論為
詞，在詞史上雖非創舉，但在詞的領域裡，如此長篇議論，也屬罕見
之大手筆。

　　此外，〈風入松‧苦暑戲與客語〉則採賦體之問答體入詞：

> 炎炎火鏡正燒空，避暑苦無從。客言：安得匡廬瀑，還移
> 取，華井秦松。玉女盆邊吸露，水山祠畔餐風。　答言：
> 計總未工，不若在軍中。平驅十萬橫磨劍，濤聲怒，硬箭
> 強弓。惡浪千堆靨黑，戰旗一片搖紅。

此詞藉主客對話，點出兩種避暑方法。前者所提之看瀑布聽松濤的閒
散逸趣，不免流於凡趣；後者則設想出奇，壯志凌雲，氣象雄闊，全
詞意境亦因此豪情壯語而提升。在戲筆之中，詞人豪邁不凡的氣概，
亦如排山倒海般，奔騰而來。而下片隱括史語入詞〔註12〕，如驅遣胸
中語般，自然妥帖，不愧是「才人手筆」。

（三）字詞的鍛鍊

　　為文而講究修辭，其最大的目的應是「用最有效的方法傳達思想
感情」〔註13〕。朱光潛則認為：「語文有兩重功用，一是表現，一是
感動。理想的文學作品是：它的語文有了表現力就有了感動力。」（朱
光潛《談文學‧文學與語文》），也就是文字的「感動」要建立在「表
現」的基礎上。古人有「不以規矩，不能成方圓」之說，修辭技巧的

〔註12〕「十萬橫磨劍」語出《五代史‧後晉‧景延廣傳》：「（景）謂契丹使
　　　　者高澄曰：『晉有橫磨大劍十萬口，翁若要戰則早來。』」
　　　　「硬箭強弓」語出：《五代史‧吳越世家‧錢鏐》：「鏐嘗築捍海塘，
　　　　怒濤急湍，板築不就。鏐乃造竹箭三千只，羽鏃備具，于疊雪樓，
　　　　命水犀軍架強弩五百以射潮。」
〔註13〕見易蒲、李金苓《漢語修辭學史綱》引自何爵三〈中國修辭學上的
　　　　幾個根本問題〉。

講求，就是借助「規矩」來成「方圓」的最佳途徑。而「錘字煉句」便是諸多方法中的一環。前人有「百煉成字，千煉成句」之說（皮日休《皮子文藪》）莫不是希望藉著千錘百煉的工夫，達到「一經錘鍊，便成警絕」（沈德潛《說詩睟語》）、「一字之工，令人色飛」（王世貞《藝苑卮言》）的境界，如此，方能使作者的思想正確地凝定於字句中，人格也才能正確地流露。對篇幅短小的詩詞而言，「煉字」精確與否，尤其關係重大。

陳維崧以雄放為主的藝術風格，也往往建立在字詞的精妙選擇運用上，達到「一字活，一句俱活」的效果。以下便分從「鍊字」與「疊字」兩點加以說明：

1. 鍊 字

南宋嚴羽《滄浪詩話》主張「下字貴響」，所謂「響」字，即致力處，也就是全句中的關鍵字，句中眼，須特別著力錘鍊者，而這類響字，多是句中的動詞謂語，錘鍊得好便使全句更有深度，有意境。

陳維崧愛用「吼、走、折、裂、沸、劈、叫、打、射、灑、掣、噴」等動詞，透過動詞的妙用，來塑造動態意象，形成生動飛揚的效果，如：

> 悲風吼，臨洺驛口，黃葉中原走。（〈點絳唇〉）
>
> 怪底燭花怒裂，小樓吼起霜風。（〈清平樂〉）
>
> 往日英雄潮打盡，怪煞怒濤驚雪。（〈賀新郎〉）
>
> 腕下多少，孤城戰馬，一時都作哀湍瀉」（〈鵲踏花翻〉）
>
> 嘆事雖不就，波騰海沸。（〈滿江紅〉）
>
> 霆轟電掣，算君才，真似怒濤千斛。（〈念奴嬌〉）
>
> 空牆老驥，噴霜猛氣難歇。（〈念奴嬌〉）
>
> 橫竹吹阿濫，叫醒古今愁。（〈水調歌頭〉）
>
> 何時玉靶元戎隊，劈黃獐爛醉駝酥。（〈渡江雲〉）

這些字眼的使用，無不跳蕩多姿，引人入勝。

　　除了善用「千鈞之勢」的動詞來宣洩鋪張揚厲的情感外，陳維崧還有許多「一字得力，通首光采」的用字奇警之例，如：「雨翻盆，勢欲浮村去」、「雨聲乍續啼聲斷，又被啼聲，剪了半村雨」（〈金浮圖〉）、「翻」、「浮」、「剪」三個動詞，便把豪雨成災的農村景象，鮮活地描繪呈現眼前。「百感淋漓風驟起，劈裂滿堂樺燭」（〈念奴嬌〉）以「劈」字形容驟起的飆風，強調其凌厲的風勢，可謂出奇制勝，使人過目難忘。「颯爽上眉宇，皎潔到衣裳」（〈水調歌頭〉）把「颯爽」、「皎潔」擬人化，已是奇想，而「上」、「到」二字，作動詞使用，更有漸近而至的效果，在鏗鏘有力的聲韻中，詞人眉飛色舞，躊躇滿志的神色，亦表露無遺。再如「無語注橫波，裙花信手搓」（〈唐多令〉）「注」字包含脈脈情意的傳遞，「搓」字則傳神地捕捉了多少「眉間心上」的無聊意緒及難安的神態，二字看似尋常，實則奇崛不已，可謂下筆如有神。又如〈齊天樂・遼后粧樓〉之「人在天邊，軸帘遙閃茜釵小」借一「閃」字，寫簾內閃閃釵光，遼后雍容華貴的身影便呼之欲出，宛然可見，使人由部分而想見整體，這種「借代」的筆法，最能引發無限想像空間，這與〈洞仙歌〉之「訝驀地，飄飄綠楊絲，乍小露牆頭，一群紅粉」的「露」字，實有異曲同工之妙。而〈浣溪紗・雨中由楓橋至齊門〉之「薺榮綠平齊女墓，梨花雪壓伍胥潮」，「平」字、「壓」字，不僅是客觀景物的描繪，也是主觀情緒的投射，二字將寫景與吊古連結在一起，飽含歷史滄桑之感，下筆沈鬱而凝鍊。

　　至於〈秋夜雨・本意〉一首，用字尤見新巧：

　　　小樓細裊愁絲綠。和煙扶上庭竹。飛來簷瓦響，都瀉作，奔渾秋瀑。　雨肥愈顯孤燈，展夜衾欲睡難熟。別院絃柱促，正滾入，淋鈴哀曲。

上片寫秋雨，由細而肥，有色，有聲，有態，有勢，可謂體物入微。秋雨之纖細迷濛，人物之百無聊賴，凝神佇立，盡攝於「裊」、「扶」二字中，「綠」字則把人物的愁絲具象化，一一滲入「庭竹」中，融情入景，物我交融。下片則由「雨肥」過渡到人情，以「肥」字狀雨

勢之大，亦是出人意表之神來之筆；而「肥雨」與「孤燈」的對比，意象鮮明，聲色俱足，無限情意，盡在此中渲染開來，饒富情味，清人王紫韜曰：「鍊辭，所謂多幾分渲染也」（《芬陀利室詞話序》），證諸以上各例，確是的論。

2. 疊　字

在詩詞中，運用疊字的手法，不僅能使語意更爲完足，尤其能使所寫之物，所抒之情，所狀之景，益發鮮明傳神，使原本抽象的興會神情，一齊湧現。顧炎武便極重視詩中疊字的運用，他稱贊《詩·衛風·碩人》第四章及《古詩十九首》（青青河畔草）之運用六疊字，卻能做到，「復而不厭，贖而不亂」，「亦極自然」，所以格外有魅力〔註14〕。而李清照之〈聲聲慢〉連疊十四字，被前人譽爲「出奇制勝，匪夷所思」的「絕唱」〔註15〕。陳維崧以疊字手法來摹神、狀聲、寫景的佳句也不在少數，如：

> 話到英雄失路，忽涼風索索。（〈好事近〉）
>
> 隔江雪浪隱隱，天風檣馬。（〈感皇恩〉）
>
> 慈慈陰陰，嗟哉此聲，胡爲乎來。（〈沁園春〉）
>
> 鶯嚦嚦，鳥關關。粉娥笑語繡帷間。（〈鷓鴣天〉）

上例乃以疊字狀聲，聲諧而義恰，平面的敘述，便有了立體的動感。

> 罌粟闌邊已放芽，枝頭梅子著些些（〈鷓鴣天〉）
>
> 花影看看移半縫，呆覷庭陰，踢損鞋尖鳳。（〈蝶戀花〉）
>
> 艷粉裙裙，盡倚蜻蟬譜幽怨。脈脈祝空王，擲眼見郎，願

〔註14〕見顧炎武《日知錄》卷二十一：「詩用疊字最難。衛詩『河水洋洋，北流活活，施罟濊濊，鱣鮪發發，葭菼揭揭，庶姜孽孽。』連用六疊字，可謂復而不厭，贖而不亂矣。古詩『青青河畔草，鬱鬱園中柳。盈盈樓上女，皎皎當窗牖。娥娥紅粉妝，纖纖出素手。』連用六疊字，亦極自然。」

〔註15〕梁紹壬於《兩般秋雨盦隨筆》中，將古人疊字手法歸類，其中他最推崇李易安詞的「尋尋覓覓，冷冷清清，淒淒慘慘戚戚。」稱贊它達到了「出奇制勝」的修辭效果。見《漢語修辭學史綱》頁545引。

歲歲，幡前長見。(〈洞仙歌〉)

不論是人情或物態，透過「疊字」的傳遞，往往於淺俗平易之中，別有一番清新雅致，予人自然親切之感。再如：

> 愁殺花花絮絮，半是風風雨雨。一樹倍堪憐，寺門前。(〈昭君怨〉)

> 小院虫虫・斜橋燕燕，悢悢觸起閒事。當初妝閣影，亂織在，濛濛秋水。(〈翠樓吟〉)

> 浡浡淮河杳似年，森森蚌嶺遠攢天，風來吹作鶯帆圓。(〈浣溪紗〉)

> 薺菜綠平齊女墓，梨花雪壓伍胥潮。柳枝和恨一條條。(〈浣溪紗〉)

> 西風亂水瀰瀰，斜日遠帆了了。(〈輪臺子〉)

> 惜花燒盡銀燭，花亦相看熟，憮憮長在。(〈綺羅香〉)

> 聞說近日臺域，剩黃蝶濛濛，和夢飛舞。……三更後，盈盈皓月，見無數精露含淚語。(〈尉遲杯〉)

> 極目離離，遍地薆薆，宮橋野塘。(〈沁園春〉)

至此，疊字的手法，又成了寫意的畫筆，每疊一字，便是一筆勾勒，一層渲染，一份情意，景中含情，情景相生，所謂「詩中有畫，畫中有詩」之境，庶乎得之。由此可見，只疊一字，便得鋪敘點染的效果，加上聲韻的重疊，更增深許多情味，只要善加把握運用，這種「以少總多」的筆法，確是妙用無窮。

二、比興寄託的運用

比興是自《詩經》以來，詩文中常用的兩種表現手法。孔穎達《毛詩正義》云：「比者，比方於物也；興者，託事於物也。」及至後世，比、興的界線漸泯，因而統言比興。清代詞論家往往比興寄託連用，強調言在此而意在彼；換言之，即是「以一首詞中形象的全體或部分，

來暗喻作者所要寄託的意思」（沈祖棻《清代詞論家的「比興」說》），因此，比興寄託已不僅僅是指一種藝術表現方法，而是深厚的思想情感與婉曲的藝術表現方法的結合。

自從文人染指詞體後，詞的情感負載廣度擴大了，進而連深度也直探賢人君子的內心底層，所有理想志意、睠懷君國、身世飄零等不能直言的幽約怨悱之情，詞亦能「短長以陳之，抑塞以就之」（宋翔鳳《浮溪精舍詞自序》），這使得以「婉曲爲尚」的詞體，呈現出「婉而多諷」的內涵與面貌。是以向被視爲小道的詞，因爲比興寄託手法的運用，進而具備蘊蓄幽微的功能，及感發深遠的效用，這種即小可以見大，因微可以知著的功能效用，便使得詞體足以方駕《詩》、《騷》。南宋以後，詞人引比興體入詞，乃成爲自覺而有意的行爲，並成爲普遍的風潮〔註16〕。清初陳維崧即提出詞之作者，「非有《國風》美人，《離騷》香草之志意，以優柔而涵濡之，則其入也不微，而其出也不厚。」（《蝶庵詞序》）便是強調詞的藝術形象當與所寄託的情思渾融一氣。比興寄託的筆法，乃是建立在情與物的契合上。要將抽象的感情具體化，必須從客觀之物中找到與之相對應的契合點，詞中的比興體多借細巧之景物組成，如花鳥蟲魚、風雲月露等。陳維崧的《湖海樓詞》，自然也有「借花卉以發騷人墨客之豪，託閨怨以寓放臣逐子之感」（劉克莊《題劉叔安感秋詞》）的篇什，只是先天的氣性、才情，加上後天的際遇影響，自然使得詞人不甘於步軌前賢舊轍而己，當情與物接，感物而發時，一切事物、時令、山川，皆可成爲他情感託諭的對象，這種取徑「香草美人」，而又不囿於「香草美人」的作法，適足以顯現詞人忠於自我，惟求其是，而勇於自成一格的識見與魄力。以下便舉實例說明。

〔註16〕如辛棄疾之〈摸魚兒〉（更能消几番風雨），王沂孫之〈齊天樂‧蟬〉（一襟餘恨宮魂斷），蔣捷之〈賀新郎〉（夢冷黃金屋），王夫之〈蝶戀花‧衰柳〉（爲問西風因底怨）等，均有寄託之意存焉。這種寄託，一方面是出於藝術上的美感追求，另一方面也是出於憂讒畏譏的政治因素。

　　歷來文人在以「香草」託寓情志時，往往出以哀傷的情調，而陳維崧這首〈菩薩蠻・過雲臣宅看牡丹歸有作〉，則偏出之輕朗明快：

　　　　滿城爭放花千朵，狂夫那肯家中坐，才得過西鄰，東家喚又頻。　　經須沖酒去，那怯廉纖雨。日日爲花顛，何曾讓少年。

此詞乃是借狂夫賞花之狂，暗寫作者積極進取的人生觀。「花」乃「理想」的象徵，「滿城爭放花千朵」的燦爛美好境界，必要經歷「追尋」的過程，才能獲得。召喚詞人的，不只是「西鄰」、「東家」而已，更是盎然的春意，及無限的生機。即使春雨霏霏，詞人依然挾醉而去，一「衝」字，尤其蘊含蓬勃的生命力及旺盛的鬥志。「日日爲花顛，何曾讓少年」，則是「烈士暮年，壯心不已」的另一種表達形式。陳維崧筆下這一「衝雨賞花」的狂夫形象，不僅是自我形象的勾勒，更把那勇於追求理想，不畏外境險阻的內在特質，也栩栩傳遞。在平淺白描的文字中，把「雖千萬人吾往矣」的豪氣與爛漫春光交融綰合，頗能起人於痿頓憂思之中，不僅飽含情趣韻味，亦深得風人之旨。

　　況周頤在《蕙風詞話》中提出：「詞貴有寄託。所貴者流露於不自知，觸發於弗克自己。身世之感，通於性靈，即性靈，即寄託，非二物相比附也。」這種無意爲寄託而實有寄託的境界，似乎是寄託手法中的更高境界，以下這〈唐多令・春暮半塘小泊〉便可作如是觀：

　　　　水榭枕官河，朱欄倚粉娥。記早春欄畔曾過。關著綠紗窗一扇，吹鈿笛，是伊麼。　　無語注橫波，裙花信手搓。悵年光，一往蹉跎。賣了杏花挑了菜，春縱好，已無多。

詞以「綠窗美人」之「可望而不可即」，暗寓詞人的理想乃是「天然地別具標格」，不同於一般凡俗境界。「無語注橫波」二句，則傳神寫照地描繪出美人深情一往的傾注神態，亦是寫詞人的理想境界始終存在，不曾幻滅，這境界如美人般，一直在脈脈中召喚詞人奔赴。綠窗的「鈿笛」之聲，是他們心靈互通的密碼，然而詞人的痛苦便在於攀援無從，追尋無從。接著再進一層，通過「賣杏」、「挑菜」暗示春光

難駐，結拍「春縱好、已無多」則頗有「逝者如斯」的惜時意味，物華漸休而志士豪傑猶兀自臨風瞻望不已，多少無言苦悶，蓋在賣花聲中迢遞透露。在清新婉約的表層下，包裹的是詞人亟待用世的耿耿赤心，惟此赤忱既要忍受無盡的等待，又飽受時光催逼的驚心，可謂淺語而有深致，陳氏所標舉的「入微出厚」意境，於此可見。

再看〈愁春未醒・牆外丁香花盛開感賦・索京少、蕺山和〉：

> 攀來尚隔，望處偏清，算開到此花，闌珊春已在長亭。滴粉搓酥，小紅牆角倍分明。年年此際，籠歸馬土，遞徧春城。　昨歲看花，有人禿袖，擘阮咸箏。悵新來、梁間燕去，往事星星。只有鄰花，依依不作路旁情。夜深難睡，繽紛花影，篩滿空庭。

此詞作於康熙壬戌（1682）年四月十三日，詞人於是年五月初七病逝京師客邸。詞中有「算開到此花，闌珊春已在長亭」之句，無端透露了絕筆的先兆，成為詞讖。從此春蠶絲盡，惟留綿綿情思，供人嗟悼不已。

瞭解作詞背景後，更有助於探索此詞的幽深隱微處。康熙壬戌年，陳維崧年五十八，此時他已迭遭子夭、妻亡的死別之痛，孑然一身，客寓京華，在物質、精神兩不堪的情況下，宿疾再度纏身，窮、愁、獨、病紛至沓來，詞人的「晚達」，其實是「一無所有」的空洞。「豪華落盡見真淳」，這時詞人的心靈視野，反而是最敻遠遼闊的。他見牆外丁香花盛開而感物起興，進而以丁香花自喻，在「一無所有」的一生中，唯一可以自豪的，便是一身傲骨，「只有鄰花，依依不作路旁情」，是對自我才華的肯定，也是強調自己不作路柳牆花的情態，以博人歡心。「攀來尚隔，望處偏清」，則是以丁香花的清麗絕俗，暗寓詞人的清高品格。結拍之「繽紛花影，篩滿空庭」尤其耐人尋味，花影、空庭，兩皆空靈，然一「滿」字，又把空處填實；而詞人之所以「夜深難睡」，正因心頭亦滿佈丁香花影，搖曳不已，這才是身為遺民之後，卻於晚年出仕清廷的陳維崧，心靈實境的寫照。時代的變

動，造成這一代文人陷於進退兩難的難堪之境，在他選擇出仕清廷的最後四年中，心靈並沒有因而更踏實，反而空虛寂寥有如一片「空庭」，倒是有一份孤高之氣仍不時映耀閃現，如丁香花影篩滿空庭；這股清明之氣，也是詞人一生中唯一不被命運剝奪的珍產。這首詞，表裡俱清，以淡筆寫深情，哀而不傷，另有一份從容優雅之致。

　　除了景物的描繪外，陳維崧也把他的幽約怨悱之情透過詠史及詠物詞來寄託遙深。通常以古人古事為題材的詠史詩，懷古詩，其意圖都是要援古喻今，或以史鑑今，所以人們詠史懷古，一般都不只是停留在人物史實本身，而是從歷史事實生發，以抒寫他們對現實人生的看法，有更深一層的寄託。陳維崧有〈滿江紅‧汴京懷古〉十首，藉著憑弔古跡，緬懷歷史人物來抒發他對英雄事業的向慕之情，並寄託一己之理想。〔註17〕而歷史上亡國的史實，則成為他託寓黍離之悲，銅駝金谷之恨的最佳掩體。如〈滿江紅‧汴京懷古〉十首之八：

> 樊樓
> 北宋樊樓，縹緲見彤窗繡柱。有多少州橋夜市，汴河游女。一統京華饒節物，兩班文武排簫鼓。又墮釵，鬥起落花風，飄紅雨。　西務裡，猩唇煮。南瓦內，鶯笙語。數新粧炫服，師師舉舉，風月不須愁變換，江山到處堪歌舞。恰西湖、甲第又連天，申王府。

詞從樊樓（酒樓）起筆，寫汴京繁華景物，「墮釵」與「落紅」爭勝，極寫風氣之驕奢淫靡。「飄紅雨」則渲染出一片繁華迷離的氣氛。下片次第鋪敘水陸珍肴之宴飲，八音和諧的樂聲，時髦的衣香鬢影，與江山風月相映相襯，淋漓盡致地鋪排出熱鬧繁華景象。「恰西湖‧甲第又連天，申王府。」寓憤恨和譏刺於平淡語句，冷語熱腸頗有「加一倍」的效果。陳廷焯評此詞曰：「樊樓一章最見作意，後四語云：『風月不須愁變換，江山到處堪歌舞。恰西湖，甲第又連天，申王府』。悲憤之詞偏出以熱鬧之筆，反言以譏之也。」（《白雨齋詞話》）此詞

〔註17〕參見第四章第四節〈弔古傷今的幽慨〉。

除了以作意取勝外，更深的寓意在於借南宋的淪亡寫南明的淪喪，上焉者專擅弄權，粉飾太平；下焉者醉生夢死，南明國祚命脈便斷送於此，豈不令人扼腕拊心，切身之痛，出以婉曲之筆，益覺淒婉動人。

在詠物詞中，陳維崧往往寄託的是淪落不遇的悲嘆：

> 赤兔無成，烏騅不逝，屈作小樓簷馬。碎珮琤琤，叢鈴戞，依稀客窗閒話。更鳥雀時相觸，霜欺兼雨打，幾悲咤！　想多年戰場猛氣，矜蹴踏、萬馬一時多啞。流落到而今，踠霜蹄，寄人籬下。潦倒餘生，儘閒身、蛛絲同挂。又西風喚起，仍舊酸嘶中夜。（〈法曲獻仙音‧詠鐵馬，同雲臣賦〉）

此詞託物詠懷，詞人以鐵馬自喻，然而這匹鐵馬，卻空有鐵馬名，實則屈身簷下為簷馬（風鈴），還得忍受鳥雀之不時相觸，及霜雨欺打，何其不堪。下片以虛筆倒敘當年戰馬的雄姿猛氣，以與今日之「寄人籬下」、「蛛絲同挂」作一鮮明對比。然而時不利兮可奈何，只有中夜臨風浩歡，酸嘶不已。此詞在時序上有今——昔——今的跳盪安排，涵義上有淺深層次（從鐵馬到簷馬、戰馬、以至隱而未現的人中龍馬——詞人自身），寫馬而兼顧傳神遞聲，可謂面面俱到。陳維崧把他那「昔熇今涼」的人生際遇，巧妙地聯綴於從「馬中赤兔」到「小樓簷馬」的聯想上；而「潦倒餘生」、「牛駿同皁」的景況，則從簷馬與「蛛絲同挂」，便可充分領略。「又西風喚起，仍舊酸嘶中夜」則一筆拉回眼前實景，邈邈憂思，茫茫哀樂，盡於酸嘶聲中傳遞，可謂善於取譬點染。

同是借物抒懷的詠物詞，〈醉落魄‧詠鷹〉則更側重於「男兒身手和誰賭」的志意抒發及批判現實，故寫來聲色俱厲，充滿英邁氣概[註18]。而陳維崧在〈念奴嬌‧初九夜對月飲吳默岩太史齋寓〉中有「空牆老驥，噴霜猛氣難歇」、「角鷹刷羽，脫鞲固是橫絕」之句，各以「老驥」、「角鷹」自喻，可與以上二詞相參證。除了詠鷹、詠馬外，陳維崧也以峭石、銅鏡來託寓自我情志，如〈滿路花‧詠禹門寺前一

〔註18〕此詞內容分析詳見第四章第二節〈感士不遇的孤寂〉。

帶頹崖峭石〉之「野火連天燒。虎腥如雨，瘦石此時更峭。」「野火」
寫視覺，「虎腥」寫嗅覺；「連天燒」和「如雨」則把感官世界的氣氛
彌天蓋地地渲染開來，在使人目炫神迷的背景烘托下，「瘦石」的身
姿，益發顯得峭立孤絕。這未嘗不是詞人在烽火連天的動盪時代背景
中，耿介絕俗，不作逢迎媚態的自我宣告。「此時」則強調環境愈險
惡，詞人孤傲的身影益顯卓犖不群。「峭」字是景語亦是情語，聲情
俱剛勁不已。再如：

> 香奩涼鑑蟠金獸。背壓蛟螭鈕。玉人偏妒小菱花。慣是團
> 圓兩字，不如他。　翠鸞莫道心如鐵。春筍曾提挈。紅塵
> 浣處奈他何。我亦受人憐惜，爲人磨。(〈虞美人‧詠鏡〉)

詞中「玉人」乃詞人自喻。「慣是團圓兩字，不如他」、「我亦受人憐
惜，爲人磨」，則是藉玉人之口，發抒一己懷才不遇之悲慨。一「磨」
字，語含雙關，既寫銅鏡因受人憐惜而不時被「磨」；也暗寓詞人雖
以才高而見重於世，但亦相對引來世人之妒恨，而飽受無情的擺弄折
磨，以致沈淪至今。「憐惜」與「折磨」，相反而相生，使人哭笑不得，
亦使人不禁有「天道寧論」之嘆！

　　張炎《詞源》說：「詩難於詠物，詞尤爲難。體認稍眞，則拘而
不暢；模寫差遠，則晦而不明，要須收縱聯密，用事合題，一段意思，
全在結句，斯爲絕妙。」衡諸此詞，確實已掌握了「一段意思，全在
結句」之妙諦。

三、融情入景的筆法

　　謝榛《四溟詩話》說：「作詩本乎情景，孤不自成，兩不相背。
凡登高致思，則神交古人，窮乎遐邇，繫乎憂樂，此相因偶然，著
形於絕跡，振響於無聲也。夫情景有異同，模寫有難易，詩有二要，
莫切於斯者。」這段話說明了詩歌乃模寫情景之具；而情景則是構
成詩歌的兩大要素。然而情與景雖名爲二，實則不可相離，所謂「孤
不自成，兩不相背」，也是歷來文人所共同強調的，如「情景相觸而

莫分也」、「景無情不發，情無景不生」（范晞文《對床夜語》）、「神於詩者，（情景）妙合無垠。巧者則有情中景，景中情」（王夫之《薑齋詩話》）。足見在詩歌創作過程中，情景之間實有相生相融、互爲依存的密切關係，故抒情寫景技巧之擅長與否，便決定著作品藝術成就之高下。

就詞而言，詞論家們往往強調作詞貴有意境，如王國維說：「詞以境界爲最上」（《人間詞話》）。但如何做到「有境界」，則與情語、景語的掌握安排，有密切關聯。劉熙載《藝概·詞概》有云：「詞或前景後情，或前情後景，或情景齊到，相間相融，各有其妙。」說明詞中情語、景語的先後安排次序乃爲次要，只要做到「情景相融」，便是妙境。而李漁《窺詞管見》則從情景的主從關係立論，強調「情爲主，景是客，說景即是說情」，情景雖似二物，然景語質皆爲情語而設，寫景旨在襯出情意。這也是王國維《人間詞話》所說：「一切景語皆情語也。」之意。概括而言，不論情景的主從關係、先後安排如何，都不外乎強調：情景相互生發滲透，才是首要之務，這也是我們民族基本的審美趣味與審美理想的標準所在。惟有通過借景言情，寓情於景，才是使詩情畫意高度融合，達到「作者從於心，覽者會於意」的效果，而各自領略到創作與鑑賞帶來的美感。

「氣盛而情深」，是陳維崧主要的生命特質，在他顚躓蹇困的一生中，他始終持守這一分美好特質，以一副多情而悲憫的眼目看待周遭一切。尤其在登山臨水時，往往觸物興感，融情入景；一切山川草木，花鳥蟲魚，經過詞人情感的貫注投射後，當它再度映現於紙上時，便成爲栩然有情的生動形象，飽含著詞人獨特的情趣和性格，形成個性化的意境之美。

詩的意境之美，來自情景的交融，而情語、景語的安排，則是各有巧妙不同，以下就大致歸納爲「情景分列」與「情景相間」的兩種章法安排加以說明：

（一）情景分列

> 格格沙禽拍野塘，離離苦竹上空墻。投金瀨在漾斜陽。　擊
> 絮人才憐伍胥，浣紗溪又產夷光。英雄生死繫紅妝。（〈浣
> 溪沙〉）

詞人來到當年伍員乞食投金之處，見斜陽映照，沙禽拍水、苦竹離離，
不免產生思古之幽情。上片寫景，下片抒情，最後總結於「英雄生死
繫紅妝」的感慨，層次并然。然而情景又非截然二分。沙禽、苦竹、
斜陽、投金瀨，本屬靜態的描繪；而「格格」聲、「離離」貌，就使
得靜物有了情意；「拍」、「上」、「漾」三字更是畫龍點睛之筆，一切
聲、色都因而靈動起來，為這幅充滿「夕陽」情調的畫面，注入一般
生機；頗有「斜陽冉冉春無極」的意境。而這股生機則來自於一雙有
情的旁觀之眼，他對景弔古，卻不過分耽溺於懷舊的傷感中，所以才
能自史實中抽離出來，拈出「英雄生死繫紅妝」的心得。陳廷焯評此
詞「以感慨勝」（《詞則》卷四），而其「勝處」當來自於情景交融，
達到理性與感性的交融合一。

再如〈玉團兒・初冬寫懷〉：

> 西風吹老清秋節，迸寒空，蕭蕭老鐵。幾片疏砧，數行落
> 雁，一城楓葉。　斜陽雨後明還滅，映千年，殘碑斷碣。
> 太息何為，有杯休放，逢花須折。

本詞題為「初冬寫懷」，貫串全詞的，莫非一「愁」字。詞人把抽象
的「閒愁」，透過具體的物象描繪來傳達，「疏砧」、「落雁」、「楓葉」
的題材，乃是通過詞人傷心慘目的取擇，足已渲染出濃厚的愁慘氣
氛。下片「斜陽」映照「千年殘碑斷碣」的意象，更使這種哀感氣氛
跨越千載，彌天漫地籠罩而來，最後總結於「太息何為，有杯休放，
逢花須折」的感喟中。全篇未著一「愁」字，而「愁」已附麗於景物
中，乍看來，幾乎句句寫景，實則句句關情。景語一氣盤旋而下，情
語便收水到渠成之效。

類似情景分列，而景語實為情語蓄勢的筆法，還見於〈攤破浣溪

紗‧雨泊秦郵〉、〈浪淘沙‧題園次《收綸濯足圖》〉：

> 十頃盂湖碧似煙。四圍蒲稗水連天。渚鳥群飛聲格格，戲
> 長川。 獨對煙波思往事，那堪風物又殘年。且貰秦郵城
> 下酒，撥湘絃。
>
> 灩澦幾千堆，濺雪轟雷。巨鼇映日挾山來。舞鬣揚鬐爭跋
> 浪，晝夜喧豗。 濯足碧溪隈，一笑沿洄。龍窩蛟窟莫相
> 猜。我有珊瑚竿不用，不是無才。

兩首均是上片寫景，下片抒情。或觸景生情，或移情入景，而情景間
實有相續相成的關係。第一首寫詞人於歲晚時節，泊舟秦郵的感懷。
上一片寫湖上所見蕭條之景，下片則因「獨對」而興起身世之感。「且
貰」二句，看似灑脫，實則寓有無言之悲涼。上片之景語頗出以「寫
意」之筆法，烘托出一片煙水迷離之致，格格鳥聲則形成動靜相生之
效果，群鳥戲水，不僅劃破江面的寧靜，也劃破詞人心頭的寧靜，故
而引起下片感慨之情，而結語「撥湘絃」之舉，又與上片群鳥之「戲
長川」相呼應。景與情，便有了相互生發的關係，而其中更有人與物
「和而不同」的微妙消息，耐人細味。第二首是題圖之作，同樣一幅
「收綸濯足圖」，不同的人，便會觀出不同的趣味和意境來，其間差
異來自於各人注入的學養、價值觀和審美觀的不同；這也就是王國維
《人間詞話》所謂「以我觀物，物皆著我之色彩」的「有我之境」。
陳維崧把他強烈的主觀感情，生命氣性投射於畫幅中，故景物也都蒙
上一層飛揚跋扈的色彩，壯浪豪雄，繪形繪聲，極盡誇張，使人若驚
若喜。下片則以釣者自喻，自信滿滿，卻又一派悠閒，舉重若輕。上
片之驚濤巨浪，與下片之人中豪傑，實有相映相襯，相得益彰的效果。
人與自然形體雖分，各自獨立，而精神意境卻已融合為一整體，這也
是畫者、詞人所共同追求的境界吧！

（二）情景相間

　　《湖海樓詞》中，以景語、情語交互出現的形式，而達到情景交
融之境的作品，不在少數，如〈過澗歇‧暨陽秋城晚眺〉：

壞堞頹關暮煙織，悄乎無人，只聞江聲千尺。混茫極，恍見水仙海妾，采月金鰲脊。吾長嘯，泉底恐驚織綃客。　春申遺壘在，古戍吹笳，亂洲伐荻。碎把闌干拍。沙草無情，不管興亡，朝朝暮暮，西風只送巴船笛。

這是一首憑弔古跡之作。詞人於秋日登暨陽古城，極目所見，是煙籠頹關、古戍亂洲、滾滾長江、茫茫沙草。在一片蕭條景象中，耳畔所聞，是江濤聲、古戍笳聲、巴船笛聲、聲聲入耳。詞人置身於如此聲色之境，自然觸景生情，而發出「吾長嘯」的悲嘆，及拍遍闌干的無奈。進而自身世之感擴張為「沙草無情，不管興亡」的歷史感慨。此詞上片觸景生情，下片則融情入景，虛實相生，情景相間相融，妙合無垠。渺渺情思，亦隨結拍之巴船笛聲，漸行漸遠，以景語作結，更有一份「遠致」存焉。

再如〈月照梨花‧送緯雲弟渡江之廣陵〉：

鐵甕隱隱，怒濤滾滾。簸宋掀梁，陶吳洗晉。誰泛水調清謳。是鄰舟。　望中一抹斜陽恨，可憐消盡，六代金粉。老夫還記舊揚州，紅袖悠悠，滿江樓。

詞人於江邊送弟之廣陵（揚州），乃由眼前之景入筆，大江東去，怒濤滾滾，不禁使人聯想到歷史的長河，便有如此江，把歷來揚州城的繁華色彩，亦盪滌盡淨。「簸」、「掀」、「淘」、「洗」的動詞運用，氣勢萬鈞，形神兼顧，是實寫亦是虛筆。「望中一抹斜陽恨」也是以眼前實景寄寓歷史興亡之慨。最後以詞人的追憶揚州鎏金歲月作結，「紅袖悠悠，滿江樓」的意象鮮明，用一「滿」字，更使氣氛熱鬧不已；然而這僅是揚州城的迴光返照而已，清兵入關後，造成「揚州十日」的慘劇，不僅「六代金粉」就此消盡，更帶來社稷淪亡之痛。此詞實景與虛情相間相融，虛實相參，尤其結拍之「以樂景寫哀情」，更令人低迴不已。

詞情、手法類似的還有：〈滿江紅‧自封丘北岸渡河至汴梁〉：

潽潽河聲，捩柁處，怒濤千尺。絕壁下，魚龍悲嘯，水波欲立。一派灰飛官渡火，五更霜灑中原血。問成皋，京索

事如何，都陳跡。　虫牢外，風蕭瑟。廩延畔，沙堆積。試中流騁望，百憂橫集。混混且拚流日夜，茫茫不辨天南北。但望中，似見有人煙，陳橋驛。

這首詞同樣是以景──情──景的鋪排手法，抒發歷史興亡之感。不論是「潹潹河聲」、「怒濤千尺」或「風蕭瑟」、「沙堆積」，或「混混且拚日夜流」、「似見有人煙，陳橋驛」，一切景語，都是為「百憂橫集」的情語蓄勢服務。而黃河岸邊一連串地名的累積，也是一連串歷史事件和歷史人物的再現，如此，便豐富了詞人「百憂橫集」的內容。詞的意境也因而擴大加深。全詞以大量景語鋪陳、烘托，再以一句情語點化，承上啓下，形成首尾呼應的效果。全詞慷慨淋漓，氣魄雄渾，可說是陳維崧的當行本色之作。

陳維崧另有一首「悼亡」之作，通篇以寫情為主，然其間穿插一、二景語，疏略幾筆，便點化渲染出無限情意；一片茫茫之情，透過景語的收攝，更加意象化，具體化，使人心馳神往，情不能已：

鬋又廉纖矣。想天邊，也應長恨，淚如鉛水。牆腳野花無賴極，細算今朝開幾，攀摘罷，定然流涕。擬到橋頭尋日者，問半生、骨肉何如此。行人少，天新雨。　颼颼況是秋盈耳。憶家園，黔婁有婦，宛然鄉里。颯颯西風吹去了，留贈黃金鈿子。難怪我，桐枯心死。冷雨茜裙都染血，忍相拚，送入秋墳裡。憑恨曲、喚他起。

維崧妻儲氏，在他舉鴻博的第二年（康熙十九年）病逝宜興故里，晚年喪妻的維崧，對儲氏長年獨撐門戶的情深義重，尤其感念不已〔註19〕。這首〈賀新郎〉，便是作於康熙十年的儲氏忌辰。詞中寫悼

〔註19〕陳維崧對儲氏的情深義重，在〈贈孺人儲氏行略〉《文集》卷六）有詳盡描述，茲擇要簡述於下：陳維崧十七歲補博士弟子員，是時母湯氏病重，遂於是年十二月娶表妹儲氏。次年正月母即病逝，時維崧在澄江，不及送終，斂葬之事皆由儲氏料理。「母歿不及見也，含斂於吾妻之手焉，余迄今猶隱痛也。」儲氏雖出自名門，嫁入陳家後即任勞任怨，操持家務，事上扶下，生一子三女，惟長女存活，餘皆早夭。在與維崧結褵的四十年中，維崧長年奔波於外，每有錢

亡之情，宛轉深摯；而景語的取擇安排，亦顯出作者的匠心獨運；可謂抒情、寫景，兩相烘托，更顯光采。

立秋之夜，秋雨闌珊，秋聲盈耳。詞人徘徊庭院，無意間瞥見墻腳野花爛漫盛開，全然無視於秋風秋雨的欺打，好個「無賴」〔註20〕的野花！詞人繼而由此生發出生平感慨及無限悼亡追憶之情。以「黃金鈿子」比喻儲氏的情如金石，而以「桐枯心死」比喻人間至情的失落感。「憑恨曲，喚他起」折望亡妻死而復生的設想尤為癡絕，詞人用情之切，憶戀之深於此可以想見。通首只有一句「廉纖秋雨中的墻腳野花」的景語描繪，其中卻蘊含了「秋雨迷濛一片」與「野花幾朵」的對比，也是蕭條與生趣的對比，灰暗與鮮艷的對比；在重重對比映襯中，情感的張度也隨之提高，「野花無賴」的意象，是出以一點而涵蓋整體的象徵手法，其景愈美，其情愈傷，在景物的一筆勾勒中，哀樂之情，悼亡之意實已傾瀉滿紙，曳漾不已。

亦隨手散去，往往空橐而返，儲氏不問橐中裝幾何？卻先慰其勞苦。遇稅史催租，必不使聞見。維崧七試不遇，儲氏以軟語慰藉。康熙十七年赴京應試前，儲氏已知其女及姑（儲氏之母）歿，仍「日日強為懽笑，又扶病為余辦行裝，思親憶女隱約迴環，絕不令余知也。」儲氏於臨終前，也不作尋常酸楚話，猶吩咐婢子十二月初六是維崧生日，供佛時需用新鮮蔬果，夜漏五下，呼家人，留言維崧早納妾以延嗣，賢淑至此，無怪乎維崧對儲氏憐惜痛悼不已。

〔註20〕語出段成式〈折楊柳七首〉之五：「長恨早梅無賴極，先將春色出前林。」

第六章 《湖海樓詞》的藝術特色

第一節 生命基調的一貫呈現

在同一時代，或在同一傳統風氣的影響下，作家之所以能各具面
目風貌，關鍵因素乃在於：

> 一人有一人之性情，既不可強使之合，亦不可強使之分，
> 得乎心應乎手，各自吐其所懷，自成其一家之言，以待後
> 來之論定而已。（毛芝亭《瓜廬詞序》）

毛氏此言，和劉勰的「吐納英華，莫非情性」（《文心雕龍·體性》）
的說法是一致的。一般說來，言爲心聲，文如其人，這個論點和實際
情況是相吻合的〔註1〕。既然文章乃性情之事，那麼身爲一個文人，

〔註1〕文品與人品的關係是美學家爭辨不已的問題，以下便舉二例作一簡
　　　要說明：朱光潛對「文品與人品」的關係，其看法大致如下：藝術
　　　的活動出於直覺，道德的活動出於意志，一爲超實用的，一爲實用
　　　的，二者實不相謀。因此一個人在道德上的成就，不能裨益，也不
　　　能妨害他在藝術上的成就。批評家也不能從他的生平事蹟推論他的
　　　藝術人格。但從另一方面說，言爲心聲，文如其人，思想情感爲文
　　　藝的淵源……思想感情眞純，則文藝華實相稱，如屈原的忠貞耿介、
　　　陶潛的沖虛高遠……他的風格就是他的人格……。古今儘管有人品
　　　很卑鄙而文藝卻很優越的，究竟是佔少數，我們可以用心理學上的
　　　「雙重人格」去解釋。（《談文學·資稟與修養》）今人吳承學的看法
　　　則是：一般而言，文藝作品作爲一種精神的產品，總是會反映出作

除了必須具有「不讓蚊子踢一腳」的敏銳感應度外，屬於自我獨特的才性氣質更是不可或缺；當創作主體的心性氣質愈強烈時，其作品愈能自成一家之言；否則，雖「殫心力為之而不工」（郭麐《靈芬館詞話》），畢竟難以成為一流大家。況周頤《蕙風詞話》便有如下說法：

　　問：填詞如何乃有風度？答：由養出，非由學出。

　　問：如何乃為有養？答：自善葆吾本有之清氣始。

此處之「清氣」當指人與生俱來「各有獨得之妙」（陳霆《渚山堂詞話》）的心性氣質而言；人的品格、襟抱、志節可以通過後天的學習陶染而達於更高境界。但「不可力強而致」（曹丕《典論・論文》）的先天氣性，對作品的影響亦不容忽視，例如李白的詩，句句拔地倚天，句句欲活，極富個性色彩，實乃得力於天成者多。又如江淹在〈恨賦〉中，有「僕本恨人，心驚不已」之句，即點明他先天便具備了「恨人」的氣質──一種詩人特有的靈敏氣質──對人生的悲哀和不幸，深懷著過人的愁怨憾恨，因而時時心驚不已，外界任何細微的吹拂，都足以搖蕩他的心靈，發出痛苦的顫動。

　　而陳維崧，除了先天稟賦著「哀樂過人多」的「恨人」氣質外〔註2〕，更凸顯而強烈的是他那傾蕩磊落、兀傲不群的盛氣豪情，這

　　者的個性特徵來。……「文如其人」之說，總體而言，是有道理的。但這論點也並非處處適用，生活中的個性與藝術創作個性畢竟不能簡單的等同，並非每個作者都能通變創新，若因襲前人作品而不能超越，其作品風格自然也是摹擬而得，不一定與作者個性一致。此外，客觀因素如時代風氣、文體體制等影響，有時遠超過主觀因素，作者的個性，就因而被消融於客觀因素而障蔽不見，這種情況下，文與人，就不一定一致了。（《中國古典文學風格學》第三章〈人品與文品〉）

〔註2〕陳維崧喜用「恨人」一詞來自我描繪，如：
　　「新詞填罷蒼涼，更暫緩臨歧入醉鄉。況僕本恨人，能無刻骨？」〈沁園春・贈別芝麓先生，即用其題《烏絲詞》韻〉三首之二）
　　「紅燭如山，請四筵滿座，聽儂搨鼓。此日天涯謀作達，事更難於縛虎。僕本恨人，公皆健卒，不醉卿何苦。」（〈念奴嬌・次夜韓樓燈火甚盛，仍聽諸君絃管，復填一闋疊前韻〉）
　　「此諸公者，乃狂歌未已，離歌又促。僕本恨人臣已老，怕聽將歸

樣的氣性，在時代的變動、身世的侘傺兩相激盪之下，便「飆發泉湧」般不可遏抑地噴薄而出，而成為他的生命基調。

維崧雖然身為「三吳男子」（〈念奴嬌〉），卻與生俱有燕趙男兒的豪情盛氣，自幼至長，一心向慕的，無非是尚節義、重然諾，擊劍任俠的慷慨豪宕，他曾自敘道：

> 余幼讀龍門〈游俠列傳〉，如魯朱家郭解諸人，心常慕之。及覽班孟堅《前漢書》，見樓君卿、陳孟公諸公，則又未嘗不慨然太息也。（〈贈蔡孟昭序〉《文集》卷三）

> 坐家厭讀〈食貨志〉，浪遊未諳《風俗通》。以茲與世日齟齬，怒抉列缺鞭半隆。腰間亦有百石弓。舂然耳後生悲風（〈贈王司勳西樵〉《詩集》卷一）

> 憶昔鄙人甫束髮，爾時長嘯凌一往。鷂子盤空陸健舉，獅兒墜地颯森爽。（〈送大司馬合肥公還朝，長歌述懷〉《詩集》卷二）

說明了這位「一生肝膽傾豪賢」（〈梁谿贈吳伯成明府〉《詩集》卷二）「平生頗摹古人風」（〈春夜讌集散和益天子原韻〉《詩集》卷六）的才俊之士，在意氣橫逸，脫略公卿之際，並不是只知一味空枒的放蕩而已；只因胸中所蓄甚深，別具肝腸，故不屑於附和流俗，規規於尺寸之間罷了。他那峻嶒耿介的個性，流露於日常待人接物之際，則是愛憎分明、表裡一致，遇上「道不同、不相為謀」者，不惜學起阮籍的「白眼相加」：「不省坐客何語，欠伸久之，瞪目而已。」（〈與田梁紫書〉《文集》卷五），若是幸遇同道知交，寒夜論文，則又「燒燭惟嫌其不長」（季振宜《烏絲詞序》），其真率若此！他並一再強調：大丈夫做事貴在果決爽快，「男兒做事貴果決，全憑膽力相扶扛」（〈送錢編修越江暫假還松江〉《詩集》卷七）「男兒作事貴颯爽，乘興要駕黿鼉梁」（〈送蔣芳莩觀察入蜀〉同上），這些都是天然氣性的自然呈現。

當這種颯爽豪宕芝氣，形諸文字，自然是筆墨縱橫，恣肆自由，

絲竹。」（《念奴嬌·曹顧庵、王西樵、鄧孝威、沈方、汪舟次、季希韓、李雲田兄散木皆有送予歸陽羨詞，作此留別〉）

「傑然放筆一橫寫，軒若猛箭離弓弰」（〈除夕鈔《戰國策》戲作長句〉《詩集》卷八）這樣的寫作態度，其作品呈現的必然是氣勢不凡、別具標格了。

在陳維崧的詩、文、詞各類作品中，隨處可見他崇尙「豪氣」的文字：

> 余少讀詩，則喜〈秦風〉，每當困頓無聊時，輒歌〈駟鐵〉以自豪也。（〈孫豹人詩集序〉《文集》卷一）〔註3〕
>
> 余年十八九，獷性善跳躍。出語每排奡，作文鄙文弱。（〈哭文友周文夏侍御五言古一百韻〉《詩集》卷三）
>
> 丈夫意氣本飛動，吾儕文筆須清蒼。（〈贈侯闇公〉《詩集》卷三）
>
> 神仙將相詎難爲，萬事取之以氣。（〈西江月·喜見獅兒四首之一〉）
>
> 識得詞仙否？起從前，歐、蘇、辛、陸，爲先生壽。不是花顚和酒惱，豪氣軒然獨有。要老筆，萬花齊繡。（〈賀新郎·奉贈蘐庵先生〉）

以上所錄，不僅點明他氣性之所近，志節之所在，也說明了他「鄙文弱、尙豪氣」的審美好尙及創作傾向。影響所及，「言爲心聲」便成爲維崧創作各類文體的基本主張〔註4〕，不僅詩屬性情之事（見《和松庵稿序》），就連詞之爲體，也屬「聲音之際」，「抑揚抗墜之間，其關人性術者，豈微渺哉？」（〈孫豹人詩集序〉《文集》卷一）。而詞章，

〔註3〕〈駟鐵〉乃〈秦風〉之篇名。爲「美秦君田獵之詩」（屈萬里《詩經釋義》），原文如下：

駟鐵孔阜，六轡在手。公之媚子，從公于狩。
奉時辰牡，辰牡孔碩。公曰左之。舍拔則獲。
遊于北園，四馬既閑。輶車鸞鑣，載獫歇驕。

此詩内容乃記秦襄公初命爲諸侯時的田狩之事，園囿之樂。一派和樂，氣象疏朗健爽，維崧喜吟此詩，亦可見其審美好尙之所在。

〔註4〕陳維崧在《董文友文集序》中，有如下之看法：「夫言者，心之聲也。其心慷慨者，其言必磊落而英多；其心歡愛者，其言必和平而忠厚。偏狹之人其言狷，誅蕩之人其言靡，誕逸之人其言樂，沈鬱之人其言哀，要而論人，性情之際微矣。」（見《文集》卷二。）

尤其是陳維崧大半生心靈安頓的託庇之所，故《湖海樓詞》也就成了最能彰顯他本然「性術」的文學載體。其中，不論是抒發個人情志、或弔古傷今、或羈旅行役、酬贈往來、規模物類……，隨處都有一段元氣淋漓的眞精神映透於行間紙上。誠如他所說：「歌、猶詩也。歌焉而其人之生平、悲愉、可喜、飲食、格鬥、嬉笑、怒罵、不平、有概於中，一切於歌焉見之。」（同前）而陳維崧把這一切「有概於中」的情感，訴諸「聲音之際」時，都有一股慷慨盛氣流盪於其間，如同混混源泉，自然湧現，不可遏抑。這股「鏗鏘勃發」的盛氣及精神，就成了他的生命基調，也就是貫徹《湖海樓詞》由內涵到風格的基本情調；亦即在萬殊的情感及風貌的背後，都有這「莫之爲而爲，莫之致而至」的主要血脈在流盪跳動著，掌握了這一點，陳維崧其人其詞，就可以提其綱、挈其領，得其大要了。

　　陳廷焯評陳維崧詞曰：「其年詞沈雄悲壯，是本來力量如此。」（《白雨齋詞話》卷四），這一句「本來力量如此」一語道出《湖海樓詞》獨特藝術魅力的內層底蘊，確乎是探驪得珠，直指人心之的評！

第二節　富浪漫色彩的審美趣味

　　創作可包括寫什麼，與如何寫兩大範疇。在古代雅文學中，山水、花鳥、蟲魚；送別、遣興、懷古，已成了歷來文人代代相傳的共同題材。至於「怎樣寫」，則是各有巧妙不同。其間，個人的審美趣味與時代風尚，尤其起著主導性的作用。而個體與時代風尚之間，又有著相互制約與相互超越的微妙關係。以清初而言，不僅畫壇上有不同於傳統「師古」畫法的論點〔註5〕，學術界亦標舉「務實尚博」的新學風，與此桴鼓相應的，則有詞壇上的陳維崧追求與眾不同的審美趣味。當同時的詞壇大家如納蘭容若、朱彝尊等，還謹守著「騷情雅骨，

〔註5〕如惲格即提出「山不能言，人能言之」之說，主張在審美客體中注入審美主體的意識（見黃天發〈朱彝尊、陳維崧的詞風比較〉）

悱惻芬芳」(周傡《納蘭詞序》)、「清空醇雅」的詞學審美觀時,陳氏
早已超越傳統悱惻纏綿的審美意識,大步跨出「詞家本色」的領域,
而把詞人主體的審美意識提升到超越時代的高度,並把民族、社會和
個人的種種憂憤縮合起來;在強烈個性的主導下,盡情宣洩,於是蒲
牢一吼,萬馬俱瘖,一時間,在詞壇上刮起一陣狂飆之風。陳維崧之
所以能獨樹一幟,屹立詞壇,便在於他擁有與眾不同的審美意識和勇
於表現自我的藝術良知。

　　陳維崧獨特的審美情趣,具體反映在藝術形象的取擇安排和想像
的恢奇方面:

一、藝術形象的取擇

　　和其他一切文學作品一樣,詞是用藝術形象來「說話」的。換言
之,一切文學作品都是通過藝術形象來反映生活及思想。詩人、詞人
總是通過最精鍊的語言,展示生動的形象,並在形象中暗示自己的思
想,以達到「境生象外」的意境。這是一種「文出正面,詩出側面」
(王應奎《柳南隨筆》)的婉曲筆法,透過這種「詩家語」的象教特
色〔註6〕,詩詞所營造的藝術形象就更具典型,更為集中和含蓄。然
而宇宙間萬有紛呈,一切人、事、物態畢現,詩人詞家往往必須經過
一番爬羅剔抉的篩選過程,然後再進行素材的加工創造,今人錢鍾書
便以為:「百凡道藝之發生,皆天與人之湊合耳。顧天一而已,純乎
自然;藝由人為,乃生分別。……昌黎〈贈東野〉詩『文字覷天巧』
一語,覷字下得最好……造化雖備眾美,而不能全善全美,作者必加
一番簡擇取捨之工,即覷巧之意也。」(《談藝錄》)這時,各人的審
美眼光,便成了最大的取擇標準,各家不同的風格及藝術特色的形
成,亦由此分際開始,其端甚微,然而其效甚巨;而鑑賞者更可藉著

〔註6〕 朱光潛《談文學》說:「要人明瞭『理』,最好的方法是讓他先認識
　　　　『象』,古人所以有『象教』的主張,……文藝是一種『象教』,它
　　　　訴諸人類最根本、最原始而也最普遍的感官機能,所以它的力量與
　　　　影響永遠比哲學科學的較深厚廣大。」(見〈具體與抽象〉)

藝術形象的取材線索，順藤摸瓜，直探創造者幽深隱微的審美標準及
「匠心」之所在！

　　蔣景祁說陳維崧的詞是「不以常律拘」(《瑤華集述》)，表現在題
材的取擇上，便是透過他獨特的審美眼光，去捕捉「歷亂村煙」、「斜
陽廢館」、「斷壁崩崖」、「月黑楓青」、「昏鴉蔓草」、「柴門栗樣」、「淒
風苦雨」等意象入詞。再加上他愛用鋪張揚厲的動詞如「吼」、「裂」、
「卷」、「打」、「噴」、「發」等，因而筆下常塑造出「寒」、「慘」、「黑」、
「幽」、「峭」、「險」、「古」、「野」、「莽」、「狂」等光怪陸離的氣氛，
這與他早年嗜讀李賀詩〔註7〕及日後蹎躓的際遇、及由此際遇摩盪出
的人生哲學、生活方式‧都有密切的關聯。

　　在紛呈的萬象中，「荒祠」、「殘碑」、「古冢」更是他經常捕捉的
題材，如：

　　　　荒祠莫恨枕寒田，賤妾孤墳長在大王前。(《虞美人》)
　　　　踞寒崖，拂蘚剔殘碑，猿猱狀。(《滿江紅》)
　　　　斜日亂碑森怪蝟，危岡怒石蹲奇獸。(《滿江紅》)
　　　　古碣穿雲蟑。(《賀新郎》)
　　　　此處豐碑長屹立，苔繡墳前羊馬。(《賀新郎》)
　　　　誰相問，縱殘碑尚在，一半銷磨。(《沁園春》)

荒幽的古祠，斜日中的亂碑孤墳，這些一般詞家較少碰觸的題材，經
過陳維崧慧眼的攝取，便把「荒煙殘照不勝情」(《南浦》)的內容意
境，透過獨特的藝術形象，作最大的渲染，達到以一點而涵容上下古
今的效果。再看以下一首：

　　　　古寺高邱，雨溜松毛土花澀。有破空石龕，呀然如竇，懸
　　　　崖鐵纙，窈然而黑。壞棧盤雲仄。烏窺處，龍湫深極。誰
　　　　人作，校尉摸金，千載畫衣化煙色。　隱隱便房，迢迢夜
　　　　壑，風吼魚燈逼。問珠襦玉匣，幾年耕破，金釵銀碗，誰
　　　　人拾得。牧子頻吹笛，惹漢武、秦皇沾臆。歎多時，樂大
　　　　城荒，徐福歸何日。(《一寸金‧距亳村不數里有古剎曰敬光庵，

〔註7〕維崧於〈與宋尚木論詩書〉中自敘：「幼好玉臺、西崑、長古諸體……。」

> 庵側有一高邱或穴，其下乃得古冢，隧洞幽涼，明器怪詭，似是古侯
> 王墓，詞以紀事。〉〉

古冢內外的景色，既幽且怪，使人心驚不已，可是陳維崧卻從殘缺破
敗的客體中，感受到「美」的存在，透過奇詭荒涼的氣氛，引發出悠
遠的歷史聯想，興亡之感。頗有「思接千載」、「視通萬里」的效果。
古寺荒邱，古冢明器的殘破，再出以「硬語」、「瘦語」的傳遞，不僅
做到了內容與形式的統一，也把光怪陸離的氣氛，渲染到極點。

　　此外，陳維崧還借著記敘「鬼聲」之屬，來抒發「鬼怨」，曲筆
傳遞明末清初的鋒火鐵蹄，給人間社會帶來的巨大災難。而在陳維崧
的倡導下，陽羨詞人也共同以〈沁園春〉的詞牌疊相唱和，唱出一組
「甲寅十月初五夜」的「鬼嘯」詞〔註8〕。在一片「荒郊愁火」、「夜
唱孤墳」聲中，詞人悲憫的胸襟和獨特的審美意識，一併流出。陳維
崧這首〈沁園春〉，詞有題序說：「甲寅十月，余客梁溪，初五夜剛半，
忽有聲從空來，窅然長鳴，乍揚復沈，或曰此鬼聲也。明日鄉人遠近
續至，則夜中盡然。既知城中數十萬戶，無一家不然。嘻，亦大異矣，
詞以記之。」甲寅爲康熙十三年（1674）上距「甲申之變」正好三十
年。詞云：

> 葉黑楓青，紙窗碎鳴，其聲嫠然。似髑髏血繡，千般訴月，
> 罔靈薜澀，百種啼煙。鴉嘯輖張，猿吟淒異，崩剝前和樹
> 腹穿。親曾聽，在他鄉獨夜，老屋東偏。　　詰朝遠近喧傳。
> 編簷雷啾啾卻復前，豈長平坑卒，盡憑越峴，東陽夜怪，
> 群會突天。滿縣彭生，一城伯有。鬼董搜神仔細編。然疑
> 久，怕難採龜莢，且問筳篿。

詞的上片寫鬼聲，先營造出「葉黑楓青」、「紙碎窗鳴」的詭異氣氛。

〔註8〕當時陽羨詞人如史惟圓有〈沁園春·十月初五夜記鬼聲之異〉一首。
　　　曹亮武有〈沁園春·甲寅十月初五夜，鬼聲嫠然，舉國莫不聞者。
　　　既而其年自梁溪歸，亦有記鬼聲詞，屬余和之。〉之作，他們不約
　　　而同地把「鬼聲」與「鬼怨」聯想一處，透過慘遭烽火鐵騎踩躪的
　　　枉死冤魂的哀告呼天之聲，來傳遞那一時代人民的共同災難，雖出
　　　以搜神志怪之筆，實有反映批判現實的深意存焉。

接著點題，以「似髑髏血繡，千般訴月」的譬喻，把似眞似幻的哀淒鬼聲，具體形容描繪，這樣的聯想比喻，不僅是起死回生，而且浪漫淒絕。下片則是詞人生發的歷史感慨，把「鬼聲」與歷史上的暴政聯綴起來，「鬼怨」的主題思想便昭然若揭。全詞以陰慘淒絕的藝術形象，曲筆傳遞了「陰府怨深，人間恨多」的象外之意，從「鬼聲」寫到人間苦難，這是陽羨派詞人「敢拈大題目，出大意義」（謝章鋌《賭棋山莊詞話》）的具體實踐。

　　由於陳維崧喜歡讓感情的洪流奔騰傾瀉，所以他偏好構築闊大雄健的意象。如他寫梅花是：

　　　十萬瓊枝，矯若虬龍，翩若玉鯨。（〈沁園春〉）

寫殿宇之富麗是：

　　　龍德殿，月華門內，萬枝鳳蠟熒煌，（〈滿庭芳〉）

寫金陵之繁華是：

　　　水花風片，有十萬珠簾夾煙浦。（〈尉遲杯〉）

寫雪夜即景是：

　　　海上玉龍舞，糝作滿空花。城中十萬朱戶，瓊粉亂周遮。（〈水調歌頭〉）

即使寫婉約之情，亦是意境開闊，如：

　　　重嗟餘耳，總不如，春水江南，柔藍千里。（〈四代好〉）

　　　剩薺菜連天，檀心嬌煞無人管。黃了春城一半。（〈鳳銜杯〉）

不論情感的濃、淡、輕、重，景物的細、大，他都傾向於以誇張渲染的筆法，來構築雄闊之境。這樣的審美好尚，當是來自詞人的湖海豪氣吧！

　　即使運用托物寄意的手法，也往往以充滿動感，磅礴雄偉的物象爲載體。如他經常以豪氣軒舉的雄鷹形象入詞，如〈醉落魄·詠鷹〉，便是以鷹喻志的代表作。「角鷹刷羽，脫鞲固是橫絕」（〈念奴嬌〉）「莫作戀豆馬，直學脫鞲鷹。……萬里惬飛騰。」（〈水調歌頭〉）。而「箭與飢鵰競快，側秋腦，角鷹愁態」（〈夜游宮·秋懷〉四首之三）、「角

鷹秋起，怒決荒臺」（〈沁園春〉）皆是借獵鷹的威猛氣概以自況。同樣的形象也出現在他的《湖海樓詩》中，如「我生逼側不稱意，角鷹失勢鳴飢腸」。（〈贈吳默岩先生〉《詩集》卷六），「欲歸未歸不稱意，攪翅學作飢鷹呼。」（〈地震行〉，同前）。藉著這聲色俱屬，骨力遒勁的形象來自比，使人充分感到作者發揚蹈厲，雄跨一時的氣魄。

也由於陳維崧成長於神州大地風雲變幻的年代，加上「半生偪側」，心靈上的窮途悲哭，便常借「狂飆」、「怒濤」的意象來宣洩，如：

> 怪底燭花怒裂、小樓吼起霜風。（〈清平樂〉）
>
> 秋色泠并刀，一派酸風捲怒濤。（〈南鄉子〉）
>
> 笑中原，從古戰場多，陰風吼。（〈滿江紅〉）
>
> 霆轟電擊，算君才眞似怒濤千斛。百感淋漓風驟起，劈裂滿堂樺燭。（〈念奴嬌〉）
>
> 天風忽下，劈破青紅繭。（〈洞仙歌〉）

詞人「茫然未遂」的滿腔孤憤，盡在淋漓飛舞的驚風駭浪中傾瀉而出。

除了取材外，他還善於選用色彩字來營造特殊的氣氛，在《湖海樓詞》所使用的諸多色彩字中，以紅、金、黑等色爲多，如：

> 夜涼金街天似洗。（〈蝶戀花〉）
>
> 對秋風強舉金尊，又是夕陽西下。（〈瑤花〉）
>
> 月黑沙黃，此際偏思汝。（〈醉落魄〉）
>
> 好風休簸戰旗紅，早送鱸魚如雪，過江東。（〈虞美人〉）
>
> 惡浪千堆麼黑，戰旗一片搖紅。（〈風入松〉）
>
> 沈吟久，怕落紅如海，淚入春江。（〈沁園春〉）
>
> 長城夜月一輪孤，沙場戰馬千群黑。（〈鵲踏花翻〉）
>
> 絳質酣春，紅香寵午，唯許茜裙親折。（〈喜遷鶯〉）

在各色紛陳中，又以「紅」色的意象最豁人眼目，在陳維崧筆下，紅色可以寫豪情，寫艷趄，都有一份厚重的情感貫注其中，氣氛濃艷而鋪張。有時他更用「血」字來傳遞不同層次的「紅」的意象，如：

> 一派灰飛官渡火，五更霜灑中原血。(〈滿江紅〉)
>
> 拓弓弦，渴飲黃獐血。(〈賀新郎〉)
>
> 是鵑血，凝羅袖。(〈賀新郎〉)
>
> 短短墓門花似血。(〈念奴嬌〉)
>
> 驪山山下，料應紅樹如血。(〈念奴嬌〉)

在「紅」色的張揚艷麗中，「血」字又多了一份淒涼詭異之感，更具聳動人心的效果。黃永武在《詩心》中說：「溫庭筠的詩，特別喜用紅字，幾乎有一半的詩，必有紅色。……溫氏這樣喜歡以紅色來裝飾他的詩國，和李賀偏愛以白色來裝飾他的詩國一樣，這二種顏色十足代表他們不同的個性。」只是陳維崧的「紅」色和溫庭筠的「紅」色，又各自代表著不同的意趣，陳維崧以正面的紅色寫他的熱情，以背面的血色寄託他滿腔的鬱勃之氣，所交織出的意境是既淋漓恣肆又淒艷迷離，自有一份炫惑的美感。

二、英思奇想，不落凡俗

蘇東坡說：「詩以奇趣為宗，反常合道為趣。」(《詩人玉屑》卷十引)，陳維崧的詞想像豐富，如天馬行空，令人無從捉摸，充滿浪漫主義色彩，也具備了「反常合道」的奇趣。例如：他形容何鐵的篆刻功夫是「雀刀龍笛，騰空而化」(〈賀新涼〉)詞人沾墨欲飛的巧思，與何鐵雕刻的技藝，同樣到了巧奪天工的境界；形容白生彈琵琶的聲音是「忽然涼瓦颯然飛，千歲老狐人語」(〈摸魚兒〉)；陳維崧馳騁其聯翩奇想，把抽象的琵琶聲，借著「涼瓦颯飛」與「老狐語」兩種意象傳遞，簡潔而饒富詭異之趣，才人伎倆，實不可測。而寫不平之情，則是「且挈青萍，化為鐵笛，作狂龍吼」(〈醉逢萊〉)。「青萍」、「鐵笛」兩個看似毫無關聯的意象，詞人把它們聯綴一起，一個「化」字，便妙合無垠，提升到一個新的境界。及至最後「作狂龍吼」，則是龍行在天，聲震寰宇，詞人超凡的胸襟、豪邁的氣勢，也在逐層提升的意象中，彰顯無遺。所以史惟圓說他：「倚聲寫句，鏤冰雕玉，風檣

陣馬，牛鬼蛇神」（〈沁園春・題《烏絲詞》〉），確乎是掌握了陳維崧特有的藝術趣味。

《湖海樓詞》中，頗多英思壯采之筆，從立意、構思到意境的構築，往往都能平中出奇，引人入勝。如〈虞美人・秦園小憩〉：

> 綠沙廳折風廊去，是我曾眠處。萬條柳線罨簾櫳，無限狂奴，春夢在其中。　花間郭橐駝來了，也較年時老。海棠枝上坐流鶯，認否劉郎前度問他聲。

詞寫秦園小憩，本屬日常瑣事瑣題，而作者卻異想天開地以狂奴春夢、郭橐駝、前度劉郎等事下筆，不僅打破時、空限制，並把歷史人物帶進現實，賦予生命，一場小憩，成了歷史人物的會集，意象也更爲豐富鮮活。這既反映了作者想像的豐富，構思的巧妙，也不著痕跡地透過歷史人物來寄寓自己的理想願望。再如〈念奴嬌・游京口竹林寺〉上片云：

> 長江之上，看枝峰蔓壑，盡饒霸氣。獅子寄奴生長處，一片雄山莽水。怪石崩雲，亂岡淋漓，下有黿鼉睡。層層都挾，飛而食肉之勢。

山水是實象，「霸氣」是虛象；由於詞人一心嚮往的是像劉裕一樣，在雄山莽水間建立一番功業，所以怪石亂岡，枝峰蔓壑，都蒙上一層詞人主觀想像的「霸氣」，形成氣勢逼人的雄奇意境。

又如〈賀新郎・送王正子之襄陽〉上片：

> 立馬和君說。到襄陽、爲余先問，隆中諸葛。往日英雄潮打盡，怪煞怒濤崩雪。今古恨，總多於髮。再問大堤諸女伴，白銅鞮，可有閒風月。誰彈向，楚天瑟。

通過作者的兩次托問，打破了古今時空的隔閡，讓神機妙算、運籌帷幄的孔明先生，來解答歷史變遷之故，無怪乎陳廷焯認爲此詞問得「奇絕」（《白雨齋詞話》卷三），便是見其構思奇絕，充滿浪漫主義色彩。

在一些日常閒情之作中，也常因他不凡的想像及構思，而營造出活潑靈動的情趣，如以下二首：

> 空村如瀞靜悄。不用鄰翁掃。水柵罨聲響。沙映水逾瀟照。

傍岸松半老。閒來靠。漫理晴江釣。釣絲裊。　涼颼暗襲，
得風叢竹都笑。帆投極浦，兀兀櫓聲將杳。興倦收綸起荷
蓧。恰好。窺人一點月小。(〈隔浦蓮拍近‧夏日村居〉)
連宵怯雨思難裁。鵲聲催。曙光開。且逐晴絲，蕩漾繞城
隈。我比晴絲還更懶，風送我，轉徘徊。　千尋佛閣倚崔
巍。眺骨臺，漫生哀。閣外遙山，幅幅疊春苔。爭學諸天
螺髻樣，青萬朵，逼窗來。(〈江城子‧春雨新晴，過吳城西禪寺，
登摩利支天閣。同澹山圍次雲臣南水賦〉)

這兩首詞，一寫村居的閒情逸趣，一寫登高遠眺的怡然暢適。面對賞
心悅目的自然景物，詞人充分發揮其想像力，藉著多種辭格的運用，
而營造出趣味盎然的意境。如：以「澔」字譬喻空村之靜，可謂妥帖
傳神之妙想。而擬人法的運用，更是奇思駿發，令人傾絕。如「涼颼
暗襲，得風叢竹都笑」、「恰好。窺人一點月小」、「閣外遙山……爭學
諸天螺髻樣，青萬朵，逼窗來」，詞人移情入景，把一切靜物擬人化，
便多姿多采，情韻曳漾不已。再加上「青萬朵」的誇飾手法，更造成
視覺感官上的驚異悚動效果，可謂極盡形容之能事。至於「晴江釣。
釣絲裊」、「我比晴絲還更懶」都是出人意表的構思，饒富趣味，勝人
處便在此。

　　而散見於各詞的神來之筆，也不在少數，如「況值杯中山色好，
吸取晴崖翠壁」(〈念奴嬌〉)把杯中美酒與山色聯想一處，頗具創意
及情趣。「一派大江流日夜，捲銀濤，舞上青山髻」(〈賀新郎〉)寫長
江之雄致，淋漓雄闊，排盪入天，不讓東坡之〈赤壁賦〉專美於前。
「憶得危崖騰健鶻，咽秋燈，夜半歌山鬼。風乍刮，鬢成蝟」(〈賀新
郎〉)則是神采飛揚，烙有鮮明的個性印記。「四壁豈無窮可送，九天
只有愁難寄。放狂歌，金鐵一時鳴，吾衰矣」(〈滿江紅〉)，不僅對仗
工整，且在窮愁無從寄送之絕境中，驀地以「狂歌」振起，聲情俱厲，
嘆老嗟衰而不失其飛揚跋扈，實乃豪雄之手筆。至於「一派灰飛官渡
火，五更霜灑中原」(〈賀新郎〉)、「白雁橫空如箭叫，叫盡古今豪傑。
都只被，江山磨滅」(〈念奴嬌〉)、「我有銅人千行淚，撲地獅兒騰吼」

（〈賀新郎〉）都是驚才絕艷而又倍感蒼涼之筆。

　　陳維崧艷富而浪漫的想像力，除了構思奇絕外，也表現在取材方面。例如他便以「老鼠」為題材，而有「詰鼠」、「鼠對」之作，人鼠之間的對話，看似嬉笑怒罵，實則有深義存焉：

> 秋夜燈青，窻窣作響，先生拔劍而怒。鼠輩來前，復何敢爾，爾罪誠難悉數。蛇蝮猶堪耐，不耐汝曹傴僂。每到更深，觸翻杯瀝，動搖屏柱。　書籍縱橫遭點污。捫撦到，五車六庫。穴內乘車，蜜中漬矢，變幻難憑據。飲河歸，休浪喜，高堂下，獄詞先具。速付歐刀，便齏粉，也思薰汝。（〈氏州第一・詰鼠戲同雲臣作〉）

> 帶月啼梁，乘夜發屋，戴頭人立而語。顧謂主人，憎予太甚，芥蒂寧因細故。竇藪無長物，幸託坳堂沮洳。昔在倉中，李斯丞相，記曾相慕。　今日深文何太苦。笑作事，乃公殊誤。俠不屠龍，仙難控鶴，僅磔張湯鼠。安能久居鬱鬱，化青蝠，凌空飛去。古洞長松，有貙貚，是吾伴侶。
>
> （〈氏州第一・鼠對〉）

這兩首詞從立意構思、取材到謀篇佈局，陳維崧都大膽馳騁其想像，在前人創作的基礎上〔註9〕，加入新的素材，重新加工、包裝；他把賦體的問答、散文的筆法、典故的運用等各種筆法融於一爐，妙合無間，妥帖流暢；二詞看似分立，實為一體；寓意深遠，寓諧趣於敘事說理之中。《詩經》溫柔敦厚的詩教意義，使藉此戲墨文字傳達了。方東樹於《昭昧詹言》中說：「敘事能敘得磊落跌宕中又插入閑情，分外遠致。」這兩首人鼠間的對話既有閑情，更具備了「遠致」之境，這類作品，便是陳維崧「浪漫為體、寫實為用」的典型代表作，值得細細玩味。

〔註9〕　《詩經・魏風・碩鼠》便是用象徵手法來表現農民對統治者沈重剝削的怨恨及控訴，詩人將巧取豪奪者比喻成貪婪害人的大老鼠，農民不堪長期的壓榨，祇得遠尋「樂土」，另覓生路。此詩比喻巧妙，感慨深沈，是一首典型的社會寫實詩。

第三節　絕假存眞的藹然深情

如果說，「文」是以理服人，那麼，「詩」便是以情感人。司馬遷的《史記》由於「其文直、其事核；不虛美、不隱惡」理實而情眞，因而被班固譽之爲「實錄」（《漢書‧司馬遷傳》）。李、杜詩之所以「光芒萬丈長」，主要因素之一，便是由於其中有「一片眞氣」（鍾惺《唐詩歸》）在。於此可見，不論敘事說理、抒情言志，皆以「疾虛妄、貴情眞」爲尙。詩文如此，即詞，又何獨不然？歷來詞評家對此多有論述：

> 古無無性情之詩詞，亦無捨性情之外，別有可爲詩詞者。若捨己之性情強而從人，則在今日餖飣之學，所謂優孟衣冠，何情之有？……故予言，凡詞無非言情，即輕艷悲壯，各成其是，總不離吾之性情所在耳。（徐銳《詞苑叢談》卷四）
>
> 詞自抒胸臆，殆爲無弦之琴，無腔之笛而已。（謝章鋌《眠琴小築詞序》）
>
> 無論詩、古文、詞，推到極處，總以一誠爲主。（陳廷焯《白雨齋詞話》卷八）

或言性情，或言胸臆、或標舉至誠，均不外乎強調「眞」字才是詞心、詞骨所繫，歷來詩文詞之大家，其所以大過人者亦在此。

《湖海樓詞》的一大藝術特色，便是一片至情至性，隨處流盪，一往情深，不可遏抑。陳廷焯對陳維崧詞評讚甚多，中有一則云：「每讀其年詞，則諸家意皆披靡。以其情勝，非以其氣勝也」（《詞壇叢話》）。當一般人的心神眼目爲《湖海樓詞》的悍霸之氣所奪時，往往忽略了這股「兕吼熊啼，悍然不顧」（《白雨齋詞話》卷四）的氣勢，實來自於他深情一往的自然流露；他的情感豐盈而充沛，或如盈盈春江，或如怒濤滾滾，但總以暢流顯豁爲快。再加上他「作人鄙文弱」的氣性，於是，人事的悲歡離合，便成了宣洩情感的缺口，萬斛泉流，汩汩而出，一片眞情眞氣，映透紙上，形成個人特有的藝術特色，而讀者也能充分體會出詞人那「酒逢知己飮，詩向會人吟」的赤心相對，進而發出心靈的共鳴。

　　《湖海樓詞》眞摯的深情，尤其表現在陳維崧對親情倫常的重視及不矯揉、不自欺的生活態度上。例如他長年羈旅飄泊在外，對家鄉的妻子、分散各地的手足仍懸念不已。詞集中便有〈減字木蘭花〉多首，分別寫給三弟緯雲、四弟子萬、五弟阿龍，一片慈藹的長者襟懷，自然流露〔註10〕。而寫給妻子儲氏的則有七首之多，中有「零落而今。累汝荊釵伴蒿砧」（〈減字木蘭花・歲暮燈下作家書竟，再繫數詞格尾〉七首之一）之句，愧疚之中，更有無限深情，眞摯而動人。而作於儲氏忌辰之〈賀新郎〉一首，尤其感慨風生，賺人熱淚，詞上片云：

> 嫁與黔妻矣。憶糟糠，摳他不住、兩眸清水。爲我懸弧繙梵夾，下列瑤籤第幾。直絮得，鸚哥流涕。今日蓬幢余轉拜，願相憐，再世休如此。花簌簌、墮成雨。

維崧「一生慣作飄蓬計」，然伉儷情深，不因時空的阻隔而稍滅，此首悼亡詞，讀來一字一淚一句「願相憐，再世休如此」，千般悔恨與憐惜，悠悠道出，亦見其用情之癡絕。

　　除了親人外，陳維崧對友朋輩更是看重不已，他曾自述：「老子平生事，慷慨喜交遊」（〈水調歌頭〉）、「才退貧居，心灰老至，只有朋情急」（〈念奴嬌〉），故當他得知昔日老友丁澎過赦得歸後，高興得「大叫高歌，脫帽歡呼，頭沒酒杯裡」（〈稍遍〉），不以狂放爲嫌。與他並稱「江左三鳳凰」的吳漢槎，於流放廿三年後，終返家園，陳維崧在發出「不信娥眉眞見贖」的驚嘆後，不禁「感恩我亦淚潺湲」（〈喜漢槎入關〉《詩集》卷八）地流下悲喜交織的淚水。眞情眞意，如見肺肝。而當他面對龔鼎孳這位對自己賞愛有加的前輩時，更是毫不掩飾自己的情感，以最眞實的面目呈現，「古說感恩，不如知己，厄酒

〔註10〕《湖海樓詞》中，贈弟之詞有三十多首，其中又以寫給三弟維岳，四弟宗石的爲多，詞中多殷殷勸勉之意。此外，他在〈上宋蓼天總憲書〉中，除了表達自己末路窮途的窘況，請求扶植外，也不忘帶上其弟宗石，盼宋蓼天對其「加意垂青，多方覆幬」可見其用心良苦。《詩集》中，也不乏贈弟之作，凡此，均可看出，陳維崧雖長年漂流，然而對諸弟的情感依然深摯，並扮演如父如兄的角色，同時也能獲得諸弟的敬重。

爲公安足辭。吾醉矣，纔一聲河滿，淚滴珠徽」、「況僕本恨人，能無刺骨，公眞長者，未免沾裳」（〈沁園春〉），抒發哀怨而不忘感恩致意，《詩經》「怨而不怒」的溫柔敦厚，於此可見。

更可貴的是，長久的潦倒失意，並沒有剝奪了他最珍貴的情操——對生命的關懷及同情。他以筆代口，替悲苦的大眾發出不平之鳴：「搖手亟謝翁，一曲雨淋鈴，不抵卿言苦」（〈金浮圖〉）、「章江門外，玉碎珠殘。爭擁紅妝北上，何日遂生還？」（〈八聲甘州〉）、「天畔蠶叢路。記當日、錦城絲管、華陽士女。一自愁雲霾蜀棧，飛下桓家宣武。有多少，花鈿血污。十萬蛾眉齊上馬，過當年，花蕊題詩處。葭萌驛，鵑啼苦。」（〈賀新郎〉）或天災，或人禍，詞人看在眼裡，痛在心裡，不惜以「直筆」對抗清軍的「鐵騎」，可謂俠骨熱腸，情義深重！

至於個人的得失哀樂之情，詞人更是直抒胸臆，毫不忸怩作態。他時而憤懣：

> 半生孤憤酒難澆，挑燈且讀《韓非子》。（〈踏莎行〉）
> 我有銅人千行淚，撲地獅兒騰吼。（〈賀新郎〉）

時而自我解嘲

> 自昔奇才多淪落，涸跡屠羊牧豕。算奴價，竟何如婢。（〈賀新郎〉）
> 耽放浪，恣蕭閑。煙波境界十分寬。新街麴部兼茶部，舊署園官并橘官。（〈鷓鴣天〉）

時而消沈：

> 無夢覓封侯，隨緣作浪遊。（〈唐多令〉）
> 堪憐阿堵，垂老詎曾親識汝。溝水東西，男兒何用意氣爲？（〈減字木蘭花〉）

又時而悲涼：

> 博望野花紅染血，訴行藏，風裡休悲咤。恐又震，昆陽瓦。（〈賀新郎〉）
> 萬鍾寧我加哉。且濡髮狂歌乾百杯。……世上誰人識此懷。

樽猶熱，儘天公顛倒，造化安排。(〈沁園春〉)

然而，難能可貴的是，縱使「萬事亂紛，一身偪側」，他一直秉持著「硬箭強弓」般的個性，不曾真正放棄過：

塵世風波似海，狂奴談笑風生。(〈清平樂〉)

慷慨悲歌，旁若無人，進君一觴。……末路崎嶇，舊游零落，哀樂縱橫不可當。……飛而食肉，此志難忘。(〈沁園春〉)

陳維崧也有他豁達灑脫的一面：

陽烏酣戰，身似吳牛偏易喘。緩彎彷徨。我有田園萬斛涼。桐廊茗汁。此事如今那可得。黃鳥多情。小店風潭囀一聲。
(〈減字木蘭花〉)

簟滑涼於水，幬虛翠若空。花陰得失鬧雞蟲。覺後掀髯，一笑夕陽紅。(〈偷聲木蘭花〉)

以上種種情感，都是詞人絕假存真，最真摯的心靈告白，一字一句，「卻似真珠顆」般，跳盪不已；又彷彿詞人已從字裡行間走出，與讀者促膝而談，一切事、一切意，無不可言；那一往情深的專注神態，自然使人聞之動容，感同身受。這種藝術性的遇合之美，實在是陳維崧以生活入詞，以真情馭詞，乃有以致之。

第七章　結　論

　　綜合上述各章的探究結果，本章擬就個人研究心得，作一扼要說明，除了突顯陳維崧「浪漫為體，寫實為用」的生命價值追求外，並以此見出這個大時代中的小人物，在平凡一生中所導引開創出的不凡局面。此外，《湖海樓詞》以豪放為主的詞風，與「敢拈大題目，出大意義」的內容，在豪放派流衍發展的過程中，有其「情與貌，略相似」的風格近似處，更有內容上的開疆闢遠之功。陳維崧在詞史上的地位，及對豪放詞的繼承與開新，於此，便可充分領略。茲分述於下：

　　一、真情實感是一切文學作品的首要質素，其備此一條件，則一篇佳作，便是一副心腸、一種胸次、一個境界。在文學史上，陳維崧不是一流大家，但他人品與文品的和諧統一，確屬難能，置之大家之林，亦不遑多讓，這是由於他用全生命來生活，並用生活來充實文學生命之故。陳維崧出身於簪纓世家，來往師友長輩多忠義之士，故胸中所蓄，不外儒家經世濟民之懷。加上他才氣淵茂，個性豪爽，全身洋溢著一般浪漫的熱情與自信，恰似北海之鯤，只待水擊三千里的時機到來，就要化為鵬鳥，扶搖直上。遺憾的是，他所等到的，卻是一個喪亂流離的年代。在飽經磨難的生活中，他目睹了社會最真實的一面，因而更貼近下層人民的苦難心靈。於是，他把滿腔的熱情，與登天之雲般的才情，轉化成一隻如椽大筆，深刻而真切地寫下風雲時代

中，每一個小人物的哀樂心聲，當然也包括他自己。至此，「浪漫爲體，寫實爲用」的新生命於焉誕生。他脫下了早期富麗璀艷的外衣，以最眞實的心靈來貼近大地，與萬化血脈相連。豐富的生活體驗、細密的觀察與深切的同情，隨著湖海飄零的歷程，一一形諸筆端；並配合理論的闡發，同道的相應，終於在詞壇上導揚一代宗風。他用筆底的驚濤風雷，來震撼昏瞶迷亂的人世；一心要在詞的天地中，營造出另一個不朽的生命與志業。《湖海樓詞》便是他一生「拋將心力作詞人」的心血結晶，在此，我們看到了自孔子以來，便志在立身行道的文人的共同理想，也聽到了漫長歷史中，淪落不偶、蹭蹬窮途的士子的共同悲歌；不同的是，陳維崧是用「大叩大鳴」的方式來完成的。

令人驚異佩服的是，他不僅有善於轉換的智慧，更有堅持的毅力，那股大拯橫流的浪漫理想與熱情，始終存在，因而才能形成「哀樂過人多」的藝術主體風格，及晚年仕情的矛盾與尷尬。這種痛苦的堅持，可由下列兩句，窺知一、二：「我爲若起舞，若定解此不？」（〈水調歌頭〉）、「萬事誰眞誰算假，拍紅牙，那便閒生活。持此意，問迦棄。」（〈賀新郎〉），一問再問，至於解與不解，答與不答，實不重要；重點在於，這才是詞人的用心痴絕處，也是他生命特質的動人處！

二、詞這種自隋唐以來，配合著當時流行的音樂而演唱的歌曲，從中晚唐之際，由士大夫染指寫作之後，其所經歷的原是一段由俗曲而漸趨詩化的過程。從早期的溫庭筠、韋莊，到南唐馮延已與李璟、李煜父子，再至北宋前期的晏殊、歐陽修諸人，其風格與成就雖各有不同，但其遞嬗演進之跡，卻是同樣向著歌詞詩化的途徑，默默進行著。這種演進，迄於蘇軾之出現，遂爲詞之詩化，創造了一個雲飛風起的高峰（參見《靈谿詞說》頁 425）。然而蘇軾畢竟還是以寫詩的餘力爲詞，所以他雖有意爲詞體開疆拓土，卻沒有在北宋詞壇上獲得普遍的認同與迴響。其後，經過了靖康之難與北宋淪亡的世變，於是在南宋詞壇上便激起一般雄健悲慨的詞風，辛棄疾便是此中的代表人

物。他繼承了蘇軾的觀點，不把藝術形式放在第一位，並且在更大的程度上衝破了詞體的格律、顯出自由恣肆的精神，把詞的豪放風格加以發揚光大，進而蔚然形成一大宗派，成爲詞壇的主流，自此蘇、辛並稱，共歸「豪放」。陳維崧崛起於清初詞壇，在世情的激盪下，他率先發出雄闊之音，導揚「陽羨」宗風，而他那感激豪蕩、雄直俊爽的詞風，自然被視爲蘇、辛豪放詞風的傳人，在詞史上也意謂著自明詞衰頹以來，豪放之風於清初的再度振興，意義不可謂不大。以下便從創作態度與風格內容三方面分別言之：

（一）就創作態度言：「情性之外，不知有文字」（元好問〈新軒樂府引〉《遺山先生文集》卷三十六）不僅是東坡詞的創作特色，也幾乎是豪放詞人的共同創作特色。他們都追求自然天成的藝術創造自由，自抒胸臆，而不刻意追求文字的工拙，就如《輟耕錄》所說：「才人之詩，崇論宏議，馳騁縱橫，富贍標鮮，得之頃刻。」歷史上傑出的藝術家，往往都是雄才自放，信手拈來，自然豐神諧暢，不求工而自工。在這立足點平等的基礎上，豪放派詞人們又各自伸展出不同的風致精神。

（二）就風格言：同屬豪放派詞人，畢竟有其同而不同之處。王國維便以「東坡之詞曠、稼軒之詞豪」（《人間詞話》），概括而中肯地標舉出二人不同的精神風貌。陳維崧的豪放詞風，和兩位宋代前賢相較之下，有其借鑑神似處，也有其風神自出之處。

陳廷焯評陳維崧詞有「至陳（維崧）、朱（彝尊）則全以才氣勝」、「陳其年〈哨遍〉兩篇，一氣盤旋，排山倒瀉。論其氣力，幾欲突過稼軒」（《白雨齋詞話》卷六），而論稼軒，則云：「辛稼軒，詞中之龍也，氣魄極雄大」（《白雨齋詞話》卷一）、「觀稼軒詞，才力何嘗不大，而意境亦何嘗不沈鬱」（《白雨齋詞話卷六》）。「才氣」、「才力」、「氣力」、「氣魄」，用詞不一，然均是強調這些質素在他們的創作過程中，實起著主導作用。而論及東坡，則多強調其「襟懷」的超逸曠達，如「東坡心地光明磊落，忠愛根於性生，故詞極超曠。……後人無東坡

胸襟……漫爲規模，適形粗鄙耳。」、「超曠中見忠厚難，此坡仙所以獨絕千古也。」（《白雨齋詞話》卷六），蔡嵩雲則曰：「東坡詞變幻空靈，境高意遠，……然有其才力而無其胸襟，不能學也。」（《樂府指迷箋釋》）

由上述諸評看來，陳維崧的豪放風格與辛棄疾較爲神似，所以朱彝尊在〈邁阪塘·題其年塡詞圖〉中云：「擅詞場、飛揚跋扈，前身可是青兕？」而今人嚴迪昌所著《陽羨詞派研究》，更直接以「稼軒風」的再現，來形容清初由陳維崧所領導的陽羨詞風的一時盛行。

陳維崧神似稼軒之處，不僅在於他們先天就具有傾蕩磊落之氣，光明坦易之懷，英雄豪傑之概，也同樣具有滿腔經世濟民的理想。然器大聲閎之才，往往才命相敵，世代的巨變，遭遇的坎坷，迫使他們將平生志意與理念，一皆寄託於詞作中，一股鬱結之氣便因「情在不能醒」的執著，而始終盤旋不去。以熱情擁抱理想，以寂寞的孤光自照，他們的悲劇在此，可貴處也在此。

辛、陳二人除了「情與貌、略相似」外，就兩者間的境界高下而言，稼軒這位「詞中之龍」畢竟還是略勝一籌，在理想與現實的激蕩衝突中，陳維崧走向了「狂怪」一途，以「佯狂作達」面世，其狂愈甚，其情愈切，其哭愈哀；然偶或一發無餘，而流於放逸率易，較無餘韻！相較之下，稼軒的胸壑較爲寬闊，涵養較爲深厚，收放之間，力道掌握恰如其分，能止於所不可不止，故慷慨激昂而不失沈鬱纏綿（謝章鋌語），這也是千百年以下的豪放派作者，難以爲繼之處！

然而維崧畢竟有其風神獨到之處，那股淋漓飛舞的悍霸之氣，恰似一隻「硬箭強弓」，在清初的詞壇上，風馳電掣般地凌空而過，鳴鏑之聲，奪人心魂。又如漁陽鼙鼓，動地而來，使人悚動不已。而他那「撲地獅兒騰吼」的氣勢，在張揚威猛之中，亦不失其堂堂氣象，足以起人幽頓之思！這種沸沸揚揚的精神志意，及但求適性，不計工拙的顧盼自雄，也是其他豪放詞家難以望其項背處！維崧之「雄麗」（陳廷焯語），在骨不在貌，粗獷之中，不掩其亂頭粗服之美，因而

更加耐人尋味。也因此，無怪乎陳廷焯一方面批評他的詞「固非正聲」、「所少者，深厚之致耳」、然同時又不得不讚嘆其橫絕的筆力，乃「偏至之詣，至於絕后空前」(《白雨齋詞話》卷三)。

　　(三) 就內容言：陳維崧在蘇軾「詩詞一理」、辛棄疾以詞爲「陶寫之具」的基礎上，進一步地提出詞體應承擔起「存經存史」的使命，並以實際創作來與理論相結合。寫下一千多首的《湖海樓詞》，如此宏富的作品數量，不僅記錄了他個人的生命歷程，也爲清初的時代背景、社會現狀作了最眞實的記錄及見證。在《湖海樓詞》的豐富內涵中，又以「農村詞」的作品，最足以印證其理論，也把蘇辛等前賢「擴大詞域」的努力，拓展到極致。

　　以農村生活、田園風光入詞，宋以前，只有五代孫光憲的〈風流子〉寫到了農村景物，在宋代則是蘇軾的〈浣溪紗〉組詞五首開其先聲；南宋辛棄疾則承流接響，且寫作範圍較蘇軾更爲深廣，舉凡四季田園風光、春秋農事更替、田野勞作、男婚女嫁、風土民情，乃至與農家的友好交往，無不形諸筆端，這些詞飽含人世的風情，泥土的芬芳，在「大聲鏜鎝、小聲鏗鍧」的稼軒詞中，有如一曲曲清新、厚樸、眞淳、雋美的田園短歌，使人忻悅不已。而陳維崧進而爲這充滿浪漫情調的田園樂章，注入了一般血汗的氣息，他步追杜甫、白居易藉詩歌反映時事，針砭現實的博愛精神，深化了農村詞的詞境。在明清交替之際，隨著政治地位的變化，家門的傾覆，陳維崧終於實實在在地和下層社會有了廣泛的接觸和了解。面對在位者皆殘酷的壓迫和地主的剝削，詞人用他的「有神之筆」深刻而大膽地予以揭發並批判。如〈南鄉子・江南雜詠〉以官差臨門催租的嘴臉，與人民不堪其擾的愁苦作強烈對比，農民生活的「水深火熱」，便可見一斑。而〈賀新郎・縴夫詞〉則是寫清廷強徵民夫，爲農村家庭帶來了生離死別的痛苦。〈賀新郎・新安陳仲獻客蜀總戎幕，嘗贖一俘婦……〉則揭露清軍入蜀，婦女遭受鐵騎蹂躪的慘狀。〈虞美人・無聊〉也是對統治者的窮兵黷武深致不滿。而〈金浮圖・夜宿翁村，時方刈稻，苦而不絕，詞

紀田家語〉更是具體刻畫出：在天災人禍交相肆虐下，這廂農民痛不欲生，而那廂公子哥兒卻遊湖觀災取樂，藉此對比，揭示了深闊的階級鴻溝，而批判之意，更是昭然若揭。這位久苦沈淪的寒士，對窮苦人民確有發自內心的同情，人道主義的關懷。

反映政治的黑暗面，體貼同情苦難的農民，揭示不同階級的生活鴻溝，這是古代詩歌的優良傳統之一，而此一傳統，在詞作中卻沒有充分體現，至少可以說爲數寥寥（參見錢仲聯〈論陳維崧的《湖海樓詞》〉），而《湖海樓詞》卻把這一寫實精神承繼過來了。這些反映民生疾苦的農村詞，在詞集中所佔比例不大，卻是中國詞史上熠耀生輝的一頁。蘇、辛筆下的農村，只是一種平衡和淡化作者仕途失意的暫時託庇處所，書寫農村生活的閑情逸趣，不過是閒適心情的投射，無法成爲他們詞筆主要捕捉的內容。他們從高處俯視農村的美好，卻沒有像陳維崧般，與之平起平坐，融入其中。所以詞從「淺斟低唱」、「倚紅偎翠」到反映出農村底層的貧窮，這樣重大的轉變過程及結果，可以說是陳維崧取徑於蘇、辛，而努力開拓出的顯豁大道。日後常州詞派倡導者，也先後奔馳在這條道路上，如張惠言以「崇比興」來尊詞體，周濟則提出「詩有史、詞亦有史」、「感慨所寄，不過盛衰」（《介存齋論詞雜著》）的「詞史」說及謝章鋌的「敢拈大題目，出大意義」以「抑揚時局」之主張，這些似曾相識的論點，陳維崧早在清初便已拈出，並具體實踐，只是理論不如常州詞派周密，加上時機尙未成熟，以致其導揚之功亦爲世人所忽略。後起之常州詞派乃在各方條件的配合下，「經之營之，不日成之」而收水到渠成之效。光就這「繼往開新」之功而言，陳維崧其人其詞在詞壇上就應享有一席之地。

錢仲聯認爲：「嘉、道以後，江蘇鄧廷禎《雙研齋詞》、許宗衡《玉井山館詩餘》差足繼響。但都出入別派，更不能追蹤迦陵大聲鏜鎝的高境。即以全國範圍來說，也只有清末文廷式的《雲起軒詞》，才能於三百年中與迦陵壁壘相對，爲蘇、辛詞派大放光芒。」（〈論陳維崧的湖海樓詞〉）至此，陳維崧在豪放詞派中的「啓後」之功就更顯而

易見了。最後，我們再回味一下與維崧同時的高佑釲對《湖海樓詞》
的評語，並以此作爲總結：

> 予間至京師，偶與友人顧咸三共讀其年之詞。……縱橫變
> 化，無美不臻，銅軍鐵板，殘月曉風，兼長並擅，其新警
> 處，往往爲古人所不經道，是謂詞學中絕唱！

參考書目

壹、專書

一、陳維崧著作

1. 《四六金針》，清·陳維崧（台北：藝文，百部叢書集成之廿，民國54年）。

2. 《烏絲詞》，清·陳維崧（台北：台灣商務，民國63年）。

3. 《婦人集》，清·陳維崧編，筆記小說大觀五編第五冊。

4. 《陳迦陵文集》，清·陳維崧（台北：台灣商務，四部叢刊本，民國54年）。

5. 《陳檢討四六》，清·陳維崧（台北：台灣商務，影文淵閣四庫全書本，民國72年）。

6. 《湖海樓全集四種》，清·陳維崧，乾隆六十年浩然堂本，中研院傅斯年圖書館藏。

7. 《湖海樓詞》，清·陳維崧（台北：中華，四部備要本，民國55年）。

二、研究陳維崧的著作

1. 《陳維崧及其湖海樓詞研究》，丁惠英（高雄：復文，民國81年）。

2. 《陳維崧選集》，周韶九（上海：古籍，1994年）。

3. 《陳維崧詞選注》，梁鑒江（上海：古籍，1990年）。

三、詞叢刻、詞選集

1. 《全宋詞》，唐圭璋編（台北：中央輿地，民59年）。

2. 《全金元詞》，唐圭璋編（台北：洪氏，民國 69 年）。

3. 《全清詞》，順康卷，南京大學中文系編纂，1994 年）。

4. 《宋六十名家詞》，明・毛晉編（台北：台灣商務，民國 45 年）。

5. 《宋四家詞選》，清・周濟（台北：廣文，民國 51 年）。

6. 《宋本花間集》，後蜀趙崇祚（台北：藝文，民國 64 年）。

7. 《宋詞選》，胡雲翼選註（上海：古籍，1982 年）。

8. 《花庵詞選》，宋・黃昇編，景印文淵閣四庫全書第一四八九冊（台北：台灣商務，民國 75 年）。

9. 《近三百年名家詞選》，龍楡生編選（台北：長歌，民國 65 年）。

10. 《唐宋元明百家詞》，明・吳納編（台北：廣文，民國 60 年）。

11. 《唐宋名家詞選》，龍沐勛選輯（台南：大孚，民國 73 年）。

12. 《唐宋詞名作析評》，陳弘治著（台北：文津，民國 77 年）。

13. 《唐宋詞選注》，張夢機、張子良編著（台北：華正，民國 78 年）。

14. 《唐宋詞簡釋》，唐圭璋選釋（上海：古籍，1981 年）。

15. 《唐宋詞鑒賞辭典》，唐圭璋主編（台北：新地文學，民國 80 年）。

16. 《唐宋諸賢絕妙詞選》，宋・黃昇（台北：台灣商務，四部叢刊本，民國 56 年）。

17. 《御選歷代詩餘》，清・沈辰垣、王奕清等奉敕編（台北：廣文，民國 61 年）。

18. 《清八大名家詞集》，錢仲聯（上海：古籍，1995 年）。

19. 《清詞三百首》，錢仲聯（長沙：岳麓書社，1992 年）。

20. 《清詞別集百三十四種》，楊家駱編（台北：廣文，民國 65 年）。

21. 《詞則》，清・陳廷焯（上海：古籍，1984 年）。

22. 《詞綜》，清・朱彝尊編，王昶續補（台北：世界，民國 57 年）。

23. 《陽春白雪》，宋・趙聞禮輯，藝文百部叢書集成之六十四（台北：藝文，民國 60 年）。

24. 《瑤華集》，清・蔣景祁（北京：中華，1982 年）。

25. 《豪放詞》，谷聞編注（西北大學，1995 年）。

26. 《彊村叢書》，清・朱祖謀編（台北：廣文，民國 59 年）。

四、相關的詩文詞集

1. 《文忠集》，宋・周必大（台北：台灣商務，四庫全書珍本二集，民國 60 年）。

2. 《日知錄集釋》，黃汝成（台北：中華，四部備要本，民國 55 年）。

3. 《杜詩鏡銓》，清‧楊倫輯（台北：正大，民國 63 年）。

4. 《東坡樂府箋》，龍榆生校箋（台北：華正，民國 79 年）。

5. 《珂雪詞》，清‧曹貞吉（台北：中華，四部備要本，民國 55 年）。

6. 《南雷文定》，清‧黃宗羲（台北：中華，四部備要本，民國 55 年）。

7. 《納蘭詞》，清，納蘭性德（台北：世界，民國 55 年）。

8. 《陳子龍詩集》，清‧陳子龍（上海：古籍，民國 72 年）。

9. 《陶淵明集校箋》，楊勇（台北：正文，民國 76 年）。

10. 《敦煌歌辭總編》，任半塘（上海：古籍，1987 年）。

11. 《楚辭補註》，宋洪興祖（台北：漢京，民國 72 年）。

12. 《詩經釋義》，屈萬里（台北：聯經，民國 72 年）。

13. 《稼軒詞編年箋注》，鄧廣銘（台北：華正，民國 75 年）。

14. 《韓昌黎文集校注》，馬通伯（台北：華正，民國 75 年）。

15. 《曝書亭集》，清‧朱彝尊（廣東：人民，1987 年）。

16. 《蘇軾詩集》，宋‧蘇軾（台北：學海，民國 74 年）。

五、詞話、詩話等

1. 《詞苑叢談》，清‧徐釚（台北：木鐸，民國 71 年）。

2. 《詞話叢編》，唐圭璋編（台北：新文豐，民國 77 年）。

3. 《人間詞話》，清‧王國維。

4. 《介存齋論詞雜著》，清‧周濟。

5. 《白雨齋詞話》，清‧陳廷焯。

6. 《左庵詞話》，清‧李佳。

7. 《金粟詞話》，清‧彭孫遹。

8. 《柯亭詞論》，蔡嵩雲。

9. 《能改齋詞話》‧宋‧吳曾。

10. 《渚山堂詞話》，清‧陳霆。

11. 《復堂詞話》，清‧譚獻。

12. 《詞苑萃編》，清‧馮金伯。

13. 《詞源》，宋‧張炎。

14. 《詞概》，清‧劉熙載，藝概。

15. 《碧雞漫志》，宋‧王灼。

16. 《蒿庵論詞》，清・馮煦。

17. 《遠志齋詞衷》，清・鄒祗謨。

18. 《樂府指迷》，宋・沈義父。

19. 《論詞隨筆》，清・沈祥龍。

20. 《賭棋山莊詞話》，清・謝章鋌。

21. 《歷代詞話》，清・王奕清。

22. 《窺詞管見》，清・李漁。

23. 《蕙風詞話》，況周頤。

24. 《聲執》，陳匪石。

25. 《蓼園詞評》，清・黃氏。

26. 《靈芬館詞話》，清・郭麐。

27. 《中山詩話》・宋，劉攽，藝文百部叢書集成本（台北：藝文，民國 54 年）。

28. 《升菴詩話》，明・楊慎，藝文百部叢書集成本（台北：藝文，民國 57 年）。

29. 《後山居士詩話》，宋・陳師道，藝文百部叢書集成本（台北：藝文，民國 54 年）。

30. 《歷代詩話續編》，丁福保輯（台北：木鐸，民國 77 年）。

31. 《薑齋詩話箋注》，清・王夫之著，民國・戴鴻森注（台北：木鐸，民國 71 年）。

32. 《詩話和詞話》，張葆全（國文天地，民國 80 年）。

六、詞曲論著

1. 《中國古典文學風格學》，吳承學（廣州：花城，1993 年）。

2. 《中國詞學的現代觀》，葉嘉瑩著（台北：大安，民國 78 年）。

3. 《元代散曲論叢》，王忠林（高雄：復文，民國 78 年）。

4. 《北宋六大詞家》，劉若愚著、王貴苓譯（台北：幼獅文化，民國 79 年）。

5. 《宋南渡詞人》，黃文吉著（台北：學生，民國 74 年）。

6. 《宋南渡詞人群體研究》，王兆鵬著（台北：文津，民國 81 年）。

7. 《宋詞》，周篤文著（台北：國文天地雜誌社，民國 79 年）。

8. 《宋詞研究》，胡雲翼著（成都：巴蜀書社，1989 年）。

9. 《宋詞通論》，薛礪若著（台北：中流，民國 63 年）。

10. 《宋詞概論》，謝桃坊著（成都：四川文藝，1992 年）。

11. 《東坡在詞風上的承繼與創新》，郭美美著（台北：文津，民國 79 年）。

12. 《東坡詞研究》，王保珍著（台北：長安，民國 76 年）。

13. 《南宋詞研究》，王偉勇著（台北：文史哲，民國 76 年）。

14. 《唐宋詞十七講》，葉嘉瑩著（長沙：岳麓書社，1990 年）。

15. 《唐宋詞名家論集》，葉嘉瑩著（台北：正中，民國 79 年）。

16. 《唐宋詞的風格學》，楊海明著（台北：木鐸，民國 76 年）。

17. 《唐宋詞論叢》，夏承燾（台北：華正，民國 63 年）。

18. 《清代詞學概論》，徐珂（台北：廣文，民國 68 年）。

19. 《清詞史》，嚴迪昌（江蘇：古籍，1990 年）。

20. 《詞史》，劉子庚（台北：學生，民國 71 年）。

21. 《詞曲史》，王易撰（台北：廣文，民國 77 年）。

22. 《詞的審美特性》，孫立（台北：文津，民國 84 年）。

23. 《詞的藝術世界》，錢鴻瑛著（上海：上海文藝，1992 年）。

24. 《詞話十論》，劉慶雲編著（長沙：岳麓書社，1990 年）。

25. 《詞範》，徐柚子編著（上海：華東師大，1993 年）。

26. 《詞論》，劉永濟（台北：源流，民國 71 年）。

27. 《詞學古今談》，繆鉞、葉嘉瑩著（台北：萬卷樓，民國 81 年）。

28. 《詞學考銓》，林玫儀（台北：聯經，民國 76 年）。

29. 《詞學季刊》，龍沐勛編（台北：學生，民國 56 年）。

30. 《詞學研究書目》（上、下），黃文吉主編（台北：文津，民國 82 年）。

31. 《詞學研究論文集》，華東師大中文系編（上海：古籍，1982 年）。

32. 《詞學通論》，吳梅（台北：台灣商務，民國 66 年）。

33. 《詞學論叢》，唐圭璋著（台北：宏業，民國 77 年）。

34. 《詞荃》（增訂本），余毅恆著（台北：正中，民國 80 年）。

25. 《陽羨詞派研究》，嚴迪昌（山東：齊魯書社，1993 年）。

26. 《詩詞例話》，周振甫著（台北：長安，民國 79 年）。

27. 《論清詞》，賀光中（台北：鼎文，民國 60 年）。

28. 《詩詞散論》，繆鉞著（台北：開明，民國 68 年）。

29. 《樂府通論》，王易（台北：廣文，民國 53 年）。

30. 《稼軒詞研究》，陳滿銘著（台北：文津，民國 69 年）。

31. 《蘇辛詞比較研究》，陳滿銘著（台北：文津，民國 78 年）。

32. 《顧羨季先生詩詞講記》，顧隨主講，葉嘉瑩筆記（台北：桂冠，民國 81 年）。

33. 《靈谿詞說》，繆鉞、葉嘉瑩合著（台北：國文天地雜誌社，民國 78 年）。

34. 《唐宋詞格律》（台北：里仁，民國 75 年）。

35. 《唐宋詞集序跋匯編》，金啟華等合編（台北：台灣商務，民國 82 年）。

36. 《詞林正韻》，清，戈載撰（台北：世界，民國 57 年）。

37. 《詞林記事》，清・張思巖輯（台北：中華，民國 59 年）。

38. 《詞林韻藻》，王熙元等合編（台北：學生，民國 74 年）。

39. 《詞律》，清・萬樹（台北：廣文，民國 78 年）。

40. 《詞律探源》，張夢機著（台北：文史哲，民國 70 年）。

41. 《詞牌彙釋》，聞汝賢撰（自印本，民國 52 年）。

42. 《詞調溯源》，夏敬觀（台北：台灣商務，民國 62 年）。

43. 《詩詞曲語辭匯釋》，張相（台北：中華，民國 59 年）。

七、文人史及相關的文藝理論

1. 《中國文學史初稿》，王忠林等著（台北：福記，民國 74 年）。

2. 《中國文學批評史》，王運熙、顧易生主編（台北：五南，民國 80 年）。

3. 《中國文學批評史》，郭紹虞著（台北：藍燈，民國 77 年）。

4. 《中國文學批評史》，羅根澤著（台北：學海，民國 69 年）。

5. 《中國文學批評資料彙編（清代）》，吳宏一、葉慶炳（台北：成文，民國 68 年）。

6. 《中國文學理論》，劉若愚著，杜國清譯（台北：聯經，民國 80 年）。

7. 《中國文學發展史》，劉大杰撰（台北：華正，民國 73 年）。

8. 《中國文學論叢》，梁啟超等（台北：明文，民國 58 年）。

9. 《中國古代心理詩學與美學》，童慶炳（北京：中華，1992 年）。

10. 《中國古代文學創作論》，張少康（台北：文史哲，民國 80 年）。

11. 《中國古代文藝美學範疇》，曾祖蔭著（台北：文津，民國 76 年）。

12. 《中國詞學史》，謝桃坊（巴蜀書社，1993 年）。

13. 《中國詞學批評史》，方智範等著（中國社會科學院，1984 年）。

14. 《中國詩歌藝術研究》，袁行霈（北京大學，1987 年）。

15. 《中國詩學》（設計篇、思想篇、考據篇、鑑賞篇），黃永武（巨流，82 年）。

16. 《中國歷代文學論著精選（上、中、下）》，郭紹虞編（台北：華正，民國 80 年）。

17. 《中國韻文史》，龍沐勛（台北：樂天，民國 59 年）。

18. 《中國韻文裡頭所表現的情感》，梁啟超撰（台北：中華，民國 55 年）。

19. 《文心雕龍注釋》，梁・劉勰著，周振甫注釋（台北：里仁，民國 73 年）。

20. 《文學的反思》，劉再復（台北：谷風，民國 78 年）。

21. 《文藝心理學》，朱光潛（台北：開明，民國 82 年）。

22. 《字句鍛鍊法》，黃永武撰（台北：洪範，民國 75 年）。

23. 《兩宋文學史》，程千帆、吳新雷著（上海：古籍，1991 年）。

24. 《近代文學批評史》，黃霖（上海：古籍，1993 年）。

25. 《美的歷程》，李澤厚（台北：蒲公英，民國 75 年）。

26. 《修辭學》，黃慶萱著（台北：三民，民國 75 年）。

27. 《清代文學史》，韓石秋（高雄：百成，民國 62 年）。

28. 《清代文學批評史》，青木正兒（台北：開明，民國 58 年）。

29. 《詩論》，朱光潛（台北：國文天地，民國 79 年）。

30. 《審美心理學》，楊思寰（台北：五南，民國 82 年）。

31. 《談文學》，朱光潛（台北：國文天地，民國 79 年）。

32. 《談美》，朱光潛（台北：康橋，民國 77 年）。

33. 《談藝錄》，錢鍾書（台北：書林，民國 77 年）。

34. 《宋詩概說》，吉川幸次郎著，鄭清茂譯（台北：聯經，民國 77 年）。

35. 《宋詩選注》，錢鍾書（台北：木鐸，民國 73 年）。

八、史傳方志　筆記雜著

1. 《中國歷史地圖集》，譚其驤主編（上海：地圖，1985 年）。

2. 《四庫全書總目提要》，清・永瑢、紀昀等撰（台北：藝文，民國 78 年）。

3. 《永樂大典》，明・姚廣孝等監修（台北：世界影印本，民國 51 年）。

4. 《宋史》，元・脫脫等撰（台北：鼎文，民國 67 年）。

5. 《宋史紀事本末》，明・陳邦瞻著（台北：三民，民國 62 年）。

6. 《明史》，清・張廷玉等撰（台北：鼎文，民國 64 年）。

7. 《明史紀事本末》，谷應泰（台北：三民，民國 58 年）。

8. 《明季南略》，計六奇（台北：台灣商務，民國 68 年）。

9. 《東京夢華錄》，宋・孟元老撰，藝文百部叢書集成本（台北：藝文，民國 60 年）。

10. 《歷代人物年里碑傳綜表》，姜亮夫編（台北：華世，民國 65 年）。

11. 《侯鯖錄》，宋・趙令畤，影文淵閣四庫全書本（台北：台灣商務，民國 74 年）。

12. 《清代通史》，蕭一山（台北：台灣商務，民國 61 年）。

13. 《清代傳記叢刊》，周俊富輯（台北：明文，民國 74 年）。

14. 《國朝先正事略》，清・李元度纂。

15. 《清代七百名人傳》，蔡冠洛編。

16. 《清史列傳》，清國史館原編。

17. 《碑傳集》，清・錢儀吉纂錄。

18. 《碑傳集三編》，汪兆鏞。

19. 《碑傳集補》，閔爾昌。

20. 《文獻徵存錄》，清・錢林輯，王藻編。

21. 《國史文苑傳稿》，阮元等。

22. 《國朝詩人徵略初編》，清・張維屏輯。

23. 《宜興縣志》，甯楷（台北：新興，民國 54 年）。

貳、單篇論文

一、與陳維崧有關的論文

1. 〈十大詞人——蘇辛詞派在清初的復興——陳維崧〉，馮統，世界文物出版社，民國 81 年 7 月。

2. 〈朱彝尊、陳維崧詞風的比較〉，黃天驥，《文學遺產》，1991 年一期。

3. 〈試論陳維崧的詞〉，周旻，《廈門大學學報》，1984 年四期。

4. 〈維崧懷古詞初探〉，《大陸雜誌》，九十卷三期，1995 年 3 月。

5. 〈論迦陵詞〉，馬祖熙，《詞學》第三輯，華東師大，1985 年 2 月。

6. 〈論陳維崧的湖海樓詞〉，錢仲聯，《夢苕庵論集》，中華書局，1993 年 11 月。

7. 〈論陳維崧的詞〉，鄭孟彤，《文學遺產》，1981 年二期。

二、其他參考論文

1. 〈兩宋詞風轉變論〉，龍沐勛，《詞學季刊》二卷一號，1934 年 10 月。

2. 〈辛稼軒與陶淵明〉，陳淑美，《中外文學》四卷六期，1975 年 11 月。

3. 〈論婉約與豪放詞風的形成〉，王熙元，《國文學報》第五期，1976 年 6 月。

4. 〈南宋詞人的愛國篇章〉，汪中，《幼獅文藝》四五卷四期，1977 年 4 月。

5. 〈試論蘇軾詞的藝術風格〉，陳華昌，《文學遺產》，1982 年第二期。

6. 〈論以詩爲詞〉，楊海明，《文學評論》，1982 年第二期。

7. 〈南宋豪放詞派形成的原因〉，周聖偉，《詞學》第二輯，1983 年 10 月。

8. 〈婉約、豪放與正變〉，高建中，《詞學》第二輯，1983 年 10 月。

9. 〈宋人詠物詞〉，黃清士，《詞學》第二輯，1983 年 10 月。

10. 〈論蘇軾對宋詞的開拓與創新〉，朱德才，《文史哲》，1983 年第四期。

11. 〈論蘇軾與南宋詞風的轉變〉，方智範，《華東師大學報》，1984 年第七期。

12. 〈唐宋詞中「感士不遇」心情初探，繆鉞，《四川大學學報》，1990 年第四期。

13. 〈論移情手法在古典詩詞中的運用〉，項小玲，《遼寧大學學報》，1990 年一期。

14. 〈宜興清代詞學簡說〉，朱征驊，《蘇州大學學報》，1995 年一期。

15. 〈崇禎末至康熙初年的詞學思潮〉，陳水雲，《清華大學學報》，1996 年二期。

參、學位論文

1. 〈《白雨齋詞話》「沈鬱說」研究〉，宋邦珍，高師大國研所碩士論文，民國 79 年。

2. 〈常州派詞學研究〉，吳宏一，台大中研所碩士論文，民國 58 年。

3. 〈張元幹詞研究〉，林惠美，高師大國研所碩士論文，民國 83 年。

4. 〈清初浙派詞論研究〉，楊麗珠，北師大國研所碩士論文，民國 72 年。

5. 〈清常州詞派比興說研究〉，宋邦珍，高師大國研所碩士論文，民國79年。

6. 〈清常州詞派寄托說研究〉，張泌芳，文大中研所碩士論文，民國73年。

7. 〈歐陽文忠公詞研究〉，簡淑娟，高師大國研所碩士論文，民國85年。

8. 〈遺山樂府析論〉，鍾屏蘭，高師大國研所碩士論文，民國80年。